亚非译丛

韩国古典小说世界

한국 고전소설의
세계

이상택 외

〔韩〕李相泽 等／著

李丽秋／译

社会科学文献出版社
SOCIAL SCIENCES ACADEMIC PRESS (CHINA)

한국 고전소설의 세계
이상택 외 지음
돌베개

© 이상택 외
ISBN 89- 7199-221-2 03810

本书根据石枕出版社 2016 年版译出

作者简介

李相泽

历任韩国梨花女子大学国语国文系副教授、首尔大学人文学院国语国文系教授，现为首尔大学名誉教授。曾担任哈佛大学客座教授、韩国古典文学会会长、首尔大学奎章阁馆长等。主要校注书有《落泉登云》、《泉水石》、《明珠宝月聘》等，专著有『한국고전소설의 탐구』（《探求韩国古典小说》）、『고전소설론』（《古典小说论》）、『국문학개론』（《国文学概论》）、『한국고전소설의 이론 1·2』（《韩国古典小说理论 1、2》）等。

朴熙秉

历任庆星大学汉文学系助理教授、成均馆大学汉文教育系副教授，现为首尔大学人文学院国语国文系教授。主要研究领域为韩国古典散文、韩国汉文学、韩国古典批评与思想史。专著有『한국 고전인물전 연구』（《韩国古典人物传研究》）、『한국 傳奇小説의 미학』（《韩国传奇小说美学》）、『한국의 생태사상』（《韩国生态思想》）、『運化와 근대』（《运化与近代》）等，校注书有『증보조선소설사』（《增补朝鲜小说史》）、『한국한문소설』（《韩国汉文小说》）、『한국 한문소설 校合句解』（《韩国汉文小说校合句解》）等，译著有『나의 아버지 박지원』（《我的父亲朴趾源》）、『베트남의 기이한 옛이야기』（《稀奇古怪的越南古代故事》）、『베

트남의 신화와 전설』(《越南神话与传说》)、『고추장 작은 단지를 보내니』(《寄去一小坛子辣椒酱》)等。

林治均

现为韩国学中央研究院韩国学大学院语文艺术系副教授，主要研究领域为韩国古典小说。专著有『조선조 대장편소설 연구』(《朝鲜时代大长篇小说研究》)、『고전소설 기초 연구』(《古典小说基础研究》，合著)、『세종시대의 문화』(《世宗时代的文化》，合著)等，译著有『보진당 연행일기』(《葆真堂燕行日记》，合译)，此外发表了多篇论文，目前主要关注古典小说的大众化问题，并出版了专著『검은 바람』(《黑风》)。

赵光国

曾任首尔大学韩国文化研究所特别研究员，现为亚洲大学人文学院国语国文系助理教授，研究领域为韩国古典散文，专著有『기녀담 기녀등장소설 연구』(《妓女谈、妓女登场小说研究》)、『한국문화와 기녀』(《韩国文化与妓女》)，论文有「17 세기 후반 김만중의 현실인식에 관한 고찰」(《17 世纪后期金万重的现实认识考察》)、「고전소설에서의 사적 모델링，서술의식 및 서사구조의 관련 양상」(《古典小说的历史背景、叙述意识与叙事结构》)、「〈임화정연〉에 나타난 가문연대의 양상과 의미」(《〈林花郑延〉中的家门联合情况及其意义》)、「19 세기 고소설에 구현된 정치이념의 성향」(《19 世纪古小说中的政治理念倾向》)、「〈청백운〉한문본 연구」(《〈青白云〉汉文本研究》)等。

李周映

曾任韩神大学、弘益大学讲师，现为西原大学语文学部国语国文系助理教授，研究领域为韩国古典小说。专著有『구활자본 고전소설 연구』(《旧活字本古典小说研究》)，论文有「구운몽에 나타난 욕망의 문제」(《〈九云梦〉中的欲望问题》)、「삼설기 소재 작품의 구성방식과 지향」(《〈三说记〉素材作品构成方式与目的》)等。

郑炳说

曾任教于明知大学国语国文系，现为首尔大学人文学院国语

国文系助理教授，关注领域为民族、韩文、女性与小说的关联以及文学与媒体的关系，专著有『완월회맹연 연구』(《〈玩月会盟宴〉研究》)，主要论文有「조선후기 장편소설사의 전개」(《朝鲜后期长篇小说史的展开》)、「조선조 문학과 노비」(《朝鲜时代的文学与奴婢》)、「조선후기 정치현실과 장편소설에 나타난 小人의 형상」(《朝鲜后期政治现实与长篇小说中的小人形象》)、「18세기 조선의 여성과 소설」(《18世纪朝鲜的女性与小说》)、「조선후기 동아시아 어문교류의 한 단면」(《朝鲜后期东亚语言文学交流的一个侧面》)、「조선후기 여성소설과 남성소설의 비교 연구」(《朝鲜后期女性小说与男性小说比较研究》)、「17세기 동아시아 소설과 애정」(《17世纪东亚小说与爱情》)、「고소설과 텔레비전 드라마의 비교」(《古小说与电视剧的比较》)、「18, 19세기 일본인들의 조선소설 공부와 조선관」(《18、19世纪日本人对朝鲜小说的学习与朝鲜观》)等。

宋晟旭

曾任空军士官学校国语系教官，奎章阁特别研究员，现为天主教大学人文学部国语国文系副教授，关注领域为韩国古典小说、韩中比较文学、文化创意等。专著有『한국 대하소설의 미학』(《韩国大河小说的美学》)、『조선시대 대하소설의 서사문법과 창작의식』(《朝鲜时代大河小说的叙事文法与创作意识》)等，译著有《春香传》、《谢氏南征记》和《九云梦》等。

柳浚景

曾任首尔大学韩国文化研究所高级研究员，现为诚信女子大学师范学院汉文教育系专任讲师，主要研究领域为韩国古典小说和古典散文，论文有「낙선재본 중국 번역소설과 장편소설사」(《乐善斋本中国翻译小说与长篇小说史》)、「영웅소설의 장르관습과 여성영웅소설」(《英雄小说的体裁惯例与女性英雄小说》)、「한문본 춘향전 연구」(《汉文本〈春香传〉研究》)、「박효랑 사건의 서사화 양상과 의미」(《朴孝娘事件的叙事化情况及其意义》)、「달판 방각본 연구」(《达板坊刻本研究》)等。

李升馥

曾任首尔大学奎章阁特别研究员，现为祥明大学师范学院国语教育系助理教授，关注领域为韩国古典散文，专著有『고전소설과 가문의식』(《古典小说与家门意识》)，近期论文有「옥환기봉과 역사의 소설화」(《〈玉环奇逢〉与历史的小说化》)、「적소일기의 문학적 성격과 가치」(《〈谪所日记〉的文学性质及其价值》)、「수로조천행선곡의 창작 배경과 의미」(《〈水路朝天行船曲〉的创作背景及其意义》)等。

李昶宪

曾任仁济大学国语国文系教授，现为明知大学人文学院国语国文系教授，研究领域为韩国古典散文，重点整理被称为"故事书"的小说书籍的生产、流通与消费相关内容，专著有『경판방각소설연구』(《京板坊刻小说研究》)、『이야기 책 이야기』(《故事书的故事》)、『경판방각소설 춘향전과 필사본 남원고사의 독자층에 대한 연구』(《京板坊刻小说〈春香传〉与手抄本南原故事读者层研究》)等。

徐仁锡

岭南大学文科学院国语国文系教授，研究领域为小说等古典散文，专著有『한국 고전문학 작가론』(《韩国古典文学作家论》，合著)、『민족문학사 강좌』(《民族文学史讲座》，合著)等，论文有「가사와 소설의 갈래 교섭에 대한 연구」(《歌辞与小说体裁的交融研究》)、「조선 후기 향촌사회의 악인 형상」(《朝鲜后期乡村社会的恶人形象》)、「1910년대 강릉 여자의 서울 구경－〈서유록〉의 경우」(《1910年代江陵女性游首尔——以〈西游录〉为例》)、「봉건시대 여성의 이념과 행동－〈박효랑전〉과〈김부인열행록〉의 경우」(《封建时代女性的理念与行动——以〈朴孝娘传〉和〈金夫人烈行录〉为例》)等。

赵泰英

曾任教于湖南大学国语国文系，现为韩神大学人文学院国语国文系副教授。研究领域为韩国古典散文、古典小说批评、韩国

文学思想与基督教思想交融史等，论文有「고려사 열전의 인물형상과 서술양상」(《〈高丽史〉列传的人物形象与叙述面貌》)、「조선후기〈전〉에서 보는 사회와 자아의 형상」(《通过朝鲜后期的"传"看社会与自我形象》)、「한국 고전소설 비평에서의 소견론의 전개」(《韩国古典小说批评中观点论的展开》)、「이기론과 삼위일체론의 상호해석 시론」(《理气论与三位一体论的相互解释试论》)等。

金琸桓

曾任建阳大学文学影像创作系专任讲师、韩南大学文科学院文艺创作系助理教授，现为韩国科学技术院文化技术大学院数字故事情节专业教授。专业为韩国叙事文学，同时创作小说和剧本。作品有长篇小说『불멸의 이순신』(《不灭的李舜臣》)、『방각본 살인사건』(《坊刻本杀人事件》)、『열녀문의 비밀』(《烈女门的秘密》)、『서러워라, 잊혀진다는 것은』(《忘却令人伤心》)、『부여현감 귀신체포기』(《扶余县监捉鬼记》)、『나, 황진이』(《我是黄真伊》)等，文化批评专著有『소설중독』(《小说成瘾》)、『진정성 너머의 세계』(《真情背后的世界》)和『한국소설 창작방법 연구』(《韩国小说创作方法研究》)等。

目　录

目　录

第一章　总论：韩国古典小说的概念与特质

我们面对的是一大堆名为"韩国古典小说"的材料，它如同一块巨大的岩石，我们当前的任务就是揭开这些材料的真实面貌。那么，究竟应该从何处、如何入手，需要挖掘出什么、挖掘到什么程度呢？现在这只是一堆毫无头绪的材料而已，并不具备任何形体和面貌，下面就让我们一起来了解一下它的真实面貌。

一　范围与领域

首先让我们来思考一下"韩国古典小说"这一术语的概念。"韩国古典小说"的基本语义应该是人尽皆知的，它指的不是当代，而是"古时候在韩国用韩国文字创造出来的小说"。但是如果再深入地思考一下，一系列不容忽视的问题便会接踵而至：古时候究竟开始于什么时候？其下限又到何时？韩国文字具体是单指韩文呢？还是包括汉文在内？小说的体裁范围和领域该如何界定？

罗末丽初的传奇小说

我们在中学就已经学过，古典小说的嚆矢之作是《金鳌新话》，其下限为李人稙的新小说出现之前的开化期，也就是到 19世纪末为止。今天，对于将古典小说的下限定为 19 世纪末并无异议，而对于韩国小说嚆矢之作是不是《金鳌新话》却一直存在着诸多争议。尤其是罗末丽初传奇小说已经出现的主张在一定程度上符合文学史发展的总趋势，因而受到瞩目。也就是说，在古代建国神话等众多传承说话的基础之上，罗末丽初已经出现了具有一定水准的小说，比如《殊异传》中收录的《崔致远》和《三国遗事》中的《金现感虎》和《调信传》等。《崔致远》描述了主人公与双女坟中两名阴间女子彼此唱酬的人鬼相恋故事；《调信传》讲述了主人公在梦中实现了现实中无法实现的爱情之后，却领悟到生活的空虚；《金现感虎》讲述了一个悲剧爱情故事，主人公与化为人形的美貌虎女相恋，虎女却为了替残害众生的兄弟赎罪而自杀。这些作品全都具有离奇、虚幻和浪漫的性质，因此一般将其定义为传奇小说。

现在的问题在于，为什么这些作品不是说话，而是小说呢？以《崔致远》为例，在描写登场人物的性格时，作者还刻画了他们的内心世界，更加具体地烘托出了人物性格。尤其是崔致远与二女唱酬的多首诗歌细腻地体现了他们的内心世界。从中还可以看出，与二女的邂逅和爱情使崔致远对人生的认识大为改变，迎来了人生转折点。与此相关，通过主题意识、对人物个性的烘托以及诗歌的插入，可以看出清晰的创作目的意识。从这些事实可以看出，这些作品已经超越了说话的水准，可以被确定为小说。与其他两部作品相比，可以说《崔致远》的小说完成度最高。尽管如此，其他两部作品也对人物和环境进行了不同程度的具体描述，展现了人物的精神成长与意识转变。通过明确体现的主题、组织严密的情节、个性人物的塑造、细腻优美的文体等，可以发现其明确的创作目的意识。从这些方面可以看出，这三篇作品均为小说，而不是说话。

汉文小说也是韩国小说

接下来又会遇到另外一个问题：那些没有采用韩文，而是采用汉文标记的小说作品是否应被纳入韩国小说史？这个问题也必须要解释清楚。

世宗大王创制韩文是韩国文学史上一项史无前例的辉煌创举。

由于韩文的创制，韩文文学的时代正式拉开序幕，小说也同样如此。由于韩文的创制，小说的作者和读者层得以扩大，小说发展为文学史上的主导体裁。韩文创制之后，用汉文创作的小说和从中国传入的小说被翻译成韩文阅读。《洪吉童传》等韩文小说出现之后，小说的读者层开始广泛扩展到士大夫家妇女和平民层。他们阅读小说的渴望通过韩文这一媒介得到满足，终于揭开了真正的小说时代。

韩文创制之后到真正的小说时代开始之前却经历了一段相当漫长的时间。朝鲜前期，前代的传奇小说得到继承和发展，不仅创作出《金鳌新话》《薛公瓒传》《企斋记异》之类的汉文传奇体小说，而且还出现了《元生梦游录》《达川梦游录》《皮生冥梦录》等一系列梦游录类小说，以及《愁城志》《天君衍义》等以心灵——天君为主人公的所谓的天君小说。以汉文为标记手段的小说大量创作，十分盛行。

从韩国小说史乃至文学史的情况来看，朝鲜时代的汉文在使用时采用韩国语读音，并且加上了韩国语格助词，因而可以说发挥了韩国语文言文的功能与作用，相当于韩国的另一种语言。因此，在17世纪真正的韩文小说时代开始之后，仍然有一批丰富多彩的高水平汉文小说被创作出来，《周生传》《崔陟传》《云英传》以及燕岩小说等野谈类小说即为其代表性作品。因此，韩文创制之前的小说自不必说，之后创作的汉文小说也理应纳入韩国小说史范围之内。

梦游录的体裁问题

说到这里，必须要弄清梦游录的体裁问题。目前学界存在着两种不同的看法：一种认为梦游录是小说；另一种则十分重视作品的现实性、历史性和教训性，因而认为梦游录是教述体裁。而笔者不能不注意到作品的幻想性、虚构性以及假托的寓言性。

下面以《元生梦游录》为例来看一下。故事讲述了主人公元昊在中秋佳节某个月夜读书时伏案而寐，突然感觉身体变轻，犹如羽化登仙，缥缈升空，四处飘游，最终来到一处江岸。此处飘荡着千载不平之余愤，于是他悲从中来，吟诗一首。此时一名头裹幅巾的陌生男子出现，将他引至一位国王与六位大臣聚集之席。他们彻夜对诗，吐露胸中的愤懑之情，正在慷慨激昂之际，突然被雷声惊醒，方才发现原来是一场梦。

从上述内容可以看出，首先这一作品并非作者单纯地记录自己在现实世界中的亲身经历，而是完全虚构的，叙述了一场梦中的想象故事，也就是在梦幻中发生的奇异事件谈，作品中虚构的登场人物根据作者的创作意识和作品意图被安排在小说内部的虚构空间中，扮演各自的角色。下面就来看一下具体内容。

主人公感觉自己羽化登仙，来到一处江岸，发现这里飘荡着千年不平的冲天怨气，于是心怀悲怆，吟诗一首。

> 恨入长江咽不流，
> 荻花枫叶冷飕飕。
> 分明认是长江岸，
> 月白英灵何处游。

除了主人公元子虚（子虚为生六臣之一元昊的字）之外，所有登场人物均为虚构。在作品中，主人公所到的"江岸"也是一个虚构空间，这里飘荡着永不消失的怨恨，即"千载不平之余愤"。这是为什么呢？此外，话者将虚构的作品空间"江岸"称为"长沙岸"，为不知道那里的英灵在何处游荡而焦急。这是谁的英灵？这首诗又有着怎样的深刻含义呢？

话者，也就是作者设定了作品中的虚构空间——"江岸"，并将之设定为实际位于中国湖南省的长沙，从中我们可以找到解答问题的线索。众所周知，项羽将义帝流配至长沙并将其杀害，这是一片充满了残暴、不忠与死亡的诅咒之地，自然充满了千载不平之余愤，游荡在此处的正是被项羽杀害的义帝之英灵。这样一来就不难发现，该作品是一个比喻性的虚构故事，以发生在逆臣杀君的不忠与谋反之地长沙的历史事实为题材，将生六臣元子虚设为话者，叙述了一位国王与六位大臣慷慨激昂的对话，实际上在影射被首阳大君流配到宁越之后惨遭杀害的端宗之悲剧。该作品是一个高水平的虚构故事，因此只能将其界定为小说体裁。

综上所述，韩国古典小说的范围和领域可以总结如下：第一，其形成起点并非 15 世纪，而是应该追溯到 10 世纪罗末丽初，其下限则为 19 世纪末开化期之前。第二，从标记文字来看，包括所有韩文作品、汉文作品以及韩汉混用作品。第三，以韩文标记的所有小说、罗末丽初传奇小说和高丽传奇体小说（如经金陟明改编之后以《海东高僧传》的《圆光传》形式流传至今的《圆光法师传》、据传为高丽末期李居仁所作的《莲花夫人传》，通过这些作品可以分析出高丽时代小说史的发展轨迹）、传奇小说和梦游录之类韩文创制之后创作的所有汉文小说，以及 17 世纪以来新出现的诸多传系小说与野谈系小说等均应包括在韩国古典小说范畴之内。

二　通过人与神的关系看存在论的两种类型

在小说所追求的最基本命题中，包含一些存在论的疑问，比如，人生的本质是什么？生活原理是什么？怎样的生活方式才是正确的？此时提出的最受关注的问题恐怕就是有关人与神之间的关系。神究竟是否存在？如果存在，那么神对于现实生活空间中不断发生的对立与矛盾、腐败与社会罪恶，为什么只是冷眼旁观、一言不发？这些令人苦恼的问题无疑是于人类历史开始之时同时提出的最普遍的宇宙疑问。

埃米尔·杜尔凯姆和米尔恰·伊利亚德等西欧精神文化史学家认为，社会是人类的生活基础，大体可以分为以宗教神秘性与灵验性为基础的"神圣社会"和以科学合理性、实用性为秩序基础的"世俗社会"，此时作为区分标准的神圣性与世俗性可以被理解为古代与现代的对称关系。例如，以现代人的意识标准来看，吃饭、性行为之类的生理行为只是生命体的有机现象而已。但是对古代人来说，这并非单纯的生理现象，而是一种"神圣典礼"，即"与圣灵的交流仪式"。

在古代神圣社会，神是利用其绝对权能主宰人类生活的存在。当时神与人之间形成了一种理想的和谐，人类的生活是幸福的。人敬拜神，创造了神圣社会，发展出神圣文化。人类体验到来自至高无上的神的启示、灵验与神秘的奇迹，对此深信不疑。人们比邻而居，互相帮助，彼此依靠。对私有财产也毫无贪念，相辅相成，追求集体社会伦理路线。不追求人为的开发和发展，而是保持现状，在自然中维持生活。与物质相比，更崇尚精神价值，追求忠、孝、烈之类的正当理念。与人交往时，并不考虑其利用价值，而是将人品本身视为目的价值，因此神圣社会的人类可以定义为共同体社会类型。

然而，现代人在经历了工业革命之后，再次陶醉于自身取得的科学成果之中，坚信自己的能力，于是开始抗拒神。在地上的人间世界，神丧失了立足之处，于是隐藏起来。因此，卢卡奇认为现代世界是一个不断堕落的悲剧世界，神已经离去，人类再也听不到神的声音，人类只顾追求物质的富饶，戴着虚伪的假面，忙于私利私欲，反目成仇，不断争斗。也就是说，在神离去的人间世界，堕落的自我与堕落的世界丧失了理想的和谐与整体性，彼此分裂，只热衷于弱肉强食的残酷斗争，同时又在努力重新恢复整体性，卢卡奇认为这种现实生活是一个悲剧世界。虽然很难断定卢卡奇这种世界观是正确的，但可以说反映了部分事实。

如今，与以天上为中心的神话秩序相比，人类更加热衷于探索地上肉眼可见的自然现象。遇到困难时，不再追求灵验与神秘的奇迹，而是尝试通过合理的科学思考来解决问题。与梦之类的心理情绪体验相比，更加重视肉眼能看见和能证明的经验现象体验。不再追求邻里之间互相帮助的集体路线，而是更加执着于个人的利害关系和个人成就。与自然经济秩序相比，将生活基础建立在货币经济秩序之上，追求无限的物质富饶和金钱财富。因此，这种世俗社会的人类可以定义为利益型社会。

迄今为止，我们根据神与人之间关系的变化情况，即神在人类社会中被克服的过程，考察了人类表现出来的两种存在论特征。根据上述考察结果，一种人相信超越世界与神的存在，在神的权能、恩典和秩序之下维持生活，另一种人则否定神与超越世界，认为地上世界的现实生活是人类存在的唯一本质。前者的生活原理可以称为超越主义存在论，后者则可以称为现实主义存在论。

三 古典小说的存在论及其美学

那么韩国的古典小说表现出怎样的生活原理呢？为了解答这个问题，下面就来考察一下长篇大河小说《明珠宝月聘》、爱情小说《淑香传》以及《春香传》等盘瑟俚系小说和世态小说。

古典小说的超越主义存在论及其美学

《明珠宝月聘》（100卷100册）和《尹河郑三门聚录》（105卷105册）采取了两部连作小说的形式，在世界文学史上也是史无前例的长篇大河小说。在前、后两篇中，《明珠宝月聘》相当于前篇，从作品规模来看，有数十名男女主人公级人物长时间纵横驰骋于辽阔的时空之中，演绎了一场从生到死的过程中天命已定的生平传奇，因此众多故事错综复杂地交织在一起，一气呵成，堪称一部气势恢宏的巨作。

在《明珠宝月聘》中，针对遵循天理与正道生活的善良主人公，穷凶极恶的敌对势力以无比残忍的阴谋诡计犯下滔天罪行，制造了种种祸端。因为他们相信："天定胜人，人众逆天胜。"因此主人公的痛苦极深和考验极为残酷，惨不忍睹。尽管人间这种悲惨的灾难不断，神却毫无动静，也无意介入，令人全然不知神存在与否。即便神存在，似乎也只是对人间游戏袖手旁观，面对那些恶毒小人的挑战却束手无策，只是显得懦弱无能。看到这里，《明珠宝月聘》的作品世界无疑是一个悲惨的世界，神从一开始就不存在，或许隐藏起来，或许已经死去。那么在这个作品中一味地受到邪恶敌对势力攻击的主力军是怎么想的呢？如果他们发现一直坚信能将自己从绝望的现实中解救出来的神如此懦弱或根本不存在，或许他们不会再等待神的救援，放弃追求讲究道德和富有价值的生活。

但事实并非如此，他们带着"顺天者昌，逆天者亡""邪不犯正，妖不胜德"的坚定信念继续生活，而这种信念最终得以实现。根据天意，天定时运归来之后，猖獗一时的邪恶势力终于得到了应有的报应，正人君子最终战胜了漫长而艰难的绝望与死亡时空，恢复了"风景绝佳、山清水秀"的乐园，洋溢着幸福与喜悦。因此可以说，在这部作品中，神绝非像舞台外的观众一样袖手旁观、束手无策、懦弱无能或是躲起来的存在。其实在这部作品中，神根据自己的决定，必要时可以随时随地以任何形态凌驾于人间世界之上，行使自己的权能来创造奇迹。这部作品中展现的世界观不同于卢卡奇和戈德曼之类的悲剧世界观。我们在前面已经看到，卢卡奇和戈德曼所捕捉到的"世界"是一个悲剧世界，人抗拒神的存在，神抛弃了人，因此神与人之间已经丧失了理想的和谐与整体性，失控的混沌与分裂、破坏与残虐行为比比皆是。

但在《明珠宝月聘》中，混沌与分裂、破坏与残虐行为泛滥的悲剧时空并没有占据整个作品世界，这种悲剧时空只不过是神为了使人认识到自己无可辩驳的存在而设计的人类整体生活的起始部分而已。神事先已经写好了人间生活的脚本，根据这一脚本，安排每个人担负起各自的角色，同时演奏了一曲美妙而神秘的交响乐，最终将人引入庄严而崇高的神之真理与时空之中。地上人类的生活只不过是深刻而奥妙的天意的体现而已，神最终行使着主宰地上人间万物生活的唯一绝对权能。

我们已经知道，认为现世地上世界的人与超越性的天上世界的神之间是一种密不可分的关系，相信地上世界的生活最终会被纳入超越一切的神的领域，这种原理就是超越主义生活原理，或者叫作超越主义存在论。在韩国古典小说史上，基于这种原理创作的作品不仅有长篇大河小说，还有英雄小说、艳情小说等多种类型小说，涌现了丰富多彩的例子，下面就通过《淑香传》来进行具体分析。

《淑香传》的异本多达数十种，但普遍认为梨花女大所藏本、韩国学中央研究院本和哈佛大学燕京图书馆本这三种译本相当于善本。本文将以哈佛大学燕京图书馆本为中心进行考察。

燕京本总共由四卷四册构成，作品篇幅最长。这一事实首先说明燕京本在作品篇幅方面成就最高，下面来看一下作品内容。《淑香传》是一部典型的超越主义作品，整个作品都充斥着神异、灵验与奇迹。作家在作品开头便提出了明确的超越主义生活原理，淑香等人间世上的一切生活都只能根据天道、天理和天意展开，这种原理在实际中体现得丝毫不差，之后展开的作品内容也不过是一个证明和使人相信这一切的过程而已，因此《淑香传》堪称超越主义文学的典范作品。

下面根据作品展开的时间顺序来考察一下这种情况。

（1）一天，淑香的叔父金佺救出了被渔夫捉住面临死亡的乌龟，并将乌龟为报恩送给自己的宝珠作为聘币，形成天定婚。

（2）一位仙女在五彩云朵与奇馨异香中出现，在仙女的帮助下，天上月宫仙女还生，淑香因而诞生。

（3）一个叫王筠的占卜人算出淑香今后一生将承受天定厄运。据他预言，淑香原本属于仙界，"非人世之人，而是乘月宫嫦娥之精气出生，此生须赎尽前生之罪，方能遇上好时节"。她5岁时将失去父母，15岁之前将经历五次死亡之劫，17岁时被封为夫人，20岁时重遇父母，享尽荣华富贵，70岁时回归天界本乡。

（4）淑香5岁时发生战乱，避难过程中失去父母，迷失在山中，幸得野兽与鸟儿的保护。

（5）在山中徘徊的淑香在青鸟的指引下进入仙界——"冥司界"，遇见了仙女"后土夫人"。喝下仙女的茶之后，她忘记了人间世上的一切，重回仙界，并听后土夫人讲述了自己今后将在人间经历的厄运与即将发生的事，返回人间。

（6）淑香重返人间之后，根据天意依托于前生结下宿缘的张丞相家，但遭到侍婢思香的诬陷，蒙受偷窃的不白之冤，被逐出家门，于是下决心投河自尽。

（7）但淑香又被掌管河水的龙女和乘坐莲叶舟而来的月宫仙女搭救，喝下仙女的仙茶之后重返天上仙界。之后在仙女的教导与帮助之下，她乘坐莲叶舟重返人间，依托于化身为卖酒婆婆的麻姑仙女。

（8）淑香在青鸟引导之下来到天上白玉京，参加了玉皇大帝、释迦如来佛、月宫嫦娥及诸仙官仙女与诸佛诸天共聚一堂的华丽而庄严的宴席，目睹了由玉皇大帝牵线搭桥，月宫小娥与太乙仙君结缘的情景，醒来却发现是南柯一梦。月宫小娥正是淑香在仙界时节的前身，太乙仙君则为淑香的未来配偶李仙的前身。

以上从（1）到（8）依次考察了多达 27 段的《淑香传》故事，看到这里不难发现贯穿于整个作品的超越主义特征。淑香的生平完全按照（3）中占卜家的神秘预言如期进行，每个段落完全都是在人间引导淑香生活的天上超越性存在的神异灵验故事，这一现象在整部作品中反复出现。揭开这一事实之后，对该作品的考察在此便告一段落。

众所周知，《九云梦》主要讲的是南岳衡山修道僧性真突然被世俗欲望所吸引，苦恼之余还生为人间俗人，名杨少游，在享尽人间各种快乐之后领悟到，杨少游的生活只不过是一场空虚的春梦而已。因此该作品的基本结构可以理解为现实→梦→现实。其实性真的世界和杨少游的世界也是与现实时空和梦中时空、仙界和人间两种形成对照的生活相呼应的。但是性真的生活与杨少游的生活既没有形成简单的对称结构，也没有单纯地宣扬佛教教理，这两种生活世界反而应该视为彼此是交融共存的。

首先来看一下性真的世界。性真对于世俗欲望的苦恼在于自己只不过是一个凡夫俗子，因此南岳衡山也不过是人间一个普通的现实空间而已。但这里同时又是神僧六观大师开道场说大法之地，性真也是"劈开水道进入水晶宫见到龙"的超越性存在。因此"入梦"之前性真的世界可以理解为一个同时具备圣俗双重含义的时空，既是现实，又是超越空间。

其次，在杨少游的世界里，性真由于受到世俗欲望的困扰，听从了六观大师无法避免"一次轮回之苦"的劝告，从衡山莲花峰还生到现世，完全忘却了前生世界，邂逅前生结下宿缘的八名美女，成为王侯将相，享尽了人间的荣华富贵。因此，与性真的世界相比，这里无疑是世俗时空。然而，在杨少游的世俗空间里，还存在着蓝田山、盘砂谷、白龙潭之类神秘的神圣空间，这一点绝不能忽略。在蓝田山，杨少游遇见了道人，获悉父亲杨处士的消息，并得到了今后与自己的天定配偶结缘时需要的重要神物，蓝田山在地理上虽然存在于人间，却是一个与现实世界隔绝的超越性神圣空间。这种超越性生活体验在白龙潭也同样有所体现，而且这种体验并不局限于杨少游个人，其他将士也有着共同的体验。杨少游从龙宫返回途中，在龙宫使者的带领下，途经南岳衡山并见到了六观大师。在他人间缘分已尽即将回到南岳衡山返本还原之前，与六观大师见面进行了对话，由此可知，这是一种在人间的超越性神秘体验。

可见杨少游的生平传记并不仅仅是独立的自给自足的现实世界，而是与天上原有的时空秩序及存在原理紧密相连的，形成了一个深奥的存在论意义体系。因此，杨少游在人间生活时也可以往来于超越性世界，在返本还原回到衡山莲花峰之后，他的生活并没有完成，因此最终将回归到极乐世界这一天上永恒的时空，不断重复着自我更新。因此《九云梦》反复展现了从现实世界到超越世界的无限升华，可谓一部反映了超越主义世界观与存在论的小说。

古典小说的现实主义存在论及其美学

下面要考察的一系列作品与前面所考察的神圣文化超越主义小

说类型截然不同。如果说人类历史从中世纪到近代，从神圣文化到世俗文化，从共同体社会向利益社会过渡，那么这些作品群可以说或者倾向于后者，或已经完成过渡，或反映了过渡过程本身。

下面来具体看一下世俗小说的特点。第一，宗教性的敬畏和神异性已经基本消失。第二，小说中的主人公不再是王侯将相之类非凡的英雄，而是诸如春香、兴夫和李春风之类在人们周围常见的平常人物。第三，反映了强烈的物质货币经济价值观与社会现象。第四，小说的矛盾不再是命中注定的，而是由个人的成功欲望和社会矛盾引起的。第五，不再需要超越性存在的介入，而是通过在现实世界中的探索来解决危机与矛盾。总之，在这些作品群中，人的日常生活与欲望的实现之类问题成为作品的重要主题。针对这些特点，下面来看几部具体的作品。

《春香传》在盘瑟俚系小说乃至所有世俗小说中堪称巅峰之作，与神圣小说巅峰之作《淑香传》形成鲜明对比。前面已经提到，《淑香传》以超越主义和循环论史观为基础，展现了庄严而崇高的作品世界与美学。与此相反，《春香传》却粗俗而滑稽，节奏也十分紧凑。《春香传》最终的作品矛盾是春香的身份矛盾，春香在卞学道的暴行面前坚持的"烈女意识"，这与为了实现身份上升的目的而动用的防御机制有关，因此在作品中也相当于为了实现目的而采取的一种手段。春香为了实现提升身份的目的，最终从与自己身份截然不同的两班李公子那里得到了一份保证，上面写着"不忘记"，表示永不抛弃自己，这相当于一份证据材料，她与试图残忍地蹂躏自己身份上升宏伟愿望的卞学道阻碍势力誓死对抗。从其凄惨而激烈的斗争情况来看，春香具有极其强烈的自我意识，可以说是近代社会和利益社会的人物形象。该作品反映了当时社会身份结构的分化、逐渐瓦解的社会变动情况。因此，该作品的最终价值就在于提出了一个尖锐的反命题，试图保护人们不受顽固不化的封建社会制度与教理的伤害并获得解放。

《兴夫传》正面剖析了利益社会的核心焦点——财富的问题。在"有钱能使鬼推磨"的利益社会里，将不受任何天上秩序的介入而展开的人间世界现实矛盾作为作品的中心矛盾。具体地说，兴夫与玩夫之间的矛盾不是发生在私有财产和所有观念淡薄的"共同体社会"，而是源于兄弟之间所有概念明确、要求交易和契约的"利益社会"。

兴夫虽然具有两班贵族意识，但在现实中只不过是一个打零工的下层贫民。而兴夫顽固不化地坚持对玩夫用卑称，而且尽管自己衣不蔽体，却想要打扮成两班，遭到了民众的嘲弄和批判。尽管如此，人们之所以依然始终以温情的视线看待兴夫并对其寄予同情，是因为他的贫困和艰苦的生存斗争，兴夫为了战胜贫困甚至靠替人挨打挣钱。而对其贫困情况的描写也令人产生共鸣："本想做饭，可一看历书上还有一大串日子，要到甲子日锅中才能有米。老鼠跑来偷米，不分昼夜来回跑了十三天，累得腿上都生了疮。"兴夫这种凄惨的现实也正是当时极度贫穷的下层人民的生活写照。

与此相反，玩夫虽然是奴婢出身，却在身份低贱的情况下翻身积累了财富，在世俗社会中奠定了牢固基础。尽管如此，玩夫最终还是遭到了否定，其原因正在于他对兴夫之类下层民众的掠夺行为。玩夫居心叵测的行为正是反道德、反社会的邪恶地主和高利贷商人的掠夺行为，也是理应遭到唾弃的部分特权阶层的表现。因此，为了惩处玩夫，民众通过葫芦这一寓言性工具，动用了一切手段和方法。惩处势力无论是对两班、楚兰、祠堂居士还是屎尿污物，全都毫不介意。他们的惩处使得玩夫家败人亡，令人拍手称快。可以说《兴夫传》最终体现了民众对邪恶的掠夺阶层的敌对意识以及对财富合理分配的关注。

下面来看一下朝鲜后期广为流行的所谓世态讽刺小说。《钟玉传》中主人公钟玉下定决心在学问有成、金榜题名之前绝不成家，他的叔叔却指使一名叫香兰的妓女加以引诱，从而使其失节。在两人的爱情即将成熟之际，叔叔却伪造了一封书信，谎称钟玉之父在京城病危，让钟玉前往京城，然后又伪造书信谎称其父已大病痊愈，使钟玉中途折返。返回途中，钟玉发现了路边掩埋着香兰尸体的坟墓，伤心不已。一天，香兰假扮成鬼出现，二人像以前一样寻欢。钟玉误以为自己也变成了鬼，在外面四处游荡，结果出其不意地被叔叔揭穿，出尽了洋相。

此外，世态讽刺小说还有《乌有兰传》《裴裨将传》《芝峰传》等，这些作品所展现的视角都暴露和讽刺了道貌岸然的道学君子传统观念的虚伪性，肯定了人与生俱来的感情和欲望。另外一个特点在于在暴露所谓正人君子的道德伪善和堕落的过程中又引进了性与女色这一被当时社会规范视为禁忌的主题，引人入胜。被诱惑的男性与诱惑人的女性，幕后人物之间的三角关系借助紧凑的构成和结尾的和解而形成了稳定的结构。因此，这些作品的特点可以总结为：一方面，肯定了人的世俗欲望，讽刺了传统的伪善道德；另一方面，使登场人物之间获得了归属感。

最后是燕岩朴趾源的作品，作家果然不愧是主张利用厚生的北学派领袖，在现实中积蓄经济实力，同时又站在排斥不义的民众健全的世俗主义一边，并不看重身份的贵贱，而是将人物评价标准放在实际能力上，他的作品更加系统地体现了当时的时代精神。

与《两班传》相似的内容也出现在另一部野谈集中，由此可以推测，该作品可能是以民间传承而来的实际民谈为素材创作的。郡里一名贫寒而德高望重的两班由于无力偿还从官府借来的换粮，最后只得将家谱上的"两班"身份卖给一名富有的贱民——贱富，从这种情况的设定便能够看出两班与贱民这两个阶层的明与暗。因为所谓"安贫乐道"和兴夫的无能一样，毫无价值，在"财富"面前，即使身份优越也无能为力，这正是对找不到现实出路的两班的批判。但作家并没有停留于此，在郡守仲裁下签订的两班买卖契约书将两班的伪善暴露无遗。绝不能抱怨贫困，也不能摸钱，这些两班必须遵守的过时的清规戒律根本不适合一直过着现实而又实际生活的贱民富翁。因此，在富翁的要求下郡守重新起草的契约书进一步暴露了两班的掠夺本性，认为科举及第后获得的红牌是取之不尽、用之不竭的钱袋，这种想法则暴露了两班阶层是一个寄生集团，其实就是盗贼。这种情况应该是在当时社会结构变动的背景之下设定的，也可以说是在敦促那些无法积极应对现实的两班阶层觉醒，同时暴露了他们的寄生本性。

　　到此为止，我们考察了韩国古典小说的精神史展开情况，从中可知，韩国古典小说从体现了基于天上、神圣性和神异性的超越主义存在论及其美学的神圣小说过渡到了基于地上、实证性与合理性展开的现实主义世俗小说。如果说前者是以前近代为属性的共同体社会文学，那么后者可以说是现代利益社会文学。这一事实在解读韩国历史乃至文学史的过程中具有十分重要的意义。在韩国学界，认为在韩国历史乃至文学史的展开过程中找不到内在的、自生的近现代化契机与活力的看法曾一度占上风。这当然是日本侵略者以及开化初期对他们应声附和的部分启蒙主义者所误导的亚洲本质特征论及殖民地历史观造成的。但是如上所述，在经历了壬辰倭乱和丙子胡乱之后，进入朝鲜后期，通过盘瑟俚系小说、世态讽刺小说以及燕岩小说等，韩国文学史体现出生机勃勃的民众文学发展面貌，从精神史上来看，这种面貌正是近现代性的体现。

　　韩国文学史明确揭示了基于亚洲本体论或是殖民地历史观，带着悲观和自我贬低的视角来看待韩国历史发展情况的态度是一种极其严重的错误。

（李相泽）

参考文献

论著

이상택, 「춘향전 연구 - 춘향의 성격 분석을 중심으로」, 서울대 대학원 석사논문. 1966.

이상택, 「고대소설의 세속화 과정 시론」, 『고전문학연구』 1, 고전문학연구회. 1971.

이상택, 「고전소설의 사회와 인간」, 『한국사상대계』 1, 성균관대 대동문화연구원. 1973.

지준모, 「전기소설의 효시는 신라에 있다」, 『어문학』 32, 한국어문학회. 1975.

이상택, 「명주보월빙의 작품세계」, 『정신문화』 2, 한국정신문화연구원. 1981.

이상택, 「윤하정삼문취록 연구」, 『한국고전산문연구(장덕순선생화갑기념논총)』, 동화문화사,
　　1981.

韩国古典小说世界

임형택, 「나말여초의 전기문학」, 『한국한문학연구』 5, 한국한문학회, 1981.

이상택, 「명주보월빙 연작의 구조적 반복원리」, 『백영정병욱선생환갑기념논총』, 신구문화사, 1982.

이상택, 「구운몽과 춘향전의 그 대칭 위상」, 『김만중 연구』, 새문사, 1983.

이상택, 「흥부놀부의 인물평가」, 『한국문학사의 쟁점』, 집문당, 1986.

김종철, 「서사문학사에서 본 초기소설의 성립문제」, 『다곡이수봉선생회갑기념논총』, 1988.

조동일, 『한국문학통사』, 3판 1쇄, 지식산업사, 1994.

박희병, 『한국 전기소설의 미학』, 돌베개, 1997.

이상택, 『한국 고전소설의 이론 Ⅰ·Ⅱ』, 새문사, 2003.

古籍

『명주보월빙』, 이상택 외 9인 교주, 『한국고대소설대계』 1, 한국정신문화연구원, 1980.

『윤하정삼문취록』, 이상택 외 7인 교주, 『한국고대소설대계』 2, 한국정신문화연구원, 1982.

『구운몽』, 정병욱·이승욱 교주, 『한국고전문학대계』 3, 교문사, 1984.

『춘향전』, 이상택 편, 『해외수일본 한국고소설총서』 1, 태학사, 1998.

『흥부전』, 이상택 편, 『해외수일본 한국고소설총서』 1, 태학사, 1998.

『숙향전』, 이상택 편, 『해외수일본 한국고소설총서』 7, 태학사, 1998.

『금오신화』, 박희병 표점·교석, 『한국한문소설 교합구해』, 소명출판사, 2005.

第二章　韩国古典小说的诞生

一　围绕韩国古典小说起源的两种观点

之前普遍认为金时习（1435～1493）的《金鳌新话》为韩国古典小说之滥觞，但近年来这种说法得到了纠正，认为韩国古典小说的起源期为罗末丽初，其代表作品为《崔致远》，这种观点逐渐占据了主流。

《崔致远》作者不详，尽管如此，对于该作品创作于罗末丽初的推测，没有任何人提出异议。如果将"罗末丽初"的范围说得再明确一些，大约为10世纪。同时，尽管《金鳌新话》的具体创作时期很难确定，但其创作于15世纪后半期这一点是毋庸置疑的。这样一来，相当于《崔致远》和《金鳌新话》的创作时期相距约五百多年。

认为《金鳌新话》是韩国小说滥觞的研究者将《崔致远》视为记录说话，或认为其是对说话略微进行了文学加工的作品，此时体裁问题便会随之而来。也就是说，会提出这样一些重要问题：小说体裁是什么？小说和说话体裁有什么不同之处？然而支持这种普遍说法的研究者并未对此进行深入阐述。

认为《崔致远》是韩国小说起源期代表作品的学者并非只从本国历史的观点出发，而是试图从东亚观点来看待这一问题。他们认为，中国在 7 世纪左右的唐朝便已经出现了传奇小说这一独特的文言形式小说，8 世纪、9 世纪之后发展得十分多样。日本在 10 世纪左右出现了物语文学，11 世纪已经创作出《源氏物语》这样的巨作，而考虑到传统时代的东亚文化交流，唯有韩国到了 15 世纪才出现小说，竟然落后了 5 个世纪，这种现象极不正常，而且这一主张也完全不符合历史事实。出于这种考虑，支持罗末丽初说的研究者认为《崔致远》这一作品恰好体现出初创期传奇小说的特点，此外《虎女》（又名《金现感虎》）、《调信传》等作品也证实了罗末丽初传奇小说的创作情况。

二 阅读成立期韩国古典小说的注意事项

此处所谓的"成立期"指的是韩国古典小说起源的罗末丽初，成立期韩国小说的代表形式正是传奇小说。这并不意味着传奇小说是这个时期唯一的小说形式，其他小说形式也有存在的可能性。但这种可能性（或者说这种可能性的实现）已经微乎其微，所以传奇小说是代表这一时期的小说形式，这一点毋庸置疑。因此，为了更好地了解成立期韩国小说的特点，必须要深入了解传奇小说的艺术特点。

一种文学体裁本身就是动态的，在与其他体裁的关系方面同样也是动态的。一种历史体裁不断与其他体裁相交汇，从中汲取某种东西以改变自己，同时改变其他体裁。在这一过程中，原本已经设定的体裁之间的边界可能会发生变化甚至倒塌，最终形成新的体系。新体裁的诞生自然也是通过这一过程形成的。从这种观点来看，对于一种历史体裁的研究，必须要特别强调对各种体裁之间"相互交汇"与"关系"的认识。

对于成立期的传奇小说，同样有必要从这一观点进行考察。成立期的传奇小说处于韩国小说发展史的首位，与后代更加发展的传奇小说及其他各种形式的小说相比，自然不可避免地存在着很多不成熟之处，而且与说话这一相邻体裁也产生了十分特别而密切的关联。因而如果用今天看待小说的标准来看待成立期的传奇小说，与其说是小说，不如说更接近说话。但是，无论是从历史上还是从理论上来看，这种观点都有问题。因为我们不能用今天的体裁体系或者朝鲜前期、后期的体裁体系去看待传奇小说，而是应该根据当时的体裁体系，从当时的小说史脉络去正确看待它。

三　说话与传奇小说的差异

在韩国古典小说成立期，说话与传奇小说彼此之间关联十分密切。这一时期的传奇小说以说话为母胎，又作为另一种不同于说话的文艺建筑使自身得以成立。基于这个原因，这一时期的传奇小说一方面具有说话的面貌，另一方面又和说话有着本质上的区别。因此，为了正确地理解罗末丽初小说的文学史脉络，必须要对这一点进行考察。此处主要简单探讨以下两个问题：第一，从体裁方面对"说话与传奇小说区别何在"进行探讨；第二，对"作为一种小说形式，传奇小说具有何种特征"进行探讨。

第一，传奇小说中人物和环境的描写与叙述都很"具体"。这句话需要从多方面进行思考，也就是需要从人物、环境和人物与环境的关联这三方面进行思考。

首先，来看一下人物，传奇小说具体地烘托出人物的性格特征。传奇小说不仅描写人物的外在情况，还尝试描述其内心世界，这就是其努力的结果。因为对人物个性的了解需要"内外"相结合才能更加具体，所以传奇小说往往通过诗来表白人物的内心想法与心理活动，而且还试图通过一般叙述来突出人物的性格特点。但说话并非如此，说话仅仅关注人物的外在行为而已。说话人物与传奇人物不同，不会轻易暴露出自己内心的想法，因此无论说话多么具体，与小说相比都是抽象的。

其次，来看一下环境。传奇小说中人物所处的时间与空间环境都是确定的，并进行相应描述。与此相反，说话对于人物所处的时空并没有清晰的规定和具体的认识，因此说话的时空是抽象的。如果某个说话表现出了对环境的详细描写，那么这个说话极有可能已经正在向其他体裁过渡。

最后，从人物与环境的关联来看，传奇小说表现出二者紧密的内在联系。对环境的具体描写是为了突出人物的性格特征，对人物的具体描写使得对环境的描写更加发展。

与说话不同，传奇小说中有可能"更加丰富地反映社会现实"或是对生活有更加高度的认识，这同样是因为在人物、环境、人物与环境的关联方面传奇小说对世界的认识更加具体。但是传奇小说所表现出来的人物、环境以及人物与环境的关联方面的特征其实是小说体裁的普遍特征，并非传奇小说所独有的。这一点恰恰提供了一个重要的理论根据，可以用来反驳认为传奇不是小说，而是"用文字创作的说话"或是"说话与小说中间形态"的观点。

综上所述，在体裁所承担的内容"具体程度"方面，说话和传奇小说有着本质上的区别。

第二，在作品体现出的"时间本质"方面，传奇小说与说话有着区别。和小说体裁普遍体现出来的特点一样，在传奇小说中，时间的本质也体现为成长、变化和形成。在作品结束之时，可以发现主人公及周围人物的变化、精神的成长，或者是对生活态度认识的转变，这就是证据。传奇小说和其他小说一样，把时间概念当作造成变化与形成的固有方法论来驾驭"内心观察"。因为只有通过内心观察，人物的精神变化才能真实而深入地体现出来。相反，说话的时间不是表现为变化与成长的时间，而是表现为"持续"。它并不注重探索人物的内心变化，只是注重展示人物始终具有的面貌，或是围绕着人物的周围世界的状态。因此，起始和结束时间之间虽然有物理时间的流逝，但无法发现真正意义上的变化，只能确认持续性而已。

第三，说话与传奇小说不仅在具体程度和时间概念方面不同，而且在主人公的审美特质方面也截然不同。

传奇小说的素材和主题十分多样，很难总结为一种类型。爱情问题可以说是传奇小说形式的核心，在涉及这一问题的传奇小说中，细腻、内向而孤独的人物形象形成其主要的审美表现方式。因此，"传奇人物"往往喜欢独白，用书信、诗、歌或其他方式来展现自己的内心深处，表现出独特的内心世界。

这种世界内部情况的特点往往是孤独或是受排挤的。当然，并非所有传奇小说都如此，但至少有一点是明确的：在传奇小说中备受瞩目、具有本质重要性的人物形象是孤独的。传奇人物所表现出的这种孤独感大体蕴含着深远的社会意义与现实意义。传奇小说以作家个人的问题意识或是现实处境为媒介提出问题也是主要与此相关。与传奇人物这种面貌不同，说话的人物既不细腻，也不内向，更不孤独，说话的人物丝毫不懂得孤独，完全依靠外在行为表现，绝不会展现其内心世界。这两种完全形成对比的人物形象的美学特质是由各自所属的体裁特点决定的。

第四，在创作"目的意识"方面，也能发现说话与传奇小说令人瞩目的差别。说话基本具有自然发生的性质，相反，传奇小说则带有明确的目的意识创作而成。这也与口传文学和记录文学的差异有关。认为传奇文学的创作过程中承担的目的意识只和创作过程有关是肤浅的，必须要认识到它积极参与从多角度体现体裁内在特质的过程。也就是说，有必要明确认识到，这并非体裁方面的"外部"问题，而是"内部"问题。

那么，传奇小说创作的内在目的意识具体是在哪些方面体现出体裁内部特质的呢？可以列举出很多证据，这里只提几点：明确体现的主题、细密紧凑的情节、人物的个性刻画、媒介人物的多种利用，以及与传奇人物的面貌或传奇小说气氛相呼应的细腻纤丽的文体等。

第五，需要格外注意传奇小说的文体，因为这是识别传奇小说的一个重要体裁指标之一。

传奇小说的文体是感性而华丽的文言体汉文，重视气氛，而且往往表现出抒情倾向，显示出富有诗意的凝练美和浓缩美。传奇小说重视文饰，因此擅长驾驭对偶和典故。在这些方面，传奇小说的文体明显区别于其他系列汉文小说，比如野谈系汉文短篇或传系汉文短篇，而且也明显区别于单纯的说话记录以及对说话稍微进行加工润色的稗说类，从这种文体特点中恰恰可以找到识别传奇小说一个极为重要的外在特征。

四　为什么《崔致远》是小说而非说话？

如果从目前提到的罗末丽初传奇小说中选出最具有代表性的作品，非《崔致远》莫属。那么为什么说《崔致远》是传奇小说而不是说话呢？前面已经探讨了传奇小说和说话的体裁差异，下面就在此基础之上对其进行验证。

首先，《崔致远》不但描述了人物的外在表象，而且还描绘了其内心世界，具体地突出了人物的性格特征，表现出与说话完全不同的面貌。此外，通过主人公彼此唱酬的多首诗歌来细腻地展现其心理状态和心灵本质，而说话是不可能做到这些的。在时间概念方面也可以判断出《崔致远》是小说，在起始和结束时间之间可以发现巨大的本质变化。与二女的邂逅和爱情使得崔致远对生活的认识大为改变，生活出现了新的转折。不仅如此，《崔致远》主人公的美学特质也如实展现出传奇小说的面貌。在作品开头提出的诗中出现了"旅人""孤馆"等词语，这充分体现了主人公崔致远的内心世界是孤独的。此外，与二女相关，作品中表现出来的基本情调也是悲恨与寂寞，而说话人物是不懂得孤独和寂寞的。因此，该作品在主题意识、生平传记的构成、人物个性的烘托、诗的插入等方面都显示了明确的目的意识。将具有如此高度目的意识的作品视为说话并不合适，而且华丽且善于修饰的抒情文体也同样证实了该作品在文体方面是传奇小说。

通过上述分析可知，《崔致远》不可能是说话，分明是传奇小说。但是，为了使这一主张更具有说服力，让我们再次回忆一下这种反论：所谓传奇小说难以称其为小说，也不能称其为说话与小说的中间形态——"传奇小说"，只能称为"传奇"。

首先让我们来思考一下第一种主张："传奇小说难以称为小

说"。这种想法不仅在理论上难以认同，而且也没有以资料为基础进行充分的验证。对于传奇小说属于小说这一事实，我们在前面分析传奇小说体裁性质时已经进行了充分的探讨，无须赘言，此处只是结合资料再谈一两点。

众所周知，不仅韩国创作和拥有传奇小说，中国、越南和日本也同样如此，它属于东亚汉字文明圈一种普遍的小说形式。因此，在强调我们的特殊性之前，有必要先认识一下汉字文化圈的"普遍性"。但凡通读过中国唐朝时期创作的屈指可数的传奇小说的人，哪怕只读过一遍，马上就会发现"传奇小说不是小说"之类的主张严重脱离实际。总之，必须要广泛考虑汉字文明圈的普遍情况，实事求是地对传奇小说进行探讨才能具有说服力。

下面再来看一下"传奇小说是说话与传奇中间形态"的主张。传奇小说的确是以说话和小说为母胎成长为小说的。因此尽管前面主要强调了它与说话的差别，但不能无视其与说话的关联。在阐明韩国小说从起源到《金鳌新话》循序渐进发展而来的过程时，要特别考虑到这一点。

承认说话与传奇小说的关联，并对其进行动态的考察，这对于小说史十分重要。因此，不得不承认，虽然传奇小说的基本体裁归属是小说，但不同作品的说话倾向或多或少，内部也会多少存在一些差异。

但将传奇视为说话与小说中间形态的看法与这种观点截然不同，这种立场并没有动态地认识到说话与传奇小说的关联情况，而是将传奇小说本身定性为中间性质的体裁，其实这种立场更侧重于将传奇小说视为说话。前面已经提到，传奇小说展现了一般小说具有的体裁特征，与说话在本质上有着明显的区别，因此此处不再赘述。

五 罗末丽初传奇小说的创作情况

现存的罗末丽初传奇小说作品有《崔致远》《调信传》《虎

愿》等。《崔致远》和《虎愿》原本收录在《殊异传》的故事书中。《殊异传》虽然已经失传，但其中几篇作品被部分文献所收录，并且流传至今。

此外，还有一篇作品被推测为传奇小说——《首插石楠》。该作品收录在《大东韵府群玉》中，篇幅很短。由于这是一本具有百科辞典性质的书，因此也有人认为这并非原作，而是缩略后的梗概。考虑到《大东韵府群玉》的性质，也不排除这种可能性。因为《崔致远》和《虎愿》在《大东韵府群玉》中也仅收录了缩略的记事，这一点已经明确得到了证实。尽管如此，这些事实也只能算是《大东韵府群玉》中收录的《首插石楠》是梗概缩略这一主张的旁证，并非直接证据，因此作为确凿证据还存在一定的困难。加之考虑到这一时期处于叙事文学史阶段，也有可能存在着非传奇小说以及与传奇小说素材相似的说话，不能不预想到《首插石楠》有可能正是这种情形的反论。也就是说，也不能排除这种可能性：《大东韵府群玉》中收录的《首插石楠》不一定就是传奇小说的缩略形态，也有可能是照实收录的以梗概为主的短篇说话故事，或者是"几乎"照实收录的。考虑到这些疑点，鉴于此处探讨的是罗末丽初传奇小说，因此暂时将《首插石楠》排除在外。

也许《三国史记》列传中的《温达》《薛氏女》之类的作品原本也有罗末丽初创作的传奇小说原作，但到了金富轼（1075～1151）所处的时代，都被当作编撰历史的材料，多少进行了一些修改之后收入列传。如果是这样，那么将这些作品理解为"列传"的观点和理解为"传奇小说"的观点同时都有可能成立。当然，将现存作品本身定性为"传奇小说"会有问题，但至少可以通过这些以列传形式创作的资料推论出原作传奇小说的主题或意义。"传"和"传奇小说"虽然是两种不同的体裁，但存在着彼此交错难以辨认的情形，后代也发现了传奇小说以"传"的形式重新创作的情形。不仅韩国如此，唐代传奇小说中也有这种先例。《吴保安传》和《谢小娥传》原本是传奇小说，但后来分别被插入《唐书·烈女传》和《唐书·忠义传》之中。被收入列传之后，原作大大缩略，细节被去掉，只剩下了梗概，这一点可以给我们一定的启迪。前面我们已经推测过，《三国史记》列传中的《温达》和《薛氏女》也可能是"多少经过了修改"，此时的修改很可能只是朝着缩略原作的方向进行的，而绝不可能是相反的。

同时，还有一篇作品，尽管非常重要，却一直没有得到重视，这就是收录在《三国史节要》中的《白云际厚》。据推测，这也是一篇罗末丽初创作的传奇小说。这篇作品描述了一对相爱的男女不断遇到婚姻障碍并克服的过程，可以说是罗末丽初传奇小说中情节较为复杂的一部作品。婚姻障碍不止一次而是两次，这样的作品在这一时期的小说中是独一无二的。考虑到其情节和故事的展开，《白云际厚》可能是一部篇幅不短的作品，但《三国史节要》属于"节要"，因此很可能根据书的性质只概括并收录了其梗概，但是通过梗概我们也可以推测出该作品的艺术特征。

这样看来，目前我们能够确认的罗末丽初传奇小说目录如下：

（1）《崔致远》

（2）《调信传》

（3）《虎愿》

（4）《温达》

（5）《薛氏女》

（6）《白云际厚》

六　罗末丽初传奇小说的体裁地位

小说这一体裁不是固定的，而是不断发展和变化的。这一体裁首次在文学史上出现以来，不断地自我壮大发展至今。从这一点来看，小说是一种任何体裁都无法相比的独特体裁，它目前仍在形成之中，并且为了使自己能够持续存在下去而不断努力。成立期的小说，即对于罗末丽初的传奇小说必须要联系小说体裁这种特殊的性质来理解。

罗末丽初传奇小说成立之前的叙事文学史堪称"说话的海洋"。罗末丽初时期虽然开始了传奇小说的创作，但是说话体裁的优势应该并没有改变。之前阶段所有的叙事文学全部都是说话，而这一时期应该有所不同，一种新型文学形态——小说开始崭露头角。因此，不得不承认叙事文学史的新阶段正在拉开序幕。成立期的传奇小说基本只能以说话为母胎成立，也就是说，成立期的传奇小说具有很多说话本质性转变的面貌，正因为这一点才出现了诸多困难，并引发了前面提出的作品是否属于小说的争议。

罗末丽初的传奇小说是以说话为基础形成的，由于这种性质，它一方面与说话之间体现出一定的联系，另一方面又体现出不同于说话的面貌。正是因为这一点，试图将罗末丽初传奇小说视为说话的观点和视为小说的观点才会彼此对立。前者是重视罗末丽初传奇小说表现出来的与说话之间关联的结果，后者则是重视罗末丽初传奇小说表现出来的与说话不同面貌的结果。

两种立场似乎都有合理的一面，但这两种立场都只有某一方面是合理的。因为前者忽视了罗末丽初的传奇小说已经脱离说话，正在转变为一种新型叙事文学的面貌。后者则忽视了与说话的关联对小说体裁产生了怎样的影响与制约。因此，为了正确地理解这一时期传奇小说的真实情况与地位，必须摆脱这两种立场，寻求第三种立场。

那么这第三种立场是什么呢？就是从"体裁运动"的观点来解读传奇小说从说话上升为小说的过程。站在这种立场上，不仅可以恰当地理解传奇小说的说话基础，同时又能够动态地捕捉区别于说话的"小说"这一体裁脱离说话成立的过程。从这一点上来说，这种立场与前面两种表现出对体裁静态认识观点的认识论前提不同。

但是采取第三种立场的认识论必须有一个前提，就是要结合前面提过的小说独特的体裁特征来考虑。小说这种体裁是在历史中不断发展和变化的，出现在文学史上以来，它一直不断地进行自我革新，扩大并发展了其体裁功能和本质。因此，在起源期无法期待它能够完美地体现出自己的本质。小说的本质在达到高水平，也就是实现成熟的形态之前，必须要经过多个阶段。因此，试图在最初的小说中寻找在后期小说中表现出来的那种充分体现小说本质的面貌，无论是在理论上还是在历史上都是不正当的。一个重要的事实就是，成立期小说罗末丽初的传奇小说虽然处于"不成熟"阶段，但有着在本质上不同于说话的契机和面貌。笔者认为这正是需要我们正视的一点。

　　成立期小说罗末丽初的传奇在作为小说的体裁性质方面存在着或多或少的差异，也就是说，既有说话体裁的制约更加突出的情形，也有相对不太突出的情形。后者作为小说的面貌更加清晰，前者则相反。这种差异反映了从说话上升为小说的体裁运动的多种情况。比如，《崔致远》是罗末丽初传奇小说中小说面貌最为清晰的作品，这一点无论是从人物的内心描写还是"时间"的性质上都可以得到直接证实。不仅如此，通过主题意识、生平传记的构成、人物个性的刻画、诗歌的插入等可以看出强烈的目的意识，从中也可以发现其在本质上区别于说话的面貌。相比之下，《虎愿》则属于母胎说话面貌残留较多的情形。尽管如此，主人公金现所说的"人交人，彝伦之道，异类而交，盖非常也"中体现出来的反省意识，以及通过作品结尾"现临卒，深感前事之异，乃笔成传，俗始闻之"的叙述所感受到的构成策略乃至目的意识，都证实了该作品已经脱离说话，正在进入小说的领域。

七　传奇小说发生的社会历史条件与精神史条件

　　传奇小说原本是 7 世纪前后在唐朝兴起的一种小说形式。对于唐传奇的起源虽然有争议，但普遍认为初唐末期张鷟（660？ ~ 740？）所作《游仙窟》为传奇的嚆矢之作。

　　该作品令当时在唐的日本留学生赞叹不已，其后对日本文学产生了巨大影响。同一时期，新罗的统治阶层子弟也在唐朝留学，考虑到这一点，自然可以认为，即便时间上有些差距，这一时期兴起的唐朝传奇小说应该同样也被新罗文人所接受。《旧唐书·张荐传》中有关张鷟记事的文献内容足以证实这一推测："新罗、日本东夷诸蕃，尤重其文，每遣使入朝，必重出金贝以购其文，其才名远播如此。"

有趣的是，从罗末丽初传奇小说之一《崔致远》中能够感受到《游仙窟》的影响。可以推测，《崔致远》的作者不仅读过《游仙窟》，而且还曾广泛接触过中国的志怪小说和其他传奇小说。这种推测的根据在于，从《崔致远》中发现了与收录于志怪小说集《五行记》中的《陈朗婢》以及传奇小说《任氏传》相关的内容。对于前代文学作品的特定因素及相关意义恰当地加以运用或创造性地接受，这种态度和方式可以称为"模仿"，而《崔致远》中也不乏对《游仙窟》《任氏传》《陈朗婢》的模仿。

但是模仿必然要有这样一个前提条件，即模仿对象作品至少已经在当时文学读者层中广为人知，因为如果不具备这一条件，便难以期待模仿所带来的文学效果。这样看来，可以说《崔致远》中出现的模仿现象证明了至少在罗末丽初当时以及之前，志怪小说和传奇小说流传已经相当广泛。总之，通过《崔致远》我们可以确认这样一个事实：罗末丽初传奇小说是在对唐朝传奇小说的广泛阅读和接受基础之上形成的。

但是这种观点有可能会被归结为传播论的比较文学论，认为韩国传奇小说是在中国传奇小说的影响之下产生的。中国传奇小说对韩国传奇小说形成所产生的影响不可否认，但是在罗末丽初传奇小说发生的过程中，除了这种因素之外，或者说与这种因素相比，我们更应该关注的是，在对中国传奇小说的阅读体验基础之上，使韩国传奇小说成立的创作主体的内心要求乃至问题意识究竟是什么，它具有怎样的精神史意义。只有弄清这一点，才能阐明罗末丽初传奇小说发生的内在核心因素。

考虑到这一点，堪称罗末丽初传奇小说代表的《崔致远》自然再次引起我们的注意。在《崔致远》中，可以感受到主人公强烈的孤独感，这部作品深处蕴含着崔致远身为一名外国人在中国担任下级地方官时的孤独感。这种孤独感的根源在于，自己只是一名外国人，尽管才能出众，但只能担任一名下级地方官而已。总之，产生这种孤独感是因为认识到了世上无人能够理解自己的事实。

因此，这也和现实中的"疏离感"有关，这种疏离感使主人公脱离现实，关注世界"外部"，逐渐陷入梦幻世界，与二女的人鬼恋情也可以这样解释。崔致远的孤独感在回到新罗之后依然存在，他一直游离于世界边缘，最终辞世。这样看来，主人公崔致远终生都处于孤独之中。

当然，《崔致远》这种叙述并非事实，而是虚构的。尽管如此，《崔致远》刻画的主人公形象捕捉到了崔致远这一实存人物的某种"本质"面貌。说到这里，难免会令人产生这样一个重大疑问：能将历史人物崔致远的人性本质从这种"孤独感"的角度捕捉得如此生动，其作者究竟何许人也？由于目前没有留下任何相关资料，无法得出确切答案，因此只能从逻辑上进行推理。先从结论说起，《崔致远》的作者应该是一名知识分子或文人，与崔致远处境相似，或者至少能对崔致远的处境产生共鸣。若非如此，作者不可能将崔致远所感受到的孤独捕捉刻画得如此栩栩如生，这就是这一推论的重要依据。这种切身的孤独感只有亲身体验过的人才能理解，而且养尊处优或春风得意者都很难感受到深深的孤独，也很难理解其他人的孤独。如果按照这种方式来思考，估计《崔致远》的作者很可能是生活在罗末丽初的六头品出身文人知识分子。

在现有学说中，有人认为《崔致远》的作者是活动于11世纪后期的朴寅亮（？～1096）。《崔致远》为《殊异传》中的一篇，《殊异传》原本是崔致远的作品，之后由朴寅亮进行了增补，文人金陟明（据推测生卒年代为高丽中期）也曾对其进行过改编。从内容来看，《崔致远》不可能是崔致远本人所作，因此作者很可能是后来对其进行了增补的朴寅亮或金陟明。而考虑到作品出众的文采，恐怕只有朴寅亮才能写出这种文章，这就是朴寅亮作者说的重要根据。

但这种观点正确与否令人怀疑，笔者认为，《崔致远》是崔致远死后不久由某位文人创作的可能性更大。这位文人可能也和崔致远一样出身于罗末留唐六头品，约比崔致远晚一代，在新罗与高丽交替期混乱的社会现实中采取了一种超脱态度。这种推论的根据如下：首先，《崔致远》中对主人公崔致远的孤独、忧愁及厌世态度表现出了深深的共鸣；其次，作品结尾长达六十三句的长篇古诗是一篇十分优秀的佳作，若没有出众的文才，不可能创作出来；最后，作品结尾处有崔致远"种牡丹，至今犹存"的句子，这也是这一推论的根据。

那么，谁能满足这些条件呢？朴寅亮能满足第二点，但难以满足第一点和第三点。考虑到这些问题，最近李东欢教授提出，《崔致远》的作者可能是留学唐朝的崔匡裕，他是崔致远家族中人，十分理解崔致远的处境，并且深有同感。笔者认为也有这种可能性，但并没有资料能够明确证实这一点。

众所周知，新罗社会实行骨品制身份制度，在骨品制下，六头品又称"得难"，被认为是高贵的身份。尽管如此，考虑到骨品制的规定主要以真骨为中心，六头品并非新罗社会的主人，而是具有附属支配身份的性质，因此这一阶层主要在学问和宗教方面极为活跃。这个阶层受到身份上的制约，在社会和政治方面无法充分发挥自己的才能，因此心中难免会产生矛盾和不满。到了新罗末期，这一身份阶层中留学唐朝者逐渐增加，因此具有文人素质和知识分子眼界的人物越来越多，这种情况必然变得更加严重。而且新罗末期的社会极为混乱，从崔致远的《寓兴》和《古意》等诗作中也可以看出，身处这样的时代，知识分子很难做到问心无愧、洁身自好。《崔致远》的作者很可能是将在这种时代背景之下产生的不满和烦恼以及对世界的感情投射到传奇小说之中。因此，他比任何人都敏锐地读懂了崔致远的孤独感，并且希望借此来表现出自己的孤独感。

如上所述，在韩国传奇小说起源期，这种"孤独感"具有特别的意义，这一点引人注目。虽然仅凭这一点无法解释韩国传奇小说，但是在《崔致远》之后的传奇小说中，尤其是不少具有较高艺术水平、有争议的作品，都将孤独感作为作品的创作基调。从某种意义上来说，这种孤独感堪称韩国传奇小说起源和发展的主要历史哲学底蕴，因为尽管不同时代和作家所表现出来的具体意义有所不同，但其中蕴含着深远的社会历史学意义与精神史意义。

八　罗末丽初传奇小说的创作主体

正如在探讨《崔致远》的作家问题过程中所暴露出来的那样，我们可以提出这样一个假设：罗末丽初的传奇小说主要是由六头品出身文人主导形成的。下面让我们来具体思考一下这个问题，在新罗末期以及其后的高丽初期，这一阶层的文人是为了表现出怎样的内心要求和问题意识而开始创作传奇小说的呢？也就是说，这一时期传奇小说的成立与其创作主体之间究竟有着怎样的关联呢？

与此相关，我们首先应该想到，罗末丽初是一个政治动荡时期，正在向新时代过渡，也就是说是一个重大历史转折期。可以推测出，身处这种充满变化与不安的时代之中，六头品出身文人或是通过传奇小说来开拓自己的生活方式，或是对于构成人类命运的几种根本形式进行探索，或是寻求新的价值观，或是寻求对人类重新进行理解。换句话说，通过传奇小说对生存形式与意义进行价值论的探索。从这一点上来看，可以说罗末丽初的传奇并非单纯地对中国传奇的移植或模仿，而是在独立的社会历史基础与精神史要求之上形成的。

前面我们曾经注意到《崔致远》中体现出来的孤独感的历史意义，在韩国叙事文学史上，这部作品首次将人在现实中体验到的孤独，即人的社会孤独感作为探讨主题。从这一点上来看，这一作品似乎在象征性地宣布与说话有着本质区别的小说的诞生。《崔致远》的孤独感意味着与说话人物种类不同的人物在叙事文学中的诞生，同时也意味着重新理解人类的探索。尽管并非罗末丽初所有传奇小说都像《崔致远》一样表现出了孤独感，但这些作品通过

"爱情问题"重新认识现实中的人际关系，认真地探索人类应该追求的真正价值，在这些方面，它们与《崔致远》别无二致。比如，《虎愿》揭露了身份矛盾问题，《调信传》反映了身份不平等问题以及百姓现实生活的困难，《温达》表达了超越身份壁垒的愿望，《薛氏女》和《白云际厚》则探讨了信义这一人类应该遵守的价值。

这些问题的提出和探索全都是在对生存原理、方式及其现实条件的省察与批判性研究中进行的，《崔致远》等罗末丽初小说表现出来的这种意图与问题意识均反映出其创作主体六头品文人的处境、烦恼及其现实认识。他们深受身份制约，不可能不产生矛盾与不满，这说明六头品文人中已经出现了对人类生活以及周围世界进行认真思考并追问其意义的人。然而，随着对人类生存及其条件问题的提出，"诗文"这种现有文学方式已经难以全部担负起寻求新方向与新价值的任务。因此，罗末丽初文人以通过诗文创作积蓄起来的文学力量为基础，立足于传奇小说的"虚构"形式，创造出这种全新的叙事体裁。

九　传奇小说发生的语言与文化因素

如上所述，罗末丽初是一个重大历史转折期，历史转折期表现出上下阶层思考方式和语言交流活跃并混合交织的特点。在社会稳定时期不会发生这种情况，即便发生也并不显著。从根源上来看，小说这一体裁是道听途说发展而来的，因此与社会稳定时期相比，更适合上下阶层的语言、思考方式、情感、理想与问题意识彼此进行活跃的交流、发生冲突、争论及混合的历史转折期，在这种时候更能绽放出奇光异彩。从这种角度来看，可以说罗末丽初为小说的成立和发展提供了极好的条件。也就是说，罗末丽初的语言和文化情况成为小说发生的另一个因素。

罗末丽初传奇小说是在对说话进行变形加工、在说话中进行文饰的过程中被创作出来的，罗末丽初传奇小说所处的语言与文化情况在这一事实中表现得尤为明显。在具有民众文学之称的说话之中，加入了统治阶层之一六头品出身文人的问题意识与目的意识，使得一种既非说话又非现有散文形式的新型文学得以成立。从某些方面来看，罗末丽初的传奇小说也具有通过同时扬弃上下阶层文学形态的过程而形成的特点。或者也可以说，上下阶层的文学形态与文学意识互相接触，形成了某种"综合"。当然，这种综合的具体方式并非千篇一律的。

综上所述，罗末丽初的传奇小说以说话这种具有民众思维特点的文学表现形式为源泉，重新塑造自我，接纳了一部分说话的民众性，即说话中蕴含的民众理想与愿望，同时又通过它来表现创作主体对于生活的观点与现实认识。注意到这一点，如果只想从这一时期的传奇小说中寻找对民众现实的反映，或是只想从中找出对创作主体六头品作者相关现实的反映，这两种做法都是片面的，因为这两种情形是交织在一起的。

这两种情形的交织现象在每部作品中的表现程度都不同。比如，《薛氏女》和《温达》中民众思维与愿望表露得更为直接，而《崔致远》中上层的思维与语言意识表现得更为强烈。与此不同，《调信传》中的民众生活现实与作者的问题意识并非相互升华，而是在某些方面相互发生冲突。

罗末丽初传奇小说是在两种异质的语言和文化意识基础之上形成的，因此作品中也反映出这种情况，这一事实值得我们从多个角度进行批判性研究。得益于两种意识的交融与混合，这一时期的传奇小说终于实现了叙事文学划时代的发展与深化，并且开创了新视野。同时，还有一点绝不容忽略：这两种文化意识正在彼此"接近"。当然，这种接近是以上层文化意识吸收下层文化意识的形态进行的。但是，通过这种方式，下层的现实与问题、"民众的＝土著的"情感在一定程度上得以体现，不能不将其评价为一项伟大的成就，主张罗末丽初传奇小说具有进步性的最终根据正在于此。

（朴熙秉）

参考文献

论著

지준모, 「전기소설의 효시는 신라에 있다」, 『어문학』 32, 한국어문학회, 1975.

조수학, 「최치원전의 소설성」, 『영남어문학』 2, 영남어문학회, 1975.

임형택, 「나말여초의 전기문학」, 『한국한문학연구』 5, 한국한문학연구회, 1981.

정학성, 「전기소설의 문제」, 『한국문학연구입문』, 지식산업사, 1982.

박일용, 「소설의 발생과 수이전일문의 성격」, 『조선시대 애정소설』, 집문당, 1993.

김종철, 「고려 전기소설의 발생과 그 행방에 대한 재론」, 『한국 서사문학사의 연구 Ⅲ』, 중앙
　　　문화사, 1995.

박희병, 「나려시대의 전기소설 －형성 과정과 장르적 특성」, 『한국 전기소설의 미학』, 돌베
　　　개, 1997.

정출헌, 「나말여초 서사문학사의 구도와 수이전」, 『고전소설사의 구도와 시각』, 소명출판사,
　　　1999.

장효현, 「전기소설의 장르개념과 장르사의 문제」, 『한국고전소설사연구』, 고려대출판부,
　　　2002.

古籍

「최치원」, 김현양·김희경·이대형·최재우 공역, 『역주 수이전일문』, 박이정, 1996.

「호원」, 김현양·김희경·이대형·최재우 공역, 『역주 수이전일문』, 박이정, 1996.

「백운제후」, 『국역 삼국사절요』, 세종대왕기념사업회, 1996.

「조신전」, 『삼국유사』, 민족문화추진회 편, 솔출판사, 1997.

「온달」, 『삼국사기』, 민족문화추진회 편, 솔출판사, 1997.

「설씨녀」, 『삼국사기』, 민족문화추진회 편, 솔출판사, 1997.

第三章　韩国古典小说的体裁与类型

一　小说分类的作用与局限性

现存的古典小说总共有一千多种，这些小说既是同一个时代的作品，同时也跨越了各个时代流传至今。但是这些作品往往有着相同的特点，根据这些特点，研究人员一直以来不断尝试将众多作品分为几大类型来进行研究。

根据结构、主题、母题、素材等可以进行多种分类。当然，在基于这些标准进行分类之前，首先需要对作品进行分析理解，因此这个问题并不简单。其间对古典小说的研究成果颇丰，针对大量作品出现了各种分类，这的确使得对古典小说理解的深度与广度都得到了提升。但遗憾的是，大部分古典小说尚未得到充分研究，因此迄今为止针对所有古典小说进行的分类也存在着诸多问题。因为在没有充分的研究支撑的情况下，这些分类方法不可避免地带有主观色彩，缺乏原则性，由于类型划分标准不一而出现动摇，甚至分类的逻辑合理性也受到怀疑。尹在敏认为，在金台俊对古典小说进行类型划分之后，郑亨容、赵润济、金起东的分类各自不同，而且所采取的分类方法往往只是为了一时之便，这种看法自然而然地获得了广泛的认同。

尽管古典小说的类型划分存在着诸多问题，但我们还是坚持要对其进行分类，就是因为分类大大有助于对古典小说的理解。首先让我们来思索一下这种分类的作用。类型划分也有着明显的缺点，本文也将对此进行论述。

对古典小说进行综合理解

将一部小说作品作为研究对象时，我们就会对该作品的结构、特点与意义等进行分析，这是小说作品论的核心工作。对于该作品与其他作品之间存在着什么关系，在所有小说作品中所处的位置如何等却很难了解到。

众所周知，尤其是古典小说，从结构到素材，作品之间往往有很多相似之处。这一现象与古典小说所具有的商业性质有关。如果说作品是根据对读者需求的预测来创作的，那么当某一部作品深受欢迎时，无论受欢迎的原因在于结构、素材还是其他方面，很有可能会出现大量与之相似的作品。此时如果把这些作品当作毫无关联的对象来分析，便很难理解它们彼此之间的关系。因此，亟须对这些作品进行综合分析，阐明其相互关系。而如果事先不对这些作品进行分类，这项工作将很难进行。也就是说，如果能够把注意力放在既有共同因素又能突出差异的部分上并对此进行阐明，那么就可以形成仅靠个别作品论无法实现的宏观框架，这就是类型划分的作用所在。

对个别作品进行编年

大部分古典小说的创作时期与作者不详，因此有不少人主张作品研究有困难。相反，也有人认为，作品的价值并不会因为创作时期与作者不详使其意义降低甚至丧失。其实，一种观点认为作品本身的分析最重要，另一种观点则认为如果过于执着于作品本身的分析则很容易犯错误，这两种观点长期以来一直争论不休，两种方向的争论今后仍将持续下去。但是，如果从学术的角度来研究古典小说，作品分析固然重要，努力分析各部作品在古典小说史上处于什么样的位置也同样重要。

对于创作时期与作家不详的古典小说，通过个别作品的研究难以完成这项工作。但是如果通过类型划分能够凸显出相关类型作品的宏观综合性质，那么就可以通过属于某一类型的作品之间的比较来阐明这些作品之间的相互关系，在这种相互关系中也可以研究作品创作时期的先后问题。最能体现这种类型划分优势的就是赵东一的"英雄小说类型"有关研究以及徐大锡"军谈小说"的相关研究。

可能有人会提出疑问，阐明作品的先后关系是否真的如此重要？但是，小说这一体裁具有在与现实社会的关系中不断变化发展的特点，如果了解到这一点就会明白，知道哪部作品大概是在哪个时期创作的会对作品的理解产生很大影响。

通过类型之间的比较了解古典小说史

前面曾经提过，大部分古典小说的作家和创作时期不详。但值得庆幸的是，相似的作品可以划分为各种类型，这些类型可以从同一个时代的角度或跨时代进行横向或纵向划分。通过横向或纵向划分的同一类型作品之间总会通过某种状态产生关联。比如，朝鲜后期的大长篇小说（也可以称为家门小说、连作小说、大河小说、大河长篇小说等）出现在小说史中时强调了之前的小说无法解决的教育层面，这种探讨便是注重各种类型之间相互关系的一种产物。类型相互之间的比较可以帮助我们了解小说史的发展过程。

此外，通过类型研究，我们可以找到融合于各种类型之中的意识与意义。通过对这些进行比较，可以了解到各种类型之间的作家层乃至读者层的意识以及当时意义上的区别，这些问题自然会为从总体上理解古典小说提供重要依据。

可能会忽略赋予个别作品意义

尽管根据类型划分进行研究具有以上作用，但依然存在着一个问题，就是很有可能会忽略对个别作品的关注。从现有的根据类型划分进行的研究成果来看，个别作品本身往往并没有被赋予意义，仅仅是在探讨该作品所属类型的整体研究中被当作资料来使用。此时个别作品只是根据既定类型的框架加以分段分析，因此作品本身的独特性和特点就有可能被淹没甚至无视。也就是说，本来每部作品都是动态的，形成了自己独特的意义网，而采用这种分析方法时，这一事实就有可能无法体现出来。

英雄小说中个别作品研究最为活跃的《刘忠烈传》就是一个典型的例子。将其归类为以所谓英雄平生传记结构为主的"英雄小说"类型进行探讨时，《刘忠烈传》被评价为最典型的英雄小说作品，这可以说是对《刘忠烈传》的最高评价，但这种评价的标准只是是否符合英雄平生传记的结构而已。此时，个别作品《刘忠烈传》已经消失无踪。但随着对《刘忠烈传》个别作品的研究层出不穷，《刘忠烈传》已经不再是英雄小说作品，而是作为拥有众多独自特点的小说备受瞩目。

二 几种单纯的分类方式

将所有古典小说按照类型来分类时，如果能够遵循一种标准是最理想的。但如果想按照一种标准来分类，首先要准确地理解作品，此外这些作品必须要完全符合提出的分类标准，而这些工作做起来并没有那么简单。

当然，用一种简单容易的方式将所有古典小说分类也并非不可能。比如，可以采用一些不难找到的标准或是一些看不见的标准。笔者认为，可以将这些命名为单纯分类类型（尹在敏称之为标准类型划分），在此列举如下。

根据标记方法来分类：韩文小说、汉文小说

从朝鲜时代的语言结构来看，虽然是以汉文为中心，但韩文也一直被持续使用，属于双重语言结构。韩国古典小说自然也不可避免地受到了当时这种语言结构的影响，因此两种表达手段并存。

我们可以轻易地推测出，汉文小说和韩文小说的读者层的区别

一定十分明显（当然，即便是韩文小说，读者层也并不完全相同）。但根据标记手段来分类未免过于概括和缺乏条理。更何况韩国古典小说的历史潮流并不是随着标记手段的变化而变化的，也就是说，并不存在从汉文小说到韩文小说，或是从韩文小说到汉文小说之类的公式。此外，这种分类也并非基于对个别作品深入的理解。

因此，根据标记手段来分类，虽然可以对整个古典小说划分出大类别，但无法很好地体现出前面提到的类型划分的优势，反而存在着不少的缺点。因此，利用这种分类方法进行分类时，必须要有相应的子分类。

根据作品长短分类：短篇、中篇、长篇

根据作品长短来对古典小说进行分类最早可以追溯到洪羲福（1794~1859），他的分类方法虽然不同于今天的短篇、中篇、长篇，但通过其著作《第一奇谚》[中国明朝李汝珍（1763~1830）的小说《镜花缘》译本，1835年到1848年翻译而成，历时13年]的下列序文可知，基于对作品长短明确认识，他对当时流行的古典小说进行了分类。

> 《刘氏三代录》《湄苏明行录》《曹氏三代录》《忠孝明鉴录》《玉鸳再合奇缘》《林花郑延》《寇莱公忠烈记》《郭张两门录》《华山仙界录》《明行贞义录》《玉麟梦》《碧虚谈》《玩月会盟》《明珠宝月聘》，此类小说多达几十种，均卷帙浩繁，多达上百卷，少亦不下数十卷，其余十余卷、数卷者约四五十种，至于《淑香传》《张凤云传》之流，则改为闾巷俗语及下流文字版，售卖于市……

洪羲福把从长达百余卷的作品到《淑香传》和《张凤云传》之类仅有一卷的作品按照篇幅长短来加以分类。如果这样仅仅把篇幅长短作为标准，那么类型的划分与以标记手段为标准划分时同样单调。当然，首先应该对短篇、中篇和长篇的标准有一个准确的规

定，首先可以通过常识性标准来判断。此时，类型划分本身不会太难，但与根据标记手段分类的方法存在着同样的问题。

因为以篇幅为标准的分类方法和根据标记手段分类的方法同样具有概括性，而韩国的古典小说史并非沿着短篇→中篇→长篇的轨迹变化而来的。

因此这种根据篇幅分类的方法也和根据标记手段来分类一样，仅仅在对整个古典小说进行类型划分时具有意义，同样都需要子分类。

如果说以上两种类型的划分标准是作品体现出的外形标准，那么下面的划分方法虽然简单，但根据作品内部因素来对所有古典小说分类时可以考虑采用。

根据对主人公生涯叙述程度分类：部分传记、生平传记、多代传记

韩国古典小说大部分故事都描述了主人公从出生到死亡的过程，但朝鲜初期的小说只描写了主人公一生中的一部分，金时习的《金鳌新话》等初期传奇小说便属于这种情形。《万福寺樗蒲记》中，主人公梁生所经历的事件只是他年轻时的一部分。但其后的作品描述的均为生平传记，比如金万重《九云梦》中的杨少游、赵圣期《彰善感义录》中的花珍，都是从人物出生时开始描述，其生平贯穿整个故事。《洪吉童传》也描述了主人公的生平传记，但该作品的原典问题依然存在争议。

之后韩国小说史中开始出现描述主人公及其子孙后代的多代传记小说，从主人公到其子孙后代的活跃情况均有描述。《刘氏三代录》等不少作品均属于这种情形。因此，可以认为古典小说史基本上是按照部分传记→生平传记→多代传记的顺序发展而来的。这种分类方法虽然也有些宽泛，但优点是可以了解古典小说的整体特征与小说史潮流，但依然需要更加细化的子分类。

此处，需要注意的是，有人认为这种分类方法与短篇、中篇和长篇的分类方法并无大异，也就是说，很容易认为部分传记便是短

篇小说、生平传记为中篇小说、多代传记为长篇小说。当然，这种判断大体上不能说是错误的。但也有作品是例外的，比如《文章风流三代录》虽然是多代传记，但从篇幅上来看是短篇，《华山奇逢》（13卷13册）和《汉朝三姓奇逢》（14卷14册）虽然是生平传记，但却是长篇作品。因此性急地将这两种分类方法画等号就会很容易犯错误。

根据作品的世界观分类：神圣小说、世俗小说与中间系列

根据作品中呈现的世界观，可以将韩国古典小说分为神圣小说、世俗小说与中间系列。与上述各种分类方法相比，其实这种分类层次更高，因为虽然它看起来很简单，但是如果不对作品进行透彻的理解和分析，实现起来并不容易。

李相泽最先将古典小说大体分为神圣小说和世俗小说。根据他的主张，神圣小说是在天道结构原理基础之上加入作者的意图粉饰而成，而世俗小说则破坏了神圣小说的结构原型，追寻新登场的民众社会的勃勃生机与个人苦恼和矛盾，其实是以人为本的文学。简单地概括来说，在天道原理支配下展开作品的"英雄小说"系列作品便是神圣小说；随着宗教神异性的消失，物质、现实价值观与社会现象成为中心的《春香传》《兴夫传》，以及"朴趾源的作品"则为世俗小说。而同时具备这两种小说特点的情形则为中间系列，比如《落泉登云》。此处已经在某种程度上以子分类为前提，这一点从世俗小说中同时包括"盘瑟俚系小说"与"朴趾源的作品"便可略知一二。

李相泽也表示，这种分类方法是古典小说分类的基础工作，是将神圣性和世俗性作为两个对立的文化概念来看待的。其实神圣性和世俗性也是世界文学中探讨的一个问题，因此这一标准提供了在古典小说与世界文学有机的联系下对二者相互对应进行研究的线索。但遗憾的是，之后其他研究者未能继续取得新的成果。

除此之外，还有根据文体进行的分类（口语体小说、文言文小说、盘瑟俚系小说）等。

以上分类方法虽然有助于将所有古典小说进行分类，但它无疑是极其宽泛和一元论的，而且分类标准仍存在继续扩大的可能性。实际上按照这种方法将一千多种古典小说进行分类时，反而可能会妨碍我们更加微观地理解古典小说的实际情况。

三　类型划分与历史体裁种类

考虑到上述各种类型划分的问题，有必要探讨一下更加细化和微观的类型划分。比较重要的可以认可的是历史体裁种类。当然，被认可为某种历史体裁种类的作品也可能随着研究的深入进展而被划分为其他历史体裁种类。此外，有不少作品的独立性在获得认可的同时，也可以成为一种新的历史体裁种类。例如，尹在敏在最近的研究中将"梦游录"归为"传奇小说"，并将不少其他作品归为"其他"，这从另外一方面证明了作品的体裁归类问题并不容易。尽管这种历史体裁种类的问题在类型划分中非常有益，但依然是一个难题。

目前，研究者划分出一些古典小说历史体裁种类，这是在读完一部古典小说作品之后，找出与其相似的作品，将之划分为一种类型并努力寻求其历史意义的结果。这些作品大都根据一定的时代、一定的拥有同样的世界观和追求的作家群而与其他类型区别开来。下面就让我们来看一下其中几种。

传奇小说

传奇小说指的是金时习的《金鳌新话》等作品群。有些研究者将收录在《大东韵府群玉》中的《殊异传》作品之一《崔致远》视为传奇小说的嚆矢，还有研究者将高丽时代《三国遗事》中的《调信梦》《白月山两圣成道记》等视为传奇小说。无论方向如何，对于传奇小说处于韩国小说史最早的位置这一点并无分歧。

由于传奇小说处于韩国古典小说史的起点，对于传奇小说与说话有何区别存在着争议。传奇小说不仅对人物与环境均进行了具体的描写和叙述，时间的本质表现为成长、变化与形成，而且将内向、孤独的人物形象作为主人公的审美特质，带有明确的目的意识创作而成，这些都与说话不同。此时文体的区别更加明显。

　　传奇意指"传达一些奇异的东西"，从这一名称中可知，这些作品的内容多少都有些不切实际且充满梦幻。例如，《万福寺樗蒲记》《李生窥墙传》《醉游浮碧亭记》中"遇见鬼"，《南炎浮洲志》和《龙宫赴宴录》中"前往其他空间（世界）的旅行"，等等。因此，有人认为，"非现实性"和"幻想性"是传奇小说的特质。但是这种幻想性和非现实性在壬辰倭乱之后出现在小说史中的《周生传》《崔陟传》《韦敬天传》中难见其踪影，这些作品反而体现出反映现实的倾向。因此，将"非现实性"和"幻想性"作为传奇小说的体裁指标不无问题。

　　传奇小说的体裁指标主要有文体以及叙事和抒情相结合的叙述方式，传奇小说的文体是感性而华丽的文言体汉文，重视气氛，而且往往表现出抒情倾向，显示出富有诗意的凝练和浓缩美。传奇小说重视文饰，以叙事为主，同时大量汉诗作为重要因素登场。传奇小说的特征便是叙事与抒情结合，作品也随之展开。在这些指标中，传奇小说的共同之处在于，通过相遇这种形式来形象地体现出主人公的欲望。

　　前面也稍有提及，壬辰倭乱之后出现的传奇小说体现了与之前的传奇小说截然不同的面貌，《周生传》展现了三角爱情关系，主人公是一种全新的人物形象，为了实现自己的欲望而更换女性对象。《崔陟传》的空间背景扩大到了中国、日本和安南（今越南），除了主人公之外，对其周边的人物也较为关注，被评价为一部开拓了新领域与可能性的作品。此外，《云英传》中敌对人物"特"的登场引人注目，该作品同时还具有梦游录的特征。

　　这些作品均不同于之前的传奇小说，篇幅不短，叙事篇幅扩大，素材也有所增加。可以说，这既是传奇小说发生变化的结果，也体现了传奇小说逐渐脱离韩国小说史的动向。

梦游录

梦游意指"在梦中游玩"，从这一名称可以得知，梦游录类型作品主要记录主人公（又名"梦游者"）梦中的事件，有的研究者也将其视为"教述"体裁。

梦游录中，进入梦境的"入梦"与从梦中醒来的"觉梦"作为十分有特点的话素存在。这一类型作品记录了人物梦中的事件，因此与《九云梦》《玉楼梦》等所谓的"梦字类"作品形成对比。这二者之间有几点区别，首先最明显的是，梦游录叙述的是主人公一生中的一部分，相反，"梦字类"叙述的却是主人公的一生。因此作品的构成与篇幅长短也有不少区别。

梦游录的共同点就是，大部分作品题目中都包含梦游之意。除了作品的名称以外，结构也很相似。虽然每部作品多少有些差别，但大部分作品的基本叙述结构如下：

（1）入梦

（2）引导与坐定

（3）讨论

（4）讨论平息或设宴

（5）诗宴

（6）诗宴结束

（7）觉梦

当然，并非所有作品都有这种叙述结构，但这种叙述结构可以成为对梦游录进行类型划分的一个标准，具体情况如下：

（1）以讨论和诗宴为中心，具有完整的梦游录叙述结构的类型，如《元生梦游录》《琴生异闻录》《达川梦游录》。

（2）突出讨论，诗宴弱化处理，打破了梦游录叙述结构的类型，如《皮生冥梦录》《江都梦游录》《梦决楚汉讼》《泗水梦游录》《金华寺梦游录》。

（3）讨论与诗宴均为中心，但叙述方式是例外的类型，如《大观斋梦游录》《安凭梦游录》。

这种分类以叙述结构为基础，中心放在讨论与诗宴上。但根据梦中展现的主人公的态度可以分为主人公型（《大观斋梦游录》）、参与者型（《元生梦游录》）、旁观者型（《金华寺梦游录》）；以内容为中心可以分为提出理念型（《大观斋梦游录》）和批判现实型（《元生梦游录》），或者理想型（《大观斋梦游录》）、寓意型（《金华寺梦游录》）、悲愤型（《元生梦游录》）和批判型（《江都梦游录》）。

在这些作品中，对于《元生梦游录》的作者是林悌还是元昊依然存在争议。《金华寺梦游录》在 1840 年被金济性改写为《王会传》，这种改写可以视为朝鲜后期小说环境与知识分子对清朝认识的变化而引发的。此外，据《王会传》序文记载，至今为止一直被认为作者不详的《金华寺梦游录》创作于 1639 年。

梦游录是一种历史文学体裁，15 世纪出现在文学史上之后，以士大夫阶层对政治情况的变化以及壬辰倭乱和丙子胡乱之后对现实的变化的透彻认识为基础，通过批判的方式检验了当时的政治与社会情况。

英雄军谈小说

朝鲜后期出现了很多描述主人公生平传记的作品，主人公出生于具有高贵血统的名门望族，父母年事已高，虽然出生之后在现实中处于苦难之中，但最终凭借在战争中的出色表现克服了一切难关获得胜利。这些作品在当时似乎非常受欢迎，因为不仅流传下来的作品数量众多，而且每部作品都有多种异本。因此，普遍认为古典小说中这一类型作品带有较强的商业性。

如今这一类作品群被研究者称为"英雄小说"或"军谈小说"。但一定要注意的是，这两个名称的意义并不相同。英雄小说是以所谓的英雄生平传记结构为基础，而军谈小说作品则是将战争作为素材。

在英雄的生平传记中，并不特别关注战争，"能够战胜苦难"起的作用更加重要。这样一来，《淑香传》《春香传》等也可以列入英雄小说的范畴。此时，可能会提出一个严峻的疑问，这就是"英雄"的性质。英雄是指优先实现集团价值的人物，那么将追求个人幸福的淑香和春香之类的主人公称为英雄似乎有些牵强。

同时，根据作品中是否存在战争素材来命名的"军谈小说"也存在着有可能将作品外延过度扩大的危险。例如，在大长篇小说中，战争往往与家门问题相关，作为重要素材登场，但此时这些作品能否被划分为军谈小说令人怀疑。为了克服这一问题，徐大锡既采用了"军谈小说"这一术语，又试图在各个作品顺序结构的基础之上划分类型，因此可以说目前学界普遍默认"军谈小说"也包括英雄小说中的战争素材作品。

由此可知，目前被采用的英雄小说和军谈小说作品基本上相同，但又各自拥有一些只属于各自领域的作品。根据不同研究者的主张，《刘忠烈传》可以既是英雄小说，又是军谈小说，而《春香传》也许算得上英雄小说，但绝非军谈小说，这就有必要探讨一个能够同时包含二者的方式。也就是说，既采取了英雄生平传记的结构，同时战争又作为战胜苦难的手段登场，这种英雄小说和军谈小说共享的作品群可以称为"英雄军谈小说"。

关于英雄军谈小说最早的记录见于 1794 年对马岛的译官山田几王郎在《象胥纪闻》中列举的韩国小说目录，其中包括《张风云传》《九云梦》《崔贤传》《张朴传（张伯传）》《林将军忠烈传》《苏大成传》《苏云传》《崔忠传》《泗氏传（谢氏南征记）》《淑香传》《玉娇梨》《李白庆传》《三国志》等多种类型的作品。其中《张风云传》《张朴传》《苏大成传》《崔贤传》便是英雄军谈小说。

英雄军谈小说出现的准确时期尚不得而知，但有记录表明，《谢氏南征记》《九云梦》等大长篇小说在17世纪末、18世纪初便已经存在。进入18世纪，英雄军谈小说之类具有浓厚商业性质的小说已经形成了广泛的阅读基础。这些记录大多出现在18世纪末、19世纪初，而且因对英雄军谈小说产生了部分影响而广为人知的中国小说《薛仁贵征东》出版于1736年，根据这些事实可以推测，英雄军谈小说大约出现于18世纪中叶之后。

还应该注意到英雄军谈小说主人公的变化，英雄军谈小说中主人公的变化大体可以分为以下几种情况：

（1）男主人公作为斗争的主体十分活跃，而女主人公几乎没有起到什么作用。

（2）男主人公作为斗争的主体十分活跃，女主人公起辅助作用。

（3）女主人公作为斗争的主体出现，与男主人公同样活跃甚至超过男主人公。

第一种类型中包括堪称英雄军谈小说代表作的《苏大成传》《刘忠烈传》《赵雄传》等作品；第二种类型中包括《权益重传》《柳文成传》等；第三种类型中包括《李大凤传》《郑秀贞传》《洪桂月传》等所谓女性英雄军谈小说作品。

据推测，这些作品基本上是按照第一种到第三种的顺序出现的，可以认为，最早出现的是以男性为中心的英雄军谈小说，继而开始加入了一部分女性活跃的内容，受到读者欢迎之后，女性活跃程度逐渐提高，最终超过了男性。同样道理，可以推测出，女性英雄军谈小说是沿着"暗助英雄型"→"一时女扮男装英雄型"→"女扮男装英雄型"→"支配男性英雄型"的阶段发展而来的。

英雄军谈小说中引人注目的是，主人公带有神异血统出生。英雄带有神异血统的情形最早出现在韩国的建国神话中，在英雄军谈小说中，赋予主人公神异血统的方式并非名门望族的背景，而是"胎梦"。

英雄军谈小说的胎梦基本上不会脱离下面这种套路：

似梦非梦间，一红衣童子从天而降，飘然而至，入寝室拜见夫人曰："小儿乃天上翼星，因得罪玉皇大帝被贬至尘世，所行无处，徘徊不定，幸遇南岳山神指引来到贵府，万望夫人疼爱。"言毕入怀，夫人大惊，醒来方觉乃一场春梦。

——《张翼星传》

这种"胎梦"可以概括为："我乃……被玉皇大帝贬至人间，所行无处，受……指引前来。"这是一种阐明主人公来自天上的非常有效的方式。这种胎梦被安排在作品开端，使读者抱有"主人公将成大业"的期待，英雄军谈小说绝不会辜负读者的这种期待。主人公出生入死，克服千难万险，最终凭借在战争中的出色表现出人头地，而这一切都是以胎梦为媒介而确认的神异血统所带来的。

大长篇小说

大长篇小说是指在朝鲜后期开始大量创作的篇幅较长的作品。自从郑炳昱发现"乐善斋本"以来，这些作品备受瞩目，不同的研究者将之称为"家门小说""连作型小说""长篇大河小说""长篇小说"等。

首先引起争议的是这些大长篇小说作品群的国籍问题，怀疑韩国小说史上是否有可能创作出规模如此庞大的作品是一种十分自然的现象。初期的研究者根据作品中的风俗、故事、成语、说话、官制等，力图证明这些都是韩国作品。

但不断有人提出大长篇小说的翻译说和翻案说，对于研究者提出的国内创作说的证据，他们谨慎地提出了反驳，认为"可以推测出，翻案家和翻译家完全可以根据自己的意图任意添加这些因素"。

丁奎福发现洪羲福将中国小说《镜花缘》翻译成《第一奇谚》的序文并公开介绍之后，大长篇小说的国籍问题在某种程度上得到了解决。而《武穆王精忠录》和《再生缘传》等虽然也是大长篇，但却是中国小说的翻译本。最终可以总结为，大长篇小说大部分均为韩国作品，但其中也有一部分是翻译或改编作品。

玉所权燮的母亲龙仁李氏（1652~1712）抄写大小说《苏贤圣录》的记录被发现之后，大长篇小说的出现时期方才浮出水面。当然，在此基础之上可以推测出，17世纪初这些作品已经广为阅读。但没有足够的空闲时间是不可能抄写大长篇小说的，考虑到这一点，认为《苏贤圣录》是龙仁李氏在晚年抄写的较为合理。此外，从韩国小说史的潮流来看，这种大长篇小说是在一定程度的国文小说创作基础之上形成的。17世纪中期之后，韩国小说史上出现了《韩康贤传》《谢氏南征记》《彰善感义录》《九云梦》等作品。那么大长篇小说最早可能出现于17世纪末至18世纪初。

对于大长篇小说的形成背景，不同的研究者各持己见，众说纷纭。有人认为它是"穷困潦倒的乡下书生的维生手段"，也有人认为"从社会史来看是由于当时家门意识的膨胀；从文学史来看，家门意识的膨胀导致个人文集大量出版并创作出家庭传记；从思想史上来看，在当时重振儒家思想教育的背景下，《小学》和《女训》等教育书籍大量生产，按照日记→行状→假传→家门小说的顺序发展而来"。

同时有人认为大长篇小说是"小说泛滥导致的危机意识下，引导其朝着突出'忠孝'这一朝鲜时代伦理大纲的方向发展的结果"，也有的论调截然相反，认为"小说创作层的扩大导致其开始带有商业性"。还有人提出了"《谢氏南征记》与《彰善感义录》的关联性、古典小说内在的长篇化可能性与当时国文文学形式的长篇化倾向"，从古典小说史的潮流与当时文学阅读的氛围中寻找其出现背景。

这些作品的作家都认识到了自己的作品不同于普通的小说，这一点从权燮在记录中将《苏贤圣录》称为"大小说"可见一斑，同样的称呼也见于《明行贞义录》卷6，"其余奇异治狱大小说皆语焉不详"。

> 余又闻其厌诗书，每好小说，言语不绝官爵美女，常吟凤求凰，此亦可乎？

大长篇小说《圣贤公淑烈记》中斥责反面人物有林"每好小说"，若非认为自己的小说不同于普通的小说，作家不可能在创作大长篇小说的同时又批判小说。也许是因为这个缘故，这些小说在当时也起到了修身书的作用。

> 观《苏贤圣录》，花氏石氏之节行也，
> 读《列女传》，班婕妤亦如我。

上面这首歌辞中，将《苏贤圣录》和《列女传》等同视之。《苏贤圣录》中的花氏和石氏经历各种艰难险阻依然恪守妇道，泰然处之。其实在《苏贤圣录》中，遵循《列女传》与《诫女训》生活的女人与不遵守妇道的女人形成对比，前者迎来了幸福的结局，后者则以悲剧结尾告终。《苏贤圣录》向读者灌输了一种理应遵循《列女传》与《诫女训》生活的思想观念，因此可以说是一种兼具趣味与训诫的教育书，起到的作用与《列女传》相同。《刘孝公善行录》中，主人公刘渊强调"孝的绝对实践"也可以从同样的角度来理解。

大长篇小说基本具有如下特征。

第一，作品篇幅极长，有的作品多达180卷180册（《玩月会盟宴》）。

第二，这些作品往往采取前后篇连作的形式，比如《刘孝公善行录》→《刘氏三代录》，《圣贤公淑烈记》→《林氏三代录》，

《双钏奇逢》→《李氏世代录》，《报恩奇遇录》→《明行贞义录》，《泉水石》→《华山仙界录》，《明珠宝月聘》→《尹河郑三门聚录》等。此时前后篇作家是否相同也存在诸多争议。

第三，基本上以家门的兴盛为主题，但有的作品也描写了英雄生平传记（《华山奇逢》），也有的作品深入地描写了国家重建与男女爱情问题（《玉环奇逢》），主题十分多样。

第四，出现了诸多衍生作品，如《灵异录》借用了《苏贤圣录》部分内容创作而成，是一部全新的作品，《汉朝三姓奇逢》则原封不动地照搬了《玉环奇逢》的原班人物，内容却完全逆转。

第五，作品结尾基本都有将上流社会人物设计为作者的后记，当然大部分人物都是虚构的，但成为推测出这些作家层为上流社会人物的依据。

盘瑟俚系小说

盘瑟俚系小说是指朝鲜后期流行艺术盘瑟俚以文字形式流传下来的作品群。12 部盘瑟俚包括《春香歌》《赤壁歌》等五首传承作品，以及由申在孝将辞说记录下来的《卞强铁歌》（又名《横负打令》《横负歌》）、《裴裨将打令》、《雍固执打令》、《梅花打令》、《武叔打令》（又名《曰子打令》）、《雄雉打令》、《假神仙打令》（郑鲁湜将《淑英娘子传》也包括在内）。这些作品不以盘瑟俚的形式演出，而是以辞说的形式记录下来，便成为盘瑟俚系小说。最近又发现了《武叔打令》和《梅花打令》的辞说。

这些作品基本上是按照"（说话）→盘瑟俚→小说"的顺序发展而来，《华容道》的发展顺序却是"小说→盘瑟俚→小说"，《淑英娘子传》的发展顺序则为"小说→盘瑟俚"（也有研究者将《裴裨将传》包括在内）。

盘瑟俚之所以能够成为小说，是因为这两种形式具有亲缘性。盘瑟俚虽然有音乐和演剧因素，但贯穿整体的是叙事。也就是说，只读辞说，盘瑟俚也可以具备一个完全独立的叙事世界。

这一点与小说相同，但二者在文体和词汇的技巧方面有着不少区别。盘瑟俚系小说中，韵文性质与颇具现场感的直接话法对话形式、全罗道方言、场面的最大化等都很常见。这是盘瑟俚映射到小说中之后，小说中不具备的盘瑟俚技法被重新创造出来的成果。

盘瑟俚系小说目前可以分为两种形态：一种至今仍以盘瑟俚的方式演出，同时也作为盘瑟俚系小说存在（五首传承作品及其小说）；另一种已经丧失了作为盘瑟俚的生命力，只作为盘瑟俚系小说存在。

前者的情形是因为受到盘瑟俚人气的影响，盘瑟俚系小说也颇具生命力，这些小说有多种异本也与此不无关系。当然，不能否认，这也与小说的商业化具有密切关联，但小说的商业化也与其人气有着直接关系。此外，表演艺术盘瑟俚只能在一定的时间和空间内进行，受到一定的限制，而小说读物不受时空的限制。当时的读者应该是希望通过小说来间接体验盘瑟俚。盘瑟俚系小说中深受盘瑟俚影响的作品（完整版84章本《烈女春香守节歌》，完整版71章本《沈清传》）深受大众欢迎便证明了这一点。

后者的情形，随着盘瑟俚逐渐丧失人气只剩下了辞说。这些作品失声的原因有很多，比如，由于主人公被设定为带有性格缺陷的个人，其美学基础只能偏向滑稽美，而且没有开发独立的辞说，等等。这些作品成为小说之后，重新恢复了生命力，《雍固执传》和《雄雉传》十分受欢迎，异本均达十多种。

除此之外，还有"传"发展为小说的"传系小说"（《姜虏传》《南宫先生传》），采用拟人手法，以动物为主人公描绘人间世界的寓言小说（《金蟾传》《鼠大州传》等），描写家庭成员之间矛盾的家庭小说（《谢氏南征记》《蔷花红莲传》等），通过梦境来实现现实中理想生活的梦字类小说（《九云梦》《玉楼梦》等），采用讼事事件的发生和解决与小说作品开头结尾相对应结构的讼事小说（《鼠大州传》《蔷花红莲传》等），等等，这些作品的体裁种类多种多样。从上述例子中可以看出，由于研究者的标准不同，有时候同一部作品也会属于不同的历史体裁种类。

（林治均）

参考文献

서대석, 「몽유록의 장르적 성격과 문학사적 의의」, 『한국학논집』 3, 1975.

조동일, 『한국소설의 이론』, 지식산업사, 1976.

정학성, 「몽유록의 역사의식과 유형적 특질」, 『관악어문연구』 2, 1977.

차용주, 『몽유록계 구조의 분석적 연구』, 창학사, 1979.

이상택, 『한국 고전소설의 탐구』, 중앙출판, 1981.

서대석, 『군담소설의 구조와 배경』, 이화여대출판부, 1985.

임치균, 「영웅소설 연구 –탄생과 투쟁을 중심으로」, 서울대 석사논문, 1985.

임동철, 「판소리계 소설의 형성과 전개 양상 연구」, 청주대 박사논문, 1990.

이수봉, 『한국 가문소설 연구』, 경인문화사, 1992.

최길용, 『조선조 연작소설 연구』, 아세아문화사, 1992.

김헌선, 「강릉매화타령 발견의 의의」, 『국어국문학』 109, 1993.

신재홍, 『한국 몽유소설 연구』, 계명문화사, 1994.

전용문, 「여성영웅소설의 문학사적 위치」, 『한국 서사문학사의 연구』, 중앙문화사, 1995.

김종철, 『판소리의 정서와 미학』, 역사비평사, 1996.

임치균, 『조선조 대장편소설 연구』, 태학사, 1996.

박희병, 『한국 전기소설의 미학』, 돌베개, 1997.

이헌홍, 『한국 송사소설 연구』, 삼지원, 1997.

전성운, 「장편 국문소설의 변모와 영웅소설의 형성」, 고려대 박사논문, 2000.

임치균, 「왕회전 연구」, 『한국 고소설의 자료와 해석』, 아세아문화사, 2001.

정규복·박재연 교주, 『제일기언』, 국학자료원, 2001.

윤재민, 「한국 한문소설의 유형론」, 『민족문화연구』 35, 2002.

第四章 韩国古典小说的作者

朝鲜时代对于小说的创作和阅读认识都有一种负面倾向，创作小说的行为在社会上并不是一件光明正大的事情。正因为如此，几乎很多作者都没有表明自己的身份，目前已知的作者大部分是通过其他人的记录得知的。

在这种情况下，韩国古典小说的作家研究与小说史考察工作必然会面临困难，但不能因此而停止对作家的研究，今后还应该持续挖掘能够证明作者的实证资料。与此同时，还应该对读者进行研究，因为读者并不仅仅是作品被动的接受者，甚至还作为主动的参与者存在。尤其是古典小说的读者在抄写过程中还创作了各种异本，其实可以称其为第二作者。

考虑到这些，本章首先来考察一下已知的古典小说作者，然后再根据古典小说的子体裁或子分类，按照不同的身份阶层和性别来看一下主要作者的情况。

一 已知的作者

截至目前已知的古典小说作家与现存作品如下：

金时习（1435～1493）：《金鳌新话》
蔡 寿（1449～1515）：《薛公瓒传》

第四章 韩国古典小说的作者

沈　义（1475～?）：《大观斋梦游录》

申光汉（1484～1555）：《企斋记异》

林　悌（1549～1587）：《花史》《愁城志》《元生梦游录》

崔　晛（1563～1640）：《琴生异闻录》

赵纬韩（1567～1649）：《崔陟传》

权　韠（1569～1612）：《周生传》

许　筠（1569～1618）：《洪吉童传》

尹继善（1577～1604）：《达川梦游录》

权　佽（1599～1667）：《安汝式传》《姜虏传》

郑泰齐（1612～1669）：《天君衍义》

金万重（1637～1692）：《九云梦》《谢氏南征记》

赵圣期（1638～1689）：《彰善感义录》

洪世泰（1653～1725）：《金英哲传》

李庭绰（1678～1758）：《玉麟梦》

朴趾源（1737～1805）：《许生传》《虎叱》《两班传》
《马驵传》《秽德先生传》等

金绍行（1765～1859）：《三韩拾遗》

睦台林（1782～1840）：《钟玉传》《春香新说》

沈能淑（1782～1840）：《玉树记》

郑琦和（1786～1827）：《天君本纪》

徐有英（1801～1874?）：《六美堂记》

南永鲁（1810～1857）：《玉莲梦》《玉楼梦》

朴泰锡（1835～?）：《汉唐遗事》

郑泰运（1849～1909）：《鸾鹤梦》

此外，汉文短篇作家还有李钰（1760～1812）、金鑢（1675～1728）、安锡儆（1718～1774）等，以及《一乐亭记》的作者晚窝、《青白云》的作者鶒鶒山主人、《折花奇谈》的作者石泉主人、《广寒楼记》的作者水山、《双仙记》的作者韩恩奎等。目前尚未获得关于这些作者的实证资料，但有学说认为，其中《一乐亭记》

的作者晚窝有可能是李颐淳（1754~1832）。

二　带有批判意识的知识分子

韩国古典小说从 15 世纪开始步入发展正轨，当时的代表作家便是金时习，之后出现了申光汉、许筠、权韠、赵纬韩、林悌、金万重、赵圣期等。这些士大夫文人不顾当时并不认可小说的社会观念，投身于小说创作，因此也出现了一些反作用，比如因特定个人的见解和时代氛围而对小说的创作流露出负面看法等，但随着时代的变迁，对小说的正面认识逐渐扩大。

创作小说的士大夫文人作家基本上都是当时具有批判意识的知识分子，梅月堂金时习的《金鳌新话》中收录了五部短篇作品：《李生窥墙传》《万福寺樗蒲记》《醉游浮壁亭记》《龙宫赴宴录》《南炎浮州志》。这些作品中插入了了很多诗，并且含有不少自由出入人间与冥界的幻想因素。这说明金时习作为当时的文人阶层具有创作汉诗的素养，同时希望在虚构世界中实现现实中无法实现的东西。实际上，金时习是反对世祖篡夺王位的生六臣之一，也是一位思索时代问题的文人。他还曾作诗来描绘当时农村的艰苦景象，这种批判倾向正是他创作作品的动机。

申光汉是中宗、明宗年间士林派名臣，与成世昌、郑士龙一起，被评为当时德才最为出众的人物。他的仕途活动大体可以概括为三个阶段：第一阶段是作为谏官活动的时期，中宗五年（1510）文科乙科及第，担任大司谏、大司成等；第二阶段是中年期，己卯士祸时，赵光祖等新兴士大夫被流放，他也被视为己卯士林，蛰居骊州，黯然度过了十五年；第三阶段是晚年期，重新获得重用，历任各部判书。

申光汉在被削官蛰居期间创作了《企斋记异》，采用假传、梦游录和传奇小说等多种体裁，其中收录了《安凭梦游录》《书斋夜会录》《崔生遇真记》《何生奇遇传》这四篇小说。通过这些作品，他颇有寓意地描述了当时的士林深受权力阶层迫害的政治情况。

第四章　韩国古典小说的作者

　　许筠出身于当时的名门望族，作为一名带有批判意识的知识分子，他并没有忽略当时的庶孽歧视这一身份制矛盾。据《明宗实录》记载，当时朝廷中曾针对是否允许庶孽担任官职这一问题展开争论，对于这种敏感问题，许筠表现出了带有问题意识的作者面貌，试图消除身份差别。

　　他的这种问题意识通过《遗才论》《豪民论》直接表达出来，并且通过《洪吉童传》得以具体化。除此之外，他还创作了《南宫先生传》《张山人传》《蒋生传》《苏谷山人传》《严处士传》等汉文传记，这些作品中登场人物的共同之处在于不但具有非凡的能力，而且与社会格格不入。他们流露出超越这种现实制约的决心，此处加入了作者许筠猛烈抨击现实、追求理想世界的意识。

　　17世纪下半叶，朝鲜时代经历了壬辰倭乱和丙子胡乱，饱经沧桑。面对外族的侵略与东亚国际秩序的剧变，很多学者和官僚努力解决面临的问题，在这一过程中出现了学术和政治上的激烈对立。西浦金万重（1637~1692）便是处于这种对立的中心人物之一。他在1665年的廷试中状元及第步入政界之后，在官场上活动了27年。由于当时政治斗争十分激烈，在此期间他曾经三次被流放，在金城（1674年1~4月）、宣川（1687年9月至1688年11月）、南海（1689年闰三月至1692年4月）等地度过了四年半的流放生活，最终在南海流放期间去世。他极为关注当时的风俗与政治现实，展现出了贯通儒释道的思想面貌，这些在《谢氏南征记》和《九云梦》之中均得到了很好的体现。

　　18世纪后期出现的作家当属燕岩朴趾源，他的生涯大体可以分为三个时期。第一阶段是学习文章时期，到35岁（1771）放弃准备科举考试之前。在此期间，燕岩致力于习文，也曾经参加科举，但精神上处于矛盾和受挫状态。第二阶段是从放弃科举到1786年入仕之前，也就是前往热河旅行前后时期，他隐居起来并确立了实学思想。在此期间，燕岩克服了之前的矛盾与挫折，退出俗世，开始一心研究实学。第三阶段为做官的宦路时期，此间燕岩摆脱了过去带有批判倾向的生活开始入仕做官，试图实现自己的政治理想，过上风流雅致的生活。

燕岩青年期（20~30岁）的作品《马驲传》《秽德先生传》《闵翁传》《两班传》《金神仙传》《广文者传》《虞裳传》被收录在《放璃阁外传》中。据其子朴宗采在《过庭录》中的记载，燕岩的创作动机为"憎恶趋炎附势之交友世态……特此记录讽刺"。他前往中国旅行归来之后创作的《许生传》与《虎叱》收录于《热河日记》之中，可以说这些作品以讽刺的手法体现了燕岩的批判性视角。

金时习、许筠、申光汉、金万重、朴趾源等亲身体验到当时社会的不合理之处，于是用作品将之形象地体现出来。朝鲜初期从金时习开始形成的这种传统一直持续到朝鲜后期朴趾源等人，作为具有批判意识的知识分子，士大夫文人成为创作阶层的一员，这种现象是韩国古典小说史上的一个侧面。

三　职业作家阶层与没落的两班阶层

小说在18世纪以后被大量创作和广泛阅读，从文学社会学的层面来看，这一时期相当于小说作品的大量流通期。小说的创作与阅读并非某些特殊个人或特定集团的现象，而是成为整个社会的普遍现象。大量的普通读者阶层开始形成，针对他们进行小说创作十分盛行。小说作品大量流通意味着小说成为一种消遣方式，同时人们的经济实力已经足以采用这种消遣方式。

如果说之前小说是为了少数读者而创作的，那么这一时期则开始出现带有在市场销售的商品性质的小说。这说明小说已经形成了广大的读者层，读者可以租书借阅甚至购买阅读。广大读者层形成之后，开始相应地出现了贳册房和坊刻本，这使得小说作品开始大量流通。贳册房是指可以花钱借阅小说的地方，坊刻本是在市场上以销售为目的而制作的木板印刷本。

贳册房是何时出现的，以何种方式借阅哪些书，这些均不得而知。据蔡济恭（1720~1799）的《女四书序》记载，1740年，汉

第四章　韩国古典小说的作者

城的贳册房可以借阅"稗说",生意十分兴隆。李德懋的《士小节》中介绍了 1775 年贳册的情况,并且表示借阅"谚译传奇"极为盛行。不难推测,贳册房不仅流通图书,而且还甄选图书抄写,在这个过程中不但对之前的小说进行了改作,甚至还创作出新的小说。

同样在 18 世纪,小说作品开始受欢迎,已经开始进行木板印刷,通过贳册房获得广大读者阶层的小说流通市场中甚至出现了带有浓厚商业性质的坊刻本小说。之前存在的小说作品在以坊刻本刊行的过程中出现了多种异本,与此相关的可以视为改编者。可以推测出,这些改编者可能写出了新作品,可以将这些作家视为顺应商业性的专业作家层。

小说作品通过贳册房和坊刻本得以向普通人扩散,出现了通过租借和大量出版、销售小说而获利的职业,这是朝鲜后期新的经济现象之一。与之前不同,小说的创作与流通均成为盈利对象。这意味着出现了把创作当作职业的人,也就是职业作家。尤其是作者未详的作品,而且相似类型的作品大量出现,这一事实意味着形成了与之前提到的具有批判倾向的知识分子截然不同的职业创作。直到今天我们仍然常常能听到,有些翻译了众多外国文学作品的人开始创作作品,还有人因为读了武侠作品而开始创作武侠小说。同样,不难推测朝鲜时代也有一些抄写小说或制作坊刻本的人因为习惯了叙事世界和场面的叙述而开始创作小说。

那么,这些职业作家究竟属于哪个阶层呢?众所周知,进入朝鲜后期身份发生了急剧的变动,上层和下层社会均出现了阶层分化现象。平民阶层分化为实现身份上升成为两班者、失去土地的佃农、农村的雇佣劳动者、流浪民等。两班阶层也分化为上流阶层的既得利益掌权势力、门阀贵族、未能做官但保持了一定经济基础的两班层以及完全丧失了政治经济基础的没落两班层。其中没落两班极有可能是英雄小说的作者。

将没落两班视为英雄小说作者最大的依据便是经济原因,对于经济上处于贫困状态的没落两班层来说,小说创作可以成为一种维生手段。而且没落两班层具有充分的文学素养与知识，足以创作小说。虽然他们在身份和意识上仍然是两班，但由于经济窘迫，他们很有可能将创作小说作为一种维生手段。可以推测，商品经济的发达导致小说的创作与流通扩大，因而具有文学素养的没落两班才转而投身小说创作，于是这些没落两班就成了职业作家的中流砥柱。

如果从经济原因来寻找创作小说的基本动机，那么必然会得出这样的结论：没落两班阶层作家不仅反映自己的意识，还不得不反映读者层以及推动小说商品化的商人的要求。这一观点主要来自从经济原因中寻找没落两班创作小说的动机，而考虑到朝鲜后期小说的兴盛与小说的商品化有关，这种观点便具有了合理性。

同时从英雄小说的作品世界来看，没落两班层极有可能是小说作者。以坊刻本形式出版的英雄小说为例，作者具备的知识虽然足以创作小说，但知识层次并不算太高，而且作品世界和情感也更接近平民阶层，作者所经历的现实与平民别无二致。可以说没落两班以自己没落的处境、没落过程中的亲身经历为基础，明确了小说的主题，投入小说创作。

比如《刘忠烈传》《赵雄传》等英雄小说的作家意识便展现了没落两班的意识。这些作品的主人公均为上流社会贵族，在党争中失去了势力。主人公克服了各种苦难击退政敌，最终恢复了昔日的地位与权力。因此，如果将作品世界中的主人公和作者视为一体，那么可以说这一系列的作品是没落两班失势恢复意识的产物。此外，《刘忠烈传》《赵雄传》等原创英雄小说的主人公属于试图在现实秩序框架中实现自己欲望的类型，和人物标榜的理念相比，实现欲望本身具有更加突出的倾向。这种作家意识使得原创英雄小说的作家层是没落两班的可能性大大增加。

这可以与《洪吉童传》《崔孤云传》等初期英雄小说的作家意识进行比较，在这些英雄小说中，真实的历史人物被设定为主人公，形象地描写了其通过斗争来克服秩序桎梏的面貌。这与许筠等带有批判思想的知识分子成为作家不无关系。18世纪以后，英雄小说成为读物之后成为职业作家的没落两班作家却并没有指出现实矛盾，而是顺应现实秩序，试图根据英雄的生平传记来描述自己的欲望。

虽然这种观点并不能通用于所有英雄小说乃至所有古典小说，但从作品构成、人物性格及追求意识、作家意识的相关层面来看带有一定的合理性。但是不能认为所有的匿名古典小说都是没落两班的作品，只是像具有浓厚商业性的英雄小说作品的这种可能性比较大而已。

不难推测，除了英雄小说以外，职业作家还积极参与了家庭小说、事态小说、爱情小说以及大河小说等各种小说的创作。只是实证资料十分匮乏，期待今后能发现更多此类实证资料。

四　盘瑟俚系小说作者

盘瑟俚系小说作品有很多，比如《春香传》《沈清传》《兴夫传》《裴裨将传》《雍固执传》《卞强铁歌》《兔子传》《雄雉传》《梅花打令》《淑英娘子传》等。但这些盘瑟俚系小说异本非常多，因此不难推测出，除了原作者以外，还存在着很多不为人知的改编者。当然，这种情况不仅仅局限于盘瑟俚系小说，在整个古典小说中都很普遍。

但是盘瑟俚系小说经历了盘瑟俚辞说被记录下来并发生变异的过程，因此和其他小说相比，具有极强的口碑文学性质。这也说明改编者的作用十分重要，改编者不同，盘瑟俚的辞说也大为不同。

盘瑟俚的作者并不仅仅局限于故事的原作者，在现场对故事进行改编和解释的演唱者也可以理解为作者之一。盘瑟俚由艺人和鼓手两个人进行演出，随着艺人演出方式的不同，盘瑟俚的辞说中具体的场面和局面都会有所不同。

由于在演出中盘瑟俚的核心人物是艺人，盘瑟俚的作者很有可能是艺人阶层。盘瑟俚系小说也是盘瑟俚的辞说被记录下来而成为小说的，因此可以说盘瑟俚系小说的作者阶层应该不太可能脱离艺人、才人等民众阶层。

另外，专门为盘瑟俚润色的人也可以被视为广义的作者，中人阶层申在孝（1812～1884）便是这一阶层的代表。申在孝出身于京畿道杨州，后来成为全罗道高敞的小吏，利用此间积攒的钱财挖掘有能力的艺人并资助盘瑟俚演出、确立盘瑟俚理论、进行盘瑟俚教育等。

他培养出了名唱金世宗、女名唱陈彩仙、许锦波等。在这一过程中，还根据唱者不同的性别与年龄改写了盘瑟俚辞说，比如《春香歌》分为男唱和童唱。他改作的辞说流传至今，巩固了他作为盘瑟俚改编者和作家的地位。改编者创造出来的盘瑟俚异本自然而然地会被创作成小说，因此不难推测出，以这种方式创作出来的盘瑟俚系小说异本中有一些应该是改编者的作品。

因此，盘瑟俚和盘瑟俚系小说的作家层主要是艺人，此外还有中人阶层。到 18 世纪中期，这种现象一直都非常普遍。柳振汉（1712～1792）创作出了 400 句七言诗构成的所谓《晚华本春香歌》，据他的儿子转述，当时的文人都嘲笑他"竟吟诵贱民喜欢的盘瑟俚"。通过这一陈述可以看出当时的两班对盘瑟俚持排斥的态度，而民众阶层却十分喜欢盘瑟俚，因此可以推测出，盘瑟俚辞说的作家和改编者也不会脱离平民及唱优集团等民众阶层。

同时，从严格的意义上来讲虽然不属于盘瑟俚或盘瑟俚系小说，但当时还有一些针对盘瑟俚或盘瑟俚系小说创作的汉诗和汉文小说。这些作品的作家基本上都是两班，代表人物有 1754 年创作了长篇汉诗《晚华本春香歌》的柳振汉、1804 年创作了汉文小说《春香新说》的睦台林、19 世纪创作了汉文小说《广寒楼记》的号为"水山"者等。柳振汉当时是忠清道木川地方的文人，睦台林是两班，曾任从七品启功郎。

《广寒楼记》中，除了作者"水山"以外，还有"云林樵客"和"小庵主人"的批评，"水山""云林樵客""小庵主人"均可被视为其广义的作者。在 19 世纪汉城地区城市文化的气氛中，他们希望能够创作出一种区别于盘瑟俚和盘瑟俚系小说的格调高雅的作品，《广寒楼记》因此得以诞生。该作品模仿金圣叹点评的《西厢记》体系，将广为流传的《春香传》改为汉文小说，作者对文章的妙趣带有一种积极的意识。这种意识与民众阶层的意识及情感有着一定的距离。

这就是盘瑟俚及盘瑟俚系小说被改编成汉诗及汉文小说的源泉。考虑到这些汉诗和汉文小说去掉了很多盘瑟俚和盘瑟俚系小说的特点，这些作品不属于盘瑟俚系小说的范畴。但是，如果从广义上将这些汉诗和汉文小说视为盘瑟俚系小说的异本，那么就可以说两班阶层也参与了盘瑟俚系小说的改编。总之，当时的盘瑟俚和盘瑟俚系小说的作家和改编者主要是艺人及才人集团阶层，这一范围在文化方面继续扩大到使用汉字的阶层，在这一过程中又出现了众多改编者。

五 大河小说的作者

还有一个作品群的作者值得关注，这就是大河小说。这一作品群主要收藏在乐善斋，之前因为国籍问题和作者问题一直争议不断。一种观点认为这些是翻译或翻案作品，另一种观点认为是国内创作，两种观点针锋相对，最终普遍认为，从各种情况来看，除了一些中国小说的翻译和翻案作品之外，大部分作者都应该是韩国人。

那么这些大河小说的作者究竟是谁呢？乐善斋本小说最后的读者之一尹伯荣老人曾经证言，乐善斋本小说的作者是贫穷的乡下文人。这一证言长期以来一直通用，但从最近的研究成果来看，作者应该并不仅仅局限于此。

从《玉树记》的跋文便可初见端倪。沈能淑（1782～1840）用汉文创作了《玉树记》，南允元将其翻译成韩文，并用韩文写了跋。当时闵应植拜托南允元将《玉树记》译成韩文，南允元在翻译完成后表示，如果续写《玉树记》后篇，定会成为像《林花郑延》《明行贞义录》一样的小说，但由于年事已高，他未能完成后篇的创作。

根据南允元的叙述，可以提出小说创作的一个侧面。沈能淑和闵应植是外祖父与外孙关系，全都属于上流士大夫阶层，因此可以说包括大河小说作者在内的阅读阶层都是上流士大夫阶层。19 世纪，除了沈能淑以外，著有《六美堂记》的徐有英（1801～1874?）、《玉莲梦》及《玉楼梦》的作者南永鲁（1810～1857）都是上流士大夫阶层的一员。从闵应植拜托翻译南允元来看，可以推测南允元应该是士大夫阶层的边缘人物，也可能是职业翻译家。南允元也表示，翻译完之后应该可以创作续篇，因此不难推测出，职业翻译家也曾经投身于作品创作。

这种现象并不仅仅局限于《玉树记》，而是 19 世纪大河小说一种普遍的创作现象。对南允元提到的《林花郑延》和《明行贞义录》的作家也可以做出如下推测：第一，《林花郑延》和《明行贞义录》连作作品也像《玉树记》一样，最初由上流士大夫创作出汉文本，之后由门阀贵族周边的职业翻译家翻译成了韩文；第二，职业翻译家已经确立了作为大河小说作家的地位。无论如何，就大河小说的情形来看，一方面，上流士大夫已经成为作家层，另一方面，同时也存在着职业翻译家兼职业创作作家。

18 世纪后期小说的阅读情况在俞晚柱（1755～1788）的日记《钦英》中有详细记录。此处有不少与小说论及小说阅读情况相关的内容，并且提到韩文小说达到数千种数万卷，其中有些作品像是代作者创作的，这一点尤其引人注意。

通过《钦英》可以明确得知，18 世纪后期小说极受欢迎，"代作者"的出现更加证实了这一点。关于作家的探讨，可以推测认为，"代作者"大概是文才与学识兼备的上流贵族阶层作者，或者是与之保持着密切联系的专业作家阶层。

这种推测可以与大河小说的作品世界及作者意识联系起来。《明珠宝月聘》和《尹河郑三门聚录》等相当数量大河小说追求的都是上流士大夫的意识世界，强调上流贵族社会的荣华富贵以及已经存在的国家和社会体系的正当性。《苏贤圣录》《苏门录》《玉树记》的作品世界也在某种程度上追求上层士大夫的世界，此外

《林花郑延》叙事展开的主线也是通过以林氏、花氏、郑氏及延氏家族为中心的家族连带形成的新兴上流士大夫世界。作品世界追求门阀贵族世界的特点说明了门阀贵族是这些作品的读者层。

同时也有一些人未能步入仕途，成为大河小说的作者。例如，《鸾鹤梦》的作者郑泰运（1849～1909），他的生涯大体可以分为两部分，即 50 岁之前在京畿江华与 50 岁之后在安城郡竹山的生活。在江华主要是修学与蛰居，搬到竹山之后担任书堂的私塾教师，多方游历。他所交游的人物多为书堂迁移的过程中遇到的私塾教师、周边无名的文人、进士、参奉等下级官吏。

六　女性作家与共同创作

进入 18 世纪，闺房女性开始成为大河小说作者。不仅上流士大夫阶层的男性，闺房女性也开始奠定作为大河小说作者的地位。

《玩月会盟宴》是最长的一部鸿篇巨帙，现存版本有 180 卷 180 册的乐善斋本和 180 卷 93 册的首尔大学本。据说该作品是安兼济的母亲李氏夫人（1694～1743）为了出名而作，并故意传入宫中。李氏夫人为曾任大司谏的李彦经之女，其子安兼济历任大司宪及监察等职，也就是说，士大夫家的女性带着作家的自我意识开始创作大河小说。

《玉鸳再合奇缘》虽然作者未详，但据推测也是一位闺房女性（也有人推测认为作者是《玩月会盟宴》的作者全州李氏）。除此以外，据说这位女作家还著有《十朋奇缘》《新玉麒麟》《明行录》等。根据抄写时间推测，这位作家大约活动于 18 世纪中叶。

闺房女性创作大河小说的原因首先可以说是为了满足文艺需求，国文小说和歌辞一样，都是女性满足文艺需求的主要对象。闺房女性创作大河小说的目的在于全面反映现实、描绘主人公波澜起伏的命运、勾勒性格多样的人物、组织复杂的结构并表达自己的价值观和世界观等，同时也是为了吸引女性读者。

同时从大河小说的相关记录可以推测出，多名女性作家共同创作了作品。下面是李裕元（1814~1888）在《林下笔记》中的一段记录。

> 李圆峤（李匡师）之子男妹，做谚书古谈，为《苏氏名行录》，遭家故，搁置一边矣。圆峤梦有一女子，自称苏氏，责曰："何为陷人于不测之地，不为申雪乎？"觉而大惊，继做末编。兄弟叔侄同坐资助。祭日不知夜深，祭稍晚。抑文字之妙入神如是耶。

上述记录引发了《苏氏名行录》的作者究竟是李匡师还是其子女的争论，但传达了这样一个事实：圆峤李匡师（1705~1777）的子女未能完成的《苏氏名行录》写作，最终是与其他家人齐心协力共同完成的。此处可知，有很多人共同参与小说创作，而且其中也包括女性。

据推测出现于18世纪的《苏门录》作品内容中也可以找到共同创作的证据，其中提到李严作的《郑苏两门录》（《郑苏三门录》）、赵谦作的《苏门录》，二者合一称为《郑苏两门录》。元氏家门子弟读后，认为内容过于虚假。据说尤其是尹氏夫人的行迹内容错误较多，因此由"翠啼"与"红莲"提供信息，作者编写出苏氏家门一生的事迹并进行传播，之后重新记录下来，名为《苏门录》。尽管由于《苏门录》创作过程中的相关人物出现在书中，其真实性很难令人相信，但可以根据这一内容推测当时存在共同创作的惯例。

在之前的作品中也可以发现这种共同创作的倾向。17世纪后期出现的《苏贤圣录》和《苏氏三代录》两部连作结尾记载："宋仁宗敬慕苏贤圣之贤德，命赵增与吕夷简记录之，以传后代。二人参阅苏氏家门日记，作苏贤圣本传曰《苏贤圣录》，其子孙行迹作别传曰《苏氏三代录》。"当然，不能认为这些内容全部属实，但其中有可能包含了一部分与当时小说创作相关的信息。赵增和吕夷简在作品中均属于上流贵族人物，考虑到这一点，也可以推测出，这部连作有可能是上流贵族的作品。

　　作品结尾记载了创作动机，有的是由于作品中的人物事迹突出或家门显赫，皇帝命令当时的文人记录下来（《苏贤圣录》《明珠宝月聘》），有的是为了纠正他人记录中歪曲的内容（《双钏奇逢》《苏门录》）。《苏贤圣录》和《明珠宝月聘》中参与创作的人物为上流士大夫阶层，而《双钏奇逢》的作者则为地位低于男主人公的妓妾的后代，而地位低下的女性也参与了《苏门录》的创作，可见越往后作家本身的身份阶层越来越低。这说明大河小说的作家层并不仅仅局限于男性，而且还扩大到女性及其周边的专业作家。

　　此外，士大夫家的妇女很有可能在抄写多篇大河小说的过程中掌握了小说的构成原理与场面描写技巧，因此不难推测，这些东西积累到一定程度，女性作家便出现了。在韩国古典小说读者层的介绍中有具体说明，已经证实这些女性为了消遣而阅读演义小说与大河小说，同时还抄写这些作品并将其作为遗产留给家中后人。士大夫阶层妇女抄写演义小说和大河小说是当时的文化现象之一，可以认为，女性作家正是诞生于这种文学风土之中。

（赵光国）

参考文献

김종철, 「19C 중반기 장편영웅소설의 한 양상」, 『한국학보』 40, 1985.

서대석, 『군담소설의 구조와 배경』, 이화여대출판부, 1985.

김균태, 『이옥의 문학이론과 작품세계의 연구』, 창학사, 1986.

이상택, 「조선조 대하소설의 작가층에 대한 연구」, 『고전문학연구』 3, 한국고전문학회, 1986.

임형택, 「17세기 규방소설의 성립과 창선감의록」, 『동방학지』 57, 연세대학교, 1988.

소재영, 『기재기이 연구』, 고려대출판부, 1990.

이수봉, 「가문소설 연구의 현황」, 『개신어문연구』 7, 충북대학교, 1990.

장효현, 「장편 가문소설의 성립과 존재양태」, 『정신문화연구』 44, 정신문화연구원, 1991.

정창권, 〈난학몽〉 연구, 고려대 대학원 석사논문, 1995.

임치균, 『조선조 대장편소설 연구』, 태학사, 1996.

박영희, 「장편가문소설의 향유집단 연구」, 이수봉 공저, 『한국가문소설연구논총 Ⅲ』, 경인문화
　　사, 1999.

정병설, 「조선후기 장편소설사의 전개」, 이수봉 공저, 『한국가문소설연구논총 Ⅲ』, 경인문화
　　사, 1999.

이승복, 『고전소설과 가문의식』, 월인, 2000.

박일용, 「영웅소설 하위 유형의 이념 지향과 미학적 특징」, 『국문학연구』 7, 국문학회, 2002.

류준경, 「〈광한루기〉의 문화론적 지향과 그 의미」, 『국문학연구』 9, 국문학회, 2003.

이상택, 『한국 고전소설의 이론 Ⅱ』, 새문사, 2003.

정병헌, 『판소리와 한국문화』, 역락, 2003.

조광국, 「〈청백운〉 한문본 연구」, 『고소설연구』 18, 한국고소설학회, 2004.

第五章　韩国古典小说的读者

一　争议体裁小说与读者的紧密关系

小说这一体裁今后的发展前景究竟如何？对于这个问题，曾经流传着两种截然不同、似是而非的看法。一种认为，在比小说更为惊险和妙趣横生的现实面前，小说难以一直保持现有地位。另一种认为，小说将不断扩张一路领先，最终领先其他体裁成为一枝独秀，区分体裁也将变得毫无意义。两种预测对小说的未来提出了萎缩和扩大这两种完全对立的方向，考虑到文学周围急剧变化的时代特点，有不少人认为两种观点都有一定的道理。

但从目前的情况来看，这两种预测短期内都难以实现，因为尚无证据显示小说的地位已经发生了重大变化。尽管整个文学的外部环境都发生了变化，但小说的必要性依旧获得认可。应该注意到，这是因为小说的读者在背后起到了一定的作用。即使小说不在必读图书目录内，即便存在着诸多影响读书的困难，读者依然愿意阅读作品。通过这种体验，可以在一定程度上满足他们自身的文化需求，因此小说作为最大众化的体裁得以不断持续成长。

当然，要警惕预期过于乐观，不能因此就认为小说在文学中的优势地位会长期持续下去。因为将读者的视线吸引到小说上已经变得越来越困难。新的文化体验方式不断涌现，其对读者的吸引力也会越来越强。比如，有的电影作品的观众数量已经突破 1000 万人，这一现象与小说读者层的变化并非毫不相干。

其实对小说未来的预测与实际情况不符是因为大众选择阅读小说的标准难以明确衡量，因此随着读者的意识与对小说态度的变化、大众偏好的不同等，各种预测都有可能或操之过急，或出现偏差。

小说与读者之间的关系十分密切，古典小说自然也不例外，因此围绕着古典小说产生的各种争议中也包括读者问题。《薛公瓒传》创作当时甚至出现过一种极端的观点，认为写小说有问题，应该将蔡寿处以极刑。除此以外，大部分问题都是由读者或小说读者引发的。

例如，朝鲜中期性理学者奇大升提起宣祖对小说内容的评论"张飞一声走万军之语，未见正史，闻在三国志衍义云"颇为不满，表达了自己对小说的看法。

> 《剪灯新话》，鄙亵可愕之甚者。校书馆私给材料，至于刻板，有识之人莫不痛心。或欲去其板本，而因循至今，间巷之间，争相印见，其间男女会淫、神怪不经之说，亦多有之矣。《三国志衍义》则怪诞如是，而至于印出，其时之人，岂不无识？
>
> ——《朝鲜王朝实录》宣祖二年六月二十日

这种将小说作品贬得一无是处、试图割断作品与读者之间联系的想法之后一直持续不断，小说否定论者最主要的依据便是小说会给读者带来不良影响。

但这并没有改变小说扩散的大趋势，随着时间的推移，作品数量增加和体裁大众化等现象越来越明显。除了作家和直接参与小说制作的人以外，狂热的读者也做出不少贡献。他们并不满足于通过抄写等方法积极涉猎国内作品，同时还通过进口和翻译中国小说来满足自身的读书欲望，反对论者自然对此极为不满，于是一度以读书行为会引发社会问题为由表示强烈反对。尽管如此，认为小说能对读者起到教化作用的小说拥护论仍然持续存在。

可见人们极为关注作品与读者之间的交集，并且对此意见不一，这也足以说明读者在小说文学中占有十分重要的位置。本章将以与古典文学读者相关的零散资料为中心，大致考察一下读者的类型以及各个时代的倾向。在此之前，有必要先来了解一下古典小说的读者。

二　如何理解古代的小说读者

对现代人来说，古典小说有着极为陌生的一面，因此对于当时读者阅读小说的行为难免会有些不理解。只有对作品进行透彻的分析之后才能够认识到今昔文化之差异，从而理解他们。

首先来看一下新小说中出现的小说读者形象。

> 一天夜里，吉童独自坐在房里读《金铃传》读得入神，10点钟前后，突然传来敲大门的嘈杂声音。
>
> ——新小说，《万人契》
>
> 听到琅琅的读书声隐约传来，心想："什么书看得这么入迷？"于是侧耳聆听……
>
> ——新小说，《九嶷山》上卷

以上内容节选自创作于1910年的新小说，当时的小说读者形象跃然纸上，在其他小说中也能发现类似的例子。这一描写反映了当时的世态，同时也体现了作者的意图，希望这种阅读小说的行为能给读者留下深刻印象。无论是哪种情况，从这些例子中可以看出，新小说出现之后，古典小说仍然拥有不少的读者，这一现象与文学史中"新小说出现之后，古典小说销声匿迹"的粗略描述大相径庭。近来一项针对老人的调查结果也显示，20世纪30年代至40年代与古典小说相关的记忆依然存在，20世纪60年代至70年代古典小说在日常生活中仍很常见。

但对于古典小说真正的黄金期 18 世纪和 19 世纪读者的情况，只能依据一些零散的资料来推测。因此，了解作品的标记手段与读者的相关性、读书形态、读书人的偏好、流通地区等读者社会学层面的实际情况面临着不少的困难。当然，需要注意的是，即便有资料，这些资料描述的也并非当时的全部事实。

考虑到资料本身的局限性，只能跨越时空来勾勒当时的情况，需要改变思路。况且与我们所掌握的现代文化的信息量相比，过去的信息量必然会处于劣势，考虑到这一现实情况就更需要如此，因为信息量的失衡很有可能会带来误会与偏见。为了避免这些问题，在接受昔日古典小说读者形象的过程中需要留意以下几点。

第一，在阅读古典小说的时代，作家与读者的处境、小说的制作和流通等作品周边环境与今天截然不同。

> 有顷，奴告进饭，余曰："杂松明火上之。"客曰："君为上等两班，而行中不持烛乎？"余谬曰："吾等有烛，昨夜已尽之矣。"盖见人豪奢羞己困窘，以无若有，对客夸谈者，亦乡人之常态也。客知余若是，哂之良久，呼其仆曰："松明烟苦，明我行中烛。"仆乃炷蜡长台，青烟散入炯炯。
>
> ——《要路院夜话记》

通过上文"豪奢"一词可知，对于当时的人们来说，一根蜜蜡制作的蜡烛极其宝贵。当时阅读古典小说的环境十分恶劣，印刷书籍的纸张非常稀有，虽然当时已经出现了高级活版印刷技术，但利用度并不高，尚未应用于小说出版。因此，在引进西方印刷技术之前，大部分书籍均采用手抄或木板本的形式。这些作品的特点是内容不固定，正因为如此，才会出现很多作品的名称相同内容却有所不同的异本。

异本的存在也与缺乏版权观念有关。在当时的社会氛围中，小说创作备受诟病，作者的活动也受到诸多限制。因此，可以推测，作者无法积极公开自己的名字，而且 20 世纪之前甚至没有形成在作品中注明作者的惯例。

不仅如此，由于学习韩文的民众数量和现在相比相对较少，书籍较为宝贵，接触书籍的机会自然也会受到身份、经济水平等诸多条件的影响。此外，由于商品流通途径并不发达，小说的传播受到各种限制。因此，虽说小说并非特定阶层的专属读物，但并非所有人都能轻易接触到，初期小说的传播自然只能以有闲阶级为中心。

第二，可了解读者读书行为的资料并不充分。只要有作品和读者存在，阅读小说就可以不受空间限制，理论上阅读总量等于读者数乘以作品数，可以得出最大值，因此是无限的。但个别情况根本无从了解，只能依靠流传下来的资料推测。而且流传至今的资料十分稀少，很难了解到当时阅读的多样性，个别资料反映的也并不全都是真实情况。换言之，这些与读者相关的记录由于稀少而被赋予较高的史料价值，但其究竟具有多少代表性令人怀疑。部分资料很有可能只是反映了有条件将其记录下来的个别读者的主观嗜好，因此，首先应该注意到，目前与读者相关的探讨必然存在一定的局限性。

以最近公开介绍的资料为例，《贳册账簿》（정명기，2003）记录了贳册房拥有的部分作品目录以及借书者的身份阶层、抵押借书的典当物品等，堪称研究读者的宝贵资料。但是这一资料究竟能否代表当时贳册房的全部面貌令人怀疑。据推测，这本账簿作于 1905 年以前，而这一时间无法追溯到无限的过去，因而无法确认其与 18 世纪贳册房的实际情况究竟有多少出入。不仅如此，对于记录下来的借书人究竟是不是实际的读者也难以进行深入探讨。

第三，古典小说在我们的日常生活中所起的作用与过去已经不可同日而语，这一点也是全面理解读者的阻碍因素。因为作品的倾向发生了变化，围绕着作品的各种环境也有所改变。下面来看两个具体的例子。

一个是读书方式的区别。前面已经指出，应该注意到，之前各种读书环境极其恶劣，读书的方式也和今天有所不同。今天读书多采用默读的方式，而过去则是朗读。放声朗读自然可以使旁人听到，通过声音来欣赏作品，因此阅读小说往往并非一个人独自在孤立的空间里，而是在多人的参与之下进行的。由于小说书籍十分宝贵，而且也可以给老人和文盲等难以亲身阅读的人群提供欣赏机会，这在当时可以说是一种无可辩驳的读书方式。过去在西方甚至还有过有人由于没有出声朗读而受到批评的情形。

另一个是包括读者在内，小说整个创作与接受过程的参与者分工并不明确。也就是说，读者往往只是单纯地由于想读小说而抄写作品，有时甚至将自己的想法融入其中，同时担任了多种角色。读者有时担负一部分作家的角色，同时又起到类似印刷业者的作用。从这一点来看，过去古典小说的部分读者与今天在互联网上同时进行阅读与写作的网民有某种相似之处。

在了解到这些内容之后，下面我们来看一下各阶层读者的不同倾向。

三　各阶层读者类型

虽然选择作品是每个读者的固有权利，但同时也是多种外部因素作为变数作用的结果。因此，将读者分类极有可能犯下将个别读者的特点与世界观普遍化的右倾错误，从而淹没读者的多种面貌。但是古典小说资料匮乏，不可能阐明其实际面貌，也别无选择。因此，首先要声明，根据阶层对读者进行分类只是一个不得已的选择。

小说的读者并不局限于某个特定阶层，但即便如此，也并非所有作品都能一帆风顺地抵达所有读者手中。此时妨碍作品与读者接触的因素包括读者对小说是否关注、是否具备阅读小说的文字理解力、购买图书的经济条件如何、是否有足够的闲暇读书时间等。在传统社会中，相对来说不受这些因素束缚的集团首先就是生活在王宫里的人。

在阅读古典小说的时代，支配势力对小说的态度向来并不友

第五章　韩国古典小说的读者

善。但考虑到一部分小说反对论者曾经也一度是小说的读者，小说在处于统治阶级中心的王宫引发关注的现象并不矛盾。实际上，据传世祖十分关注《太平广记》，燕山君也曾经嗜读小说。身为君主，他们的读书范围必然受到限制，但深居宫中的女性则成为主要读者层，通过以下记录可以推测出这一点。

> 高宗二十一年前后，文士李钟泰奉国王之命，动员数十名文士翻译中国小说近百种。此外，昌庆宫内的乐善斋（王妃图书室）藏有四千多册韩文书籍，其中大部分为翻译小说，偶见国文贵重本。
>
> ——李秉岐、白铁，《国文学全史》，第 182 页

以上资料显示，高宗年间大部分小说都是奉国王命令在王宫中生产出来的。但是从下面尹用求引用高宗的言论可知，高宗对小说并无好感。

> 我国有汉文谚文两条路，中国正史原本并无谚书记录，仅有稗杂小说，以假乱真，反而有害义理。朕常觉无颜。
>
> ——尹用求，《纲鉴正史》，序文

如此看来，前面提到的下令翻译小说也许并非国王本意，而是出自国王周围某些人的要求。依此可以类推，虽然真实身份不明，但王宫内确有读者存在。

除此以外，18 世纪英祖年间完山李氏制作了《中国小说绘模本》，安兼济之母所作《玩月会盟宴》"为出名而作，并故意传入宫中"（赵在三，《松南杂识》），这些相关记录成为推测宫中与小说关联性的重要资料。更重要的是，宫中图书馆中收藏的小说作品大部分都流传至今，这足以证明宫中存在着大量的小说读者。

即便宫中有读者，在这种封闭的空间内阅读小说的意义也必然是有限的。有一些人在宫外的社会与宫中内部进行交流，开展了大

量读书活动，这便是士大夫家女性读者，她们被认为是小说的主要读者。首先从叙述《九云梦》与《彰善感义录》创作动机的资料中可以看到她们的形象。

> 稗说中有名为《九云梦》者，西浦之作……为解大夫人之忧而作。
>
> ——李縡，《三官记》

> 先祖拙修公行状曰，大夫人广读古今书籍，晚年好卧听口诵小说，以此消眠解忧。公自作多篇小说献之，此乃传世之《彰善感义录》《张丞相传》也。
>
> ——赵在三，《松南杂识》

虽然这些内容并非出自作家本人之口，但足以说明当时士大夫家的女性十分喜爱阅读小说。通过赵泰亿《谚书西周演义跋》的记录也可以了解到她们对小说的喜爱程度，其中详细地记载了赵泰亿的母亲抄写《西周演义》之后其中一册失而复得的过程。其他资料中还有权燮（1671~1759）的母亲龙仁李氏将亲手抄写的小说送给孙子、孙女的相关记录。

士大夫家的女性之所以乐于接受小说，是因为韩文的普及主要是以女性为中心，女性具有文艺需求并且拥有闲暇时间等（이상택，2003）。此时她们阅读的大部分为韩文长篇小说，可以推测，其中有不少人并不满足于读者的地位，于是也像安兼济的母亲一样开始亲自创作。

随着时间的流逝，上流社会女性嗜读小说的现象逐步扩大到其他阶层。虽然长篇小说主要宣扬儒家思想理念，但并不会引发其他阶层对作品本身的抗拒，所以一些其他阶层的有闲女性也开始接受小说。但可以说，此时的儒家思想理念本身并非目的，而是作为一种手段，带着一种特殊意义传达给了读者。

士大夫家的女性读书还可以结合另一个有意义的事实来思考，

这就是未成年读者的存在。因为处于家庭文化中心的女性对小说的喜爱自然而然地会对未成年读者产生影响，使他们也成为小说读者。考虑到当时并不存在儿童文学，他们可以成为重要的读者。

从近代月滩朴钟和（1900~1981）与六堂崔南善（1890~1957）关于幼年贪读小说的描述中便可发现相关内容。下面一段是月滩的回忆。

> 每天夜里从书堂回来之后，我就在烛光下学习韩文，每天深夜都背着大人偷偷躲在被窝里阅读韩国古典小说。
> ——朴钟和，《月滩回顾录》

六堂崔南善也曾说过，由于再也没有可以阅读的谚文小说，于是他跑到清朝人经营的书店看书。

典型的小说反对论者李德懋也曾表示："余幼时看十余种，皆男女风情，闾巷鄙谚，有时悦目"（《婴处杂稿》）。除此之外，还有不少人在历史记录中表示，年幼时曾经为了学习书法或是为了家中的长辈而抄写和阅读小说。

小说在女性文化中所占的比重相对大于男性，因此前面首先考察了一下女性读者的各种面貌，但这并不意味着男性读者的角色微不足道。以士大夫为中心，男性小说读者也不在少数，甚至还有不少人更进一步直接参与了小说的创作与翻译，许筠、权韠、金万重等便是典型的例子。从下面几篇作品序文中可以看到男性作为小说读者的面貌。

> 世间所谓小说言皆鄙俚，事皆荒诞，皆止于奇谈鬼谲。然其中所谓南征记、感义录等多篇，听后足以感之。
> ——晚窝翁，《一乐亭记》，序文

> 长夜无眠，闻邻家多稗官谚说，借三四种，使人诵而听之。
> ——徐有英，《六美堂记》，序文

> 余尝失学业未成，侍奉萱堂，多闲暇，几阅尽世间所传谚
> 文小说。
>
> ——洪義福，《第一奇谚》

但男性阅读小说的情形并不局限于这些有条件将之记录下来的人，小说文学还扩展到庶民阶层的男性。职业讲书人"传奇叟"曾在不同地点讲述《淑香传》《苏大成传》《沈清传》《薛仁贵传》等，周围听众云集。通过这些记录可以发现，还存在着一些庶民读者。据燕岩朴趾源记载，在中国有人口诵《水浒传》，周围有很多听众，韩国也有人在市场里口诵《林将军传》，场面十分相似。下面这段内容记录了这种情况下的一个突发事件。

> 古有一男子，钟街烟肆听人读稗史，至英雄最失意处，忽
> 裂眦喷沫，提截烟刀，击读史人，立毙之。
>
> ——李德懋，《雅亭遗稿》

试图消除现实中的不满、获得感应式满足的人们将视线转移到现实之外其他事物的过程中，极有可能发生类似事件，考虑到这一点，绝不能认为这仅仅是一次性事件。也就是说，通过上面的事件，我们可以发现将现实与作品世界混为一谈的初级读者形象，可见小说已经开始步入大众化阶段，对作品世界抱有强烈憧憬和渴望的读者也参与其中。

除此之外，很多中人都读过的《剪灯新话》《五伦全备》等作品也被翻译成韩文，作为译官的汉语教材使用。此外，中人阶层还主导了盘瑟俚的演出与传播，综合来看，中人也是古典小说的读者类型之一。综上所述，朝鲜时代古典小说的读者不分贵贱和男女老少，分布十分广泛。下面就来看一下各个时代读者的变化趋势。

四　各时代的变化情况

"读者"一词出现于作品之后，如果认为古典小说出现于罗末

第五章　韩国古典小说的读者

丽初，那么小说读者也应该出现于这一时期。15 世纪之后流传下来的资料内容较多，而且彼此之间相互关联，可以确切地推测出读者的情况，下面就来考察一下 15 世纪之后读者层的变化情况。

15 世纪、16 世纪小说阅读尚未普及，因为除了中国小说之外，只发现了几篇汉文小说，大部分读者自然主要也是一些男性学者文人。《金鳌新话》的作者金时习便是一个典型的例子，他读完《剪灯新话》后作了一首诗，名为《题剪灯新话后》，从诗的内容来看，他读得很仔细。朝鲜中期著名道学者李滉（1501～1570）的文集中也可以找到证明他曾经是小说读者的蛛丝马迹，下面的记录就表明他有可能读过《金鳌新话》。

> 梅月别是一种异人，近于索隐行怪之徒。而所值之世适然，遂成其高节耳。观其与柳襄阳书，金鳌新话之类，恐不可太以高见远识许之也。
>
> ——李滉，《退溪先生文集》

虽然这种观点是基于对小说的负面看法，但足以说明男性士大夫与小说关系之密切。但这一时期无论是从表音文字的普及程度还是从作品的数量来看，都远远没有达到小说广泛传播的条件，因此尚未形成读者层。

17 世纪的资料中，随着小说数量的增加，读者的存在情况也开始浮出水面，最能证明这一点的代表性资料便是《慎独斋手泽本传奇集》，其中收录了慎独斋金集的手记。金集是朝鲜中期礼学泰斗沙溪金长生（1548～1631）之子，金万重的曾祖父，为礼学的确立和普及做出了巨大贡献。

> 余本好学问，尤好杂记。借来此书细读，不知何人转写，添加诸多冗余文字，亦有错误及疏漏，文理不通。……恐不解文理者难连断句，故于不通及未定之处加点，使待读者等候，此不有益乎？兔腊月旬，慎独斋主人书。

这本传奇集中收录了《万福寺樗蒲记》《刘少娘传》《周生传》《相思洞饯客记》《王庆龙传》《王十朋奇遇记》《李生窥墙传》《崔文献传》《玉珰春传》等多部作品。尤其值得注意的是，这位礼学者也是小说读者，而且将多部作品汇编成集。

同样，在李文楗（1494～1567）的《默斋日记》里也发现了几篇小说。据推测，该资料约形成于16世纪末或17世纪初，其中包括《薛公瓒传》《王氏传》《王十朋传》《周生传》等（이복규，1998），孝宗妃仁宣王后（1618～1674）给女儿淑明公主的韩文书信中也提到了多部作品名称。

> 余欲复送汝《绿衣人传》，望汝悦之。
> 《河北李将军传》汝校刊后，日后带回。
> 《水浒传》明日到后即可送汝。

此处列举的这一时期资料的特点是多部作品均与某几个特定个人相关或是被汇编成集，这说明小说的阅读并非一次性的，因此足以将这些人称为真正意义上的小说读者。

尤其是从仁宣王后的书信中可以看出，公主和娘家彼此互赠小说，这再次证实了前面提到的金万重与赵圣期、权燮等人的相关记录内容，说明上流士大夫女性中十分流行阅读小说。女性读者的存在促使韩文小说大量出现，因此，可以说和前一个时期相比，读者所起的作用更大了。这种变化是在前一个时代的基础之上形成的，具有极强的累积作用。也就是说，之前存在的读者并没有因为新读者层的出现而消失。

在18世纪小说史中，学者最为关注的就是贳册房，小说读者的阅读热情是贳册房出现的一个重要原因，因此读者嗜读小说的现象也和贳册房一样具有重要意义，甚至有士大夫家女性在居丧期间阅读小说而遭到兄伯斥责。正因为这种小说，狂热读者越来越多，贳册房才得以诞生，同时在社会上引发争议，通过下面的资料可以了解到当时的具体情况。

第五章　韩国古典小说的读者

> 废置家务，怠弃女红，至于与钱而赁之，沉惑不已倾家荡产者有之。
>
> ——李德懋，《士小节》

> 窃观近世闺阁之竞以为能事者，惟稗说是崇，日加月增，千百其种。侩家以是净写，凡有借览，辄收其直以为利。妇女无见识，或卖钗钏，或求债铜，争相赁来，以消永日。
>
> ——蔡济恭，《女四书序》

> 韩文小说仅读几行便文意不通，闻妇女言，读韩文小说十余行，虽一时不得其意，继续浏览亦可理解，畅通无阻也。
>
> ——俞晚柱，《钦英》

上文的例子根据作者小说观的不同，肯定与否定的探讨方向也有所不同，但全都描述了当时部分女性阅读小说引发的现象。然而，小说爱好者并非只有女性，有研究显示，朝鲜后期曾担任领议政的李相璜（1763~1841）喜欢阅读新本稗说，藏书多达数千卷，京华世族则被认为是中国小说的主要读者（강명관，1999）。

即便可以证明一部分狂热读者的存在，也无法断定整个社会氛围都是如此。因为虽然部分读者的读书热潮带动了赁册房的繁荣，但周边环境尚不成熟，读书热潮还不足以扩散到所有阶层。因此这一时期的特点可以总结为，部分狂热的女性读者通过周围极其有限的赁册房，接受了以长篇小说为主的作品，而小说真正流行起来则是进入19世纪之后。

关于19世纪的读者问题，最令人瞩目的就是坊刻本小说。因为小说以坊刻本的形式出版意味着可以获得商业利润，而大量的读者是实现这一切的前提条件。于是坊刻本小说的出版使读者数量再次增加，从而实现了小说的大众化，因此小说的商业出版在小说史乃至经济史和文化史层面上的意义都十分重大。

但坊刻本小说与之前以赁册房为中心流行的长篇小说无论是在

篇幅、语言还是构成和内容方面都存在差异。读者应该也认识到了这种差异，并且形成了将二者区分开来的惯例。1975年，针对庆尚北道北部地区女性读者进行的调查结果显示，她们将"传"类与"录"类区分开来（이원주，1975）。"传"类为平民阅读的书籍，而"录"类主要指长篇小说，她们从小就被教导"要多看录类，既不粗俗，又能学到很多东西"。

但是笔者认为，主张坊刻本出版针对的是与之前的长篇小说读者完全不同的新读者，或是一定要把坊刻本读者和贳册房读者划分为不同倾向的人群，从读者论的角度来看，这样做也许会抹杀坊刻本出版的文化意义。由于作品的各种倾向不同，读者极有可能做出了偏向其中一方的选择，但不能认为二者始终没有任何交集。

在小说大众化的过程中，自然而然地策划出版了坊刻本，出版作品以英雄小说和盘瑟俚系小说为主是因为这在当时的条件下是最佳选择。因此，考虑到对小说的社会认识、读者的处境和出版环境等，将坊刻本与具有某种特定倾向的读者捆绑起来究竟是否符合实际情况还需要进行进一步探讨。将18纪开始流行的贳册本和19世纪流行的坊刻本放到对立面，也许就如同单纯地将1993年创下100万人次观影纪录的电影《悲歌一曲》与2003年创下1000万人次观影纪录的《实尾岛》在观众数量方面进行对比。

五　读者的角色

到此为止论述的内容可以总结如下。

（1）读者在古典小说史中占据着十分重要的位置。

（2）尽管如此，由于流传下来的相关资料不足，为了能够正确地理解古典小说读者，需要重新考察一下当时的读书环境和今天的普遍观念。

（3）古典小说读者中上流社会女性的角色尤其引人注目。通过资料可知，随着时代的发展，小说阅读扩散到所有阶层，不仅有男性读者，而且有平民读者。

第五章　韩国古典小说的读者

（4）从各个时代来看，初期的小说读者仅仅局限于部分男性学者文人。有资料证明，进入 17 世纪以后，随着作品数量增加，开始出现真正意义上的小说读者。之后 18 世纪贳册房与狂热的小说读者同时出现，尤其是有闲阶级的女性被认为是长篇小说的主要读者。19 世纪通过坊刻本出版，小说已经进入大众化阶段。

结束本章之前，最后再从双重意义上简单地谈一下与读者角色相关的两个问题。

首先，为了理解古典小说及其读者，建议大家临时扮演一下读者的角色。尽管大人责怪孩子"喜欢故事会过穷日子"，孩子还是会缠着讲故事的人，正因为如此说话才会流传至今。同样道理，小说的发展在很大程度上要归功于那些宁愿熬夜也不愿意放下小说的读者。如今作品还在，读者却已消失无踪，大部分古典小说仅仅成为童话和教科书相关领域的读物。

这就导致只能概括介绍一下专家对作品的分析结果，或是强调一些教训的意义，无法充分传达古典小说的各种特征。因此很难理解那种想方设法躲避家里大人的监视，甘愿承受会带来身体痛苦的读书行为。要想理解这些，至少应该带有一种想要读书的主观意愿。当然，这并非主张时光倒流，让过去古典小说的电影在今天重演，最终目的还是在于通过对多种文化的间接体验和对小说史变迁过程的理解来拓宽视野。

其次，尽管本章对古典小说读者进行了粗略的探讨，但读者对于小说史的发达究竟怎样和做出了多少贡献依然缺乏具体证据。尽管读者起到的作用肯定是不容小觑的，但资料不足以及研究过于偏重作家和作品，使得对读者的关注极少，但更深层次的主要原因还是在于对读者的不信任。

除了少数故意突出自我的读者以外，大部分读者均处于匿名状态，因此只能从集体的层面来探讨读书行为。然而，常言道："成为集体的一员马上就会变成傻瓜"，对于集体的负面偏见往往会起到更大的作用。作为个别读书行为的总和，集体读书行为究竟是否应该被贬低？

今天我们常常会看到专家与非专家之间的唇枪舌剑，此时偶尔会目睹专家对于成为集体一员的非专家的怀疑，同时可以发现对接受者角色的怀疑。然而，现实中对于大众的角色却同时存在着肯定与否定看法，以电影为例，对于导演与作品、营销、策划人员、观众分别占有多少比重，依然没有一个确切的答案。

（李周映）

参考文献

이병기 · 백철, 『국문학전사』, 신구문화사, 1957.

정병욱, 「조선 말기 소설의 유형적 특징」, 『문화비평』 1, 1969.

김동욱, 「이조소설의 작자와 독자에 대하여」, 『장암지헌영선생화갑기념논총』, 호서문화사, 1971.

이원주, 「고전소설 독자의 성향」, 『한국학논집』 3, 계명대 한국학연구소, 1975.

최철, 「이조소설 독자에 관한 연구」, 『연세어문학』 6, 연세대 국문과, 1975.

大谷森繁, 『조선후기 소설독자 연구』, 고려대 민족문화연구소, 1985.

김경미, 「수용미학과 고소설 독자연구」, 『고소설의 저작과 전파』, 한국고소설연구회 편, 아세아문화사, 1994.

김종철, 「장편소설의 독자층과 그 성격」, 『고소설의 저작과 전파』, 한국고소설연구회 편, 아세아문화사, 1994.

장효현, 「장편 가문소설의 성립과 존재양태」, 『고소설의 저작과 전파』, 한국고소설연구회 편, 아세아문화사, 1994.

류탁일 편, 『한국 고소설 비평 자료집성』, 아세아문화사, 1994.

임종국, 『한국인의 생활과 풍속』(하), 아세아문화사, 1995.

조도현, 「국문소설 유통의 현대적 양상」, 『한국 서사문학사의 연구 5』, 사재동 편, 중앙문화사, 1995.

박희병, 「흠영의 성격과 내용」, 『흠영』 1, 규장각, 1997.

정병설, 「조선후기 장편소설사의 전개」, 『한국 고전소설과 서사문학』(상), 간행위원회 편, 집문당, 1998.

이복규, 「초기국문 국문본소설」, 박이정, 1998.

第五章 韩国古典小说的读者

강명관, 『조선시대 문학예술의 생성 공간』, 소명출판, 1999.

안병희, 「왕실자료의 필사본에 대한 국어학적 검토」, 『장서각』 창간호, 한국정신문화연구원, 1999.

이상택, 『한국 고전소설의 이론 Ⅰ』, 새문사, 2003.

정명기, 「세책본 소설의 유통양상」, 『고소설연구』 16, 한국고소설학회, 2003.

第六章　韩国古典小说的主题

一　围绕《春香传》主题展开的争议

该如何概括《春香传》的主题？最传统的回答无疑是"烈"，有一个代表性的异本就叫作《烈女春香守节歌》，因此这个回答似乎显得毋庸置疑。但问题在于，有很多其他因素使得这个问题无法简单地以一个"烈"字来概括。该作品不仅通过李梦龙与春香超越身份的爱情表现了"对爱情的追求"，而且能从春香对卞学道的抵抗中发现"底层民众对上层权力的抵抗"，同时从结尾春香身份上升为"贞敬夫人"还能看出"底层民众实现身份上升的决心"。

《春香传》的主题一方面宣扬了儒教中的"烈"观念，另一方面又表达了对当时建立在儒教基础之上的社会秩序与身份秩序的抵抗。一言以蔽之，《春香传》的主题极其混乱。

这种混乱最终导致认为作品有两个主题的观点出现。赵东一在《通过矛盾看〈春香传〉的主题》一文中指出，《春香传》有一个暴露出来的主题，同时还有一个隐藏的主题，将暴露出来的主题称为"表面主题"，将隐藏的主题称为"潜在主题"。他认为《春香传》采取了妓女春香与非妓女春香的矛盾结构，通过春香身为妓女这一现实条件以及春香试图摆脱这一现实条件的矛盾体现出了两个主题，表面主题是"烈女的教训"，潜在主题则是"试图摆脱身份限制实现人类解放"。这两个主题虽然对立共存，但表面主题是旧观念，潜在主题是新思想，应该立足于后者来评价作品的价值。

《春香传》的特点之前被解释为"不统一""不合理""矛盾""步调不一的行动体系"，而这种双重主题说使其在主题方面更加系统，从而提出了理解作品的新方向。但一部作品同时存在两个相反主题的观点依旧无法被轻易接受。尽管《春香传》是盘瑟俚这种经过长期积累的文学形式转化为小说的形态，因而具有"部分独特性"的场面特征，但认为作品有两个核心主题的观点仍然难以令人接受。因为只要作品的接受者是个人，文本只有一个，那么一个人在一个文本中是无法接受两个主题的。

主题究竟是一个还是两个，这个问题是探讨《春香传》主题时一个重要的争议点。但在展开争论之前首先要回答一个问题，即好的小说是否必须要有一个明确的主题，叙事的展开也要带有一贯性？如果答案是肯定的，那么具有两个主题的作品是无法获得高度评价的，因为主题显得混乱。小说并非以"叙述"为中心的思想书或伦理书，"展现"也同样重要，因此很难根据主题的鲜明性来衡量一部作品的价值。《春香传》便是一个好例子。无论《春香传》的主题是一个还是两个，其作品主题的确不够鲜明，但不能因此而贬低这部作品的价值。

在近年朝韩离散家属相逢活动中，很多离散家属观看了朝方演出的唱剧《春香传》都泪如雨下。离散家属相逢时似乎更适合看《沈清传》，但《春香传》也足以带给人们感动。可见《春香传》的主题虽然不够鲜明，但可以带给接受者另一种感动。具体地说，《春香传》的主题无论是"烈"还是"爱情"，抑或是"人类解放"，根据不同的异本以及不同读者的处境与思想，都会有不同的解读。这正说明了《春香传》这部作品需要从多个角度、多个层面进行研究。

如果仅从主题来看对《春香传》在多个角度、多个层面的研究动向，大体可以分为两种：一种试图进入儒教支配秩序，另一种则试图摆脱儒教支配秩序。"烈"相当于前者，"人类解放"等相当于后者。也就是说，前者是向心运动，后者则为离心运动。《春香传》主题体现出的这种既向心又离心的运动也可以作为一种解释所有古典小说主题的有效工具。这意味着古典小说尤其是朝鲜时代的小说被处于支配地位的朝鲜社会强烈的儒教理念磁场所吸引。朝鲜社会和小说中这种强烈的理念性与中国及日本均截然不同，十分引人注目。

二　《彰善感义录》与主题的向心性

探讨古典小说主题时，如果将具有宣扬儒教理念倾向者称为"向心式主题"，将具有摆脱儒教理念倾向者称为"离心式主题"，那么古典小说作品的主题几乎处于向心和离心连成的同一条直线上。当然，可以说整个朝鲜时代都没有任何思想或文学作品敢于正面挑战儒教理念，因此即便是离心式主题也并不意味着完全脱离与反抗。也就是说，向心性与离心性都是相对的。

谈到向心式主题作品，一般首先会想到《陈大房传》这种几乎可以称为"伦理小说"的作品。但实际上，《彰善感义录》《谢氏南征记》这种既受欢迎又获得儒学者好评的作品才称得上真正的向心式主题代表作。下面就通过赵圣期的作品《彰善感义录》来考察一下主题向心性的实际情况。

兵部尚书花郁有沈、姚、郑三位夫人，子女分别名为瑃、娉仙和珍。但花尚书偏爱花珍，花瑃未获得父亲认可，因此花瑃母子十分嫉妒花珍。花郁和两位夫人先后离世之后，沈氏与花瑃母子二人开始百般迫害花珍兄妹。与花珍订婚的南彩凤父母双亡，寄居在父亲的朋友尹侍郎家中，与尹小姐、陈小姐感情日趋笃厚。而权臣严嵩养子赵文华逼迫陈小姐与自己成亲，陈小姐将父母送到远方之后逃跑。

此时花珍已状元及第，花瑃休掉了贤妻林夫人，娶了奸诈的私通女赵氏为正妻。奸臣日益猖獗，花珍遭到陷害被迫流放。花瑃担心自己的罪行败露，为了讨好奸臣严嵩，设计欲将尹小姐许配给严嵩之子严世蕃。尹小姐的孪生胞弟尹汝玉得知这一事实后男扮女装进入严府，反而与严嵩之女严月花订下婚约。花珍流配被放之后在战场上击退外敌立下军功，与失散的家人重逢。最后订婚者全部喜结良缘，恶人或受到惩罚，或改过自新，花珍则一心辅佐天子，全家子孙后代繁荣昌盛。

从上述内容梗概可以看出，《彰善感义录》的重点在于宣扬儒教伦理。面对非亲生母沈氏及同父异母兄弟花瑃的残酷迫害，主人公花珍默默地忍受到底，体现了儒教的"孝"与"兄弟友爱"观念；已订婚女性面对实权人物的求婚毫不畏惧誓死抵抗，体现了"烈"的观念；对内与朝廷中的奸臣斗争，对外则勇敢击退外敌，体现了"忠"的观念。也就是说，《彰善感义录》宣扬"忠、孝、烈"等代表性儒家思想观念，通过描写一些典型的正面事迹来让人模仿。

从作品结构来看，作品初期丧失的家庭、社会与国家秩序在后期全部得到恢复，因此，可以说主题是恢复儒教社会秩序，即儒教"礼"秩序。其实如果从儒教道德或儒教秩序的观点来分析，几乎所有古典小说都与《彰善感义录》别无二致。《彰善感义录》主题的向心性反而在作品的细节中体现得更为明显。林荧泽等人指出，《彰善感义录》的人物言行堪称标准模范，采用了高雅成熟的文言体。

年幼的南彩凤跟随父亲流放途中不幸遇到强盗，父母双亡，遂与侍婢一起寻找托身之处。发现陈彩琼家后，南彩凤派侍婢前往询问能否收留自己。听侍婢讲了前后经过，陈彩琼之母吴夫人表示："小姐遭此横祸流离失所，饥寒交迫，老身闻听后甚为恻隐怜悯，理当派轿前去迎接。"陈彩琼听后对母亲表示，这种说法带有怜悯同情之意，大家闺秀听后必然感到屈尊而不愿前来。

吴夫人听了女儿的话恍然大悟，于是改成了下面的话：

闻侍婢之言，得知小姐流离失所，遭遇横祸，老身甚为惊讶悲伤。转而思之，路上仓促，来不及举办葬礼，故老身母女愿为小姐准备丧服，惟愿小姐屈尊寒舍，日后慢慢归乡。

这样就成了向对方遭遇意外变故表示吊唁，请求对方进入寒舍，前后意思彻底改变，变得完全符合儒家礼法。

尤其通过尹汝玉与奸臣严嵩之女月花结下姻缘的场面就能明白《彰善感义录》为何能够获得蔑视和排斥小说的儒学者的高度评价。权臣严嵩之子严世蕃逼迫尹汝玉的孪生姐姐尹小姐与自己成亲，于是尹汝玉男扮女装代替姐姐进了严府，寻找各种借口推迟与严世蕃的婚期，在此期间与严嵩之女月华同居一室。

一天，尹汝玉告诉月华自己本为男儿身，二人结缘乃天意，要求与之同寝。而月华以此举不符合礼仪为由拒绝了他的要求，于是尹汝玉"起身而坐，焦思长叹道：'此举并非吾心所悦之，实乃愧对神明，今夜之举将成为吾终生之憾也！'"，最终退居他处。尹汝玉被刻画成一个性格豪放不羁的人物，但在关键时刻知道"羞愧"、懂得克制。性格豪爽不羁的人物却表现出极强的克制力与遵守礼仪的态度，这是区别于离心式主题作品的特征，也很好地体现了《彰善感义录》极其符合儒教理念。

这种向心式主题作品的作者大部分是儒学者，至少区别于英雄、军谈小说和盘瑟俚系小说，从当时的文化地位来看，在小说类中占有较高地位。其中也包括上层社会女性创作和阅读的一些长篇小说，比如《玩月会盟宴》《刘孝公善行录》《刘氏三代录》等所谓大长篇小说和乐善斋本小说。

三 《洪吉童传》与主题的离心性

如果说《彰善感义录》的向心性处于一个端点，那么《洪吉童传》则处于另一个端点。《彰善感义录》的背景是中国，而《洪吉童传》的背景则是朝鲜，可见距写实性更近了一步。按照朝鲜的说法，《彰善感义录》的主人公花珍也是庶子，但书中无视一夫一妻的朝鲜法制，描绘了一夫多妻的景象，可见其背景与现实问题相悖。相反，《洪吉童传》从一开始就指出洪吉童为贱婢所生的庶子，将其作为主人公，正面探讨庶子问题，从而预告了与朝鲜社会秩序的对决。

在重视血缘的朝鲜父权社会，为什么会存在继承了父亲的血缘却丝毫得不到血统认可的庶子？这就是《洪吉童传》的问题意识。但庶子洪吉童并非普通人物，他道术出众、勇猛非凡。洪吉童继承了父亲的血缘却无法获得儿子的待遇，有一身本领却无处施展，《洪吉童传》的现实问题意识正在于此。

洪吉童对这种现实矛盾极其不满，他面临着三条出路：一是探索和传播打破现实矛盾的方案；二是采用暴力方式抵抗现实矛盾；三是逃避现实。朴趾源《许生传》中的许生是一个学识出类拔萃的文人，对现实有着清醒的认识，但面对朝鲜矛盾的现实未能提出一个有效方案，因此很难期待学业平平的洪吉童选择第一条路。于是洪吉童选择了抵抗的道路，落草为寇。他抢劫了象征宗教权力的海印寺与象征国家权力的咸镜道监营，但最终还是向国王自首，被封为兵曹判书，以此结束反抗并与现实妥协。

现代研究者将洪吉童的投降视为作品的局限性，但"局限性"这种说法并不恰当，因为在朝鲜时代根本不可能超越这一切。因此《洪吉童传》将洪吉童封为兵曹判书并送到了国外，通过洪吉童告诉人们还存在着第三条路，同时表达出兵曹判书并非洪吉童所愿。这也说明了朝鲜社会的矛盾已经到了忍无可忍的地步。

离开朝鲜的洪吉童打败了掳走巨富白龙之女的妖怪，娶白龙之女为妻。之后又战胜了碑岛国王，自立为王。洪吉童在朝鲜的土地上找不到任何希望，因此才远走他乡前往新的乌托邦。其实他并非远走他乡，而是被驱逐出去了。

当然，盗贼洪吉童不仅自首了，而且被国王亲自召见时也没有违抗命令，这说明他依然没有摆脱儒教"忠"的观念。但他在国王面前不但主张自己行为是正当的，还要求封自己为兵曹判书，而且最终达到了目的，这一举动虽然不能称为叛逆，至少有些显得不忠。《洪吉童传》的主题被总结为"人格的实现""人类价值的实现""功名主义理想的实现"等，主题多种多样，共同之处在于都违背了儒教礼仪。

韩国几乎没有哪部古典小说像《洪吉童传》一样表现出如此强烈的离心性。与之前谈到的《彰善感义录》相比，虽然程度有所不同，英雄小说和盘瑟俚系小说等都表现出了相对较强的离心性。首先来看一下英雄小说中被广为阅读的作品之一《刘忠烈传》，在作品结尾刘忠烈在保护国家免受外族侵略之后拜见皇上时，责怪皇帝之前发配自己父亲一事。听了刘忠烈的斥责，皇帝只是呆坐，一言不发，太子顾不上穿鞋走下来，答应与刘忠烈平分天下。至尊无上的皇帝竟然变得如此无力可笑，这一场面可以说完全脱离了儒教礼法。

此外，虽然性质有所不同，《崔致远传》的内容也可以说是离心式的。中国皇帝千方百计想置新罗的杰出人才崔致远于死地，劝他："天下之土皆为朕之土，卿亦为朕之臣下，留在大国助朕如何？"崔致远突然腾身飞坐到云端，问道："此处亦陛下之土也？"从儒家秩序来看，这种反中华的自主性言论也是一种出轨行为。此外，《春香传》中李梦龙哀求随从去接近春香的场面使儒教秩序完全成为笑柄。

> "你快去把春香叫来。"
>
> "公子，说好了，以后咱们不分主仆，互相称兄道弟。"
>
> 李公子一心急着见春香，于是答应了。
>
> "你年龄比我小，得管我叫大哥。"
>
> 听了这话，李公子道："这会被人笑话的，身份全乱套了。"
>
> 方子道："迟迟下不了决心，还想见什么春香，不愿意就算了！"
>
> 李公子无可奈何，左右为难，心想早知如此，刚才瞎编个

岁数就好了。

　　"你这个坏蛋，怎么非得提这个要求！"

　　方子回绝道："不答应没门！"

　　李公子情急之下也顾不了许多，喊道："方子！"

　　"哎！"

　　"大哥！"

　　方子回过身来应道："哎，我的好弟弟！"

　　李公子虽然颜面尽失，还是服软求道："你赶快去把春香叫来吧！"

　　"好嘞！"

　　尽管这些具有试图摆脱儒教理念和秩序倾向的作品表面上看起来似乎是在宣扬"忠、孝、烈"等儒教观念、"家族繁盛"、"恢复国家秩序"等主题，但实际上并没有完全进入磁场内部。儒学者对这些作品的极度蔑视与排斥就是一个典型的证据。部分读者将古典小说分为两类：一类是题目后面加上"录"或"记"字，比如《彰善感义录》《苏贤圣录》《谢氏南征记》等所谓的"录册"；另一类是在题目后面加上"传"字，比如《洪吉童传》《春香传》《赵雄传》等，对后者更加无视和排斥，通过这种做法也可以看出后者主题的离心性。明确地说，这些作品无法直接对支配秩序进行反抗，所以表面上看起来像是顺应支配理念和秩序，但实际上表现出强烈的离心倾向，因此这些作品的主题其实隐藏在深处。

四　第三条路——《九云梦》

　　向心式主题与离心式主题均与儒教理念相关，从几乎成为儒学者口头禅的"存天理灭人欲"观点来看，可以视为理念与欲望的对立关系。再进一步从社会和结构层面来看，可以说前者是儒教秩序的深化，后者是儒教秩序的脱离。朝鲜社会是一个彻头彻尾的儒教社会，而且是以性理学为中心的礼教社会，因此小说也难以摆脱这个磁场。通过儒教理念轴心来说明古典小说主题虽然容易，但并非所有作品都能利用这个轴心来解释，《九云梦》就是一部代表性作品。

《彰善感义录》的背景是中国，《洪吉童传》的背景是朝鲜，而《九云梦》的背景完全脱离了现实。《九云梦》的背景是南岳衡山，既是实际存在的山，同时也是一个超越性空间。衡山是中国实际存在的山，但作品中的衡山并非一座真实的山，而是一个超越性的幻想空间。正是在这里，神僧六观大师向人们传播道义，济度鬼神；衡山神女卫夫人带领八仙女留下飘忽不定的神秘踪迹，引发诸多离奇事件；六观大师在讲论大法时，洞庭湖龙王化身为白衣老人参与其中听法。

这个空间里既无儒教思想观念，也没有在此基础之上建立的社会秩序。不需要向国王和国家尽忠，也不需要孝敬父母，没有家人和夫妻，"烈"也毫无意义，全篇只有寻找自我的反思生活。这种反思在某个瞬间被欲望所动摇时，便会成为寻找欲望世界，即"色"的世界的反思契机。

主人公性真前往龙宫，酒后无法自持，调戏了卫夫人手下的八仙女，被贬降人间。性真投胎为杨少游之后即被社会秩序所束缚，成为唐朝臣民，杨处士之子。

但他在尘世中的生活似乎并未受到儒家礼教的束缚，他的生活中很难找到认真严肃的一面，他像一个远足的孩子一样游戏人生，仿佛一切早已注定，迎娶八仙女为夫人。他遇到的考验只是因为抗拒做驸马而被打入大牢，这也是皇帝的宠爱之举，与其说是危机，不如说是象征着出人头地。世上的一切似乎全都是为他而准备的，时逢吐蕃入侵，他击退外敌消弭国难，成为头等功臣，享尽荣华富贵。

就在人生鼎盛之际，他在生日当天登上钟南山设宴庆祝，望见历代英雄坟冢一片荒凉，顿觉人生无常，悲从中来。杨少游与八名妻妾谈论着人世间的无常与虚无，希望遁入空门以求永生。此时六观大师陡然现身点化，性真方才惊觉一世荣华皆为师父法力幻化而出的黄粱一梦。

性真说出了身为杨少游的经历，认为自己因为这场梦而免去了在人间轮回受罚，向六观大师表示感谢，而六观大师留下了以下名言：

> 汝乘兴而去兴尽而来，我有何干与之事乎？汝又曰弟子之梦人世轮回之事，此汝以梦与人世分而二之也，汝梦尤未尽觉也。庄周梦为蝴蝶，蝴蝶又变为庄周，庄周曰周之梦为蝴蝶耶，蝴蝶之梦为庄周耶？终不能辨之，孰知何事之为梦，何事之为真也。今汝以性真为汝身，以梦为汝身之梦，则如亦以身与梦，谓非一物也。

六观大师这番教诲中说明了作为认识对象的现实与梦并非完全分离，六观大师责怪性真的认识主体依然被现实与梦想这一认识对象所左右，问题不在于对象，而在于主体。

《九云梦》中大部分侧重于展现杨少游才子佳人式的豪华生活，通过性真的梦醒过程领悟到世间的富贵生活不过是黄粱一梦而已。此外通过六观大师的话，提出了否定这些内容，不为外部环境所动摇的自我发现的高度觉醒。《西浦年谱》中记载了金万重在宣川流放期间创作《九云梦》寄给母亲的经过："又著书寄送，俾作消遣之资，其旨以为一切富贵繁华都是梦幻，亦所以广其意而慰其悲也。"他视人生如梦，以此来战胜眼前的悲伤，从而重新发现自我，开始新的人生。

《九云梦》开头性真投胎为杨少游的瞬间喊出的这句话暗示了作品的主题："救我！救我！"性真的呼喊听起来只是刚出生的杨少游的哭声而已，但"寻找和拯救自我"将"重生"的瞬间作为一种自我更新，可以说浓缩了《九云梦》的主题。

《九云梦》是一部展现了超越儒教等各种现实的作品，具有这种倾向的作品大部分追求超越的空间，具有浓厚的佛教或道教色彩，比如长篇小说《明珠宝月聘》、短篇小说《田禹治传》。

五　韩国古典小说的主题特征

到此为止主要从与韩国儒教理念的距离这一观点探讨了韩国古典小说的主题，因为朝鲜时代小说与儒教理念有着密切关联。朝鲜后期小说开始成为文学史的中心体裁，中国和日本也出现了同样的现象，这一时期东亚小说的特点是理念色彩变得更加浓厚。但如果从理念的程度来看，朝鲜的情形有些特殊。天君小说便是一个代表性例子。

目前已知的天君小说总共 8 篇，有金宇颙（1540～1603）的《天君传》、林悌的《愁城志》、黄中允（1577～1648）的《天君纪》、郑泰齐的《天君衍义》、林泳（1649～1696）的《义胜记》、李钰（1760～1807）的《南灵传》、郑琦和（1786～1827）的《天君本纪》、柳致球（1793～1854）的《天君实录》等。这些作品描述的事件都是心灵成为国王，率领四端七情等众多大臣治理性情。

首先来看一下最早的一部天君小说《天君传》的梗概。有人国乾元帝的长子开始治国，百姓称之为"天君"，天君将国事交给太宰敬和百揆义，治国有方，国泰民安。于是天君微服私访，两位太宰进谏，结果反而被公子懈和公孙傲赶走。

由于天君政事处理不当，于是妖贼华督（春秋时代人物，作恶颇多，此处理解为贪心）等趁机兴风作浪占领了胸海，结果天君国被柳跖（春秋时代著名盗贼，盗跖的别名）占领。公子良以诗唤醒天君，天君重新召回太子敬，派大将军克己和元帅公子志镇压了敌人，天君国恢复了太平。

从梗概中可知，该作品几乎相当于以叙事方式改写了儒学心性论。实际上这部作品是金宇颙的老师曹植画了一幅《神明舍图》后让弟子以故事的方式解读，作者看到，这幅画将人心比喻为国家，于是以叙事方式创作出这部作品。也就是说，这是当时最知名的儒学者让弟子创作的"以故事解读心性论"。这是为心性论而写的故事，不是为故事而创作的心性论。

　　强有力的理念支配下的叙事是一种“强有力的启蒙”。一言以蔽之，韩国古典小说的特点便是“启蒙性”，而这种启蒙性绝不允许其他思想侵犯与渗透，因此可以说是一种“排他的启蒙性”。

（郑炳说）

参考文献

论著

조동일, 「춘향전 주제의 새로운 고찰」, 『우리 문학과의 만남』, 홍성사, 1978.

서대석, 「허균 문학의 연구사적 비판」, 『허균 연구』, 새문사, 1981.

김광순, 『천군소설 연구』, 형설출판사, 1982.

이상택, 「구운몽과 춘향전, 그 대칭 위상」, 『김만중 연구』, 새문사, 1983.

박희병, 「춘향전의 역사적 성격 분석」, 『전환기의 동아시아 문학』, 창작과비평사, 1985.

임형택, 「17세기 규방소설의 성립과 창선감의록」, 『동방학지』 57, 1988.

정병설, 「18~19세기 일본인의 조선소설 공부와 조선관」, 『한국문화』 35, 서울대 한국문화연구소, 2005.

古籍

『구운몽』, 정병욱·이승욱 교주, 민중서관, 1972.

『춘향전 비교연구』, 김동욱·김태준·설성경 공저, 남원고사본 춘향전 역주, 삼영사, 1979.

『(옛그림과 함께 읽는 이고본) 춘향전』, 성현경 풀고옮김, 열림원, 2001.

『창선감의록』, 이래종 역주, 고려대 민족문화연구소, 2003.

第七章 韩国古典小说母题的幻想色彩

一 古典小说母题的幻想性质

从古至今，所有小说在创作过程中都会与其他诸多文本不断地产生交集。即使是一个非常强调独创性的作家，其作品也无法摆脱这种理论前提。特别是兼具独创性和类型特征的古典小说与当时的其他文本有着相当密切的相互影响关系，这一点不容否认。

此时与小说发生交集的文本性质并不受限。从当时广为流传的小说到诸如《资治通鉴》和《论语》类的史书、经书，全都包括在内。此外，韩国古典小说大部分都将背景设定为中国，因此不可忽视古典小说直接或间接地受到了中国小说的影响。也就是说，一篇小说的母题有相当丰富多样的形成途径，因此其性质也十分多样。

古典小说大部分通过幻想性虚构，以委婉的手法反映现实。由于小说中将天上的秩序与人间的秩序并行处理，即便读者读到的是对现实空间的描述，也不会联想到人们实际生活的现实世界。英雄小说《苏大成传》中，苏大成靠伐木和修补牲畜圈棚为生的场景可能是对普通人现实生活的描写。但读者知道苏大成是下凡的非凡之辈，而且身处困境的苏大成非常泰然自若。

古典小说的现实往往以幻想性为媒介，因此读者不会混淆小说空间和现实生活。读者要想获得感应式满足，只有在小说的空间里才能实现。正因为小说与现实能保持鲜明的距离，所以读者走出小说之后会再次感受到现实的悲惨。可以说是在认识论的结构基础上，通过幻想和虚构来实现现实主义。

古典小说的时间和空间背景大多设定为中国，从中也能看出这种效果。对小说的读者来说，中国无疑是一个想象中的世界。单是家庭小说和家门小说的主人公所生活的居住空间结构就与读者实际的居住空间有着天壤之别，主人公的活动空间设定更接近宽敞华丽的中国庭院。但是阅读小说本身就是在想象空间里畅游。

因此，可以说构成古典小说的母题最重要的特征就是幻想性。古典小说的叙事在现实与超现实的不断交集中展开。有时看起来有些光怪陆离的超现实奇幻母题在古典小说中能起到非常重要的作用。这并非暴露出古典小说的不成熟，其中蕴含古典小说独特的美学原理和精神史内涵。现实性与幻想性也是普通文艺美学中不断被提及的问题。即使在表面看似剔除了幻想性的现代小说中，幻想性也常常起到与现实性相对抗的作用，有时甚至还会支配整个叙事。

二　预言式母题

古典小说的叙事在地上与天上的二元结构中展开，因此人间发生的事情往往被提前预告。主人公的命运或是被道人、得道高僧等异人直接预示，或是通过神异的母题间接暗示。这种场景里最具代表性的母题有谪降（神仙下凡或投胎为人）、信物和梦等。

除了《金鳌新话》《崔陟传》等17世纪之前的汉文小说，古典小说谪降母题多以主人公作为天神下凡的形式出现。主人公在天庭触犯了玉皇大帝，下界投胎为人。例如，《刘忠烈传》中的主人公刘忠烈原本是天上驾驭青龙的仙官，因与飞扬跋扈的翼星争斗被贬谪下凡。主人公谪降这一事实大多是通过胎梦来暗示，因此主人公出生将伴有非常神奇的现象发生。考虑到英雄小说的一般结构"英雄的生平传记"中包含了主人公神奇的出生过程，小说的谪降母题可以说是一种来源于神话的叙事原型。

英雄小说大多会在开篇简单介绍一下主人公父亲的家族世系，父亲感叹年事已高而无子嗣。紧接着并不描写主人公的谪降，而是描写主人公的父母寻访寺庙、名山，诚心诚意向上天祈求得子。之后再叙述怀孕、胎梦、主人公出生的过程。

主人公谪降这一设定首先意味着主人公身份非凡，同时又起到预示后事的作用。在《刘忠烈传》中，刘忠烈的对手郑寒潭是翼星转世。刘忠烈正是因为与翼星争斗而被贬谪，因此这意味着这种对决从天上一直延续到人间。

谪降母题的预言功能在主人公的婚姻问题上表现得尤为明显。因为即将成为主人公配偶的女主人公也会一同被谪降下凡。《九云梦》中，与杨少游成婚的八名女子都是被贬下凡的仙女，因为与主人公杨少游调情而获罪。这一方面强调主人公和作为主人公配偶的女性都不是平凡之辈，另一方面也在透露他们之间的姻缘是上天注定的，凸显事件发生的必然性。

谪降母题最大的作用在于体现主人公的特殊身份和高贵血统。在韩国古典小说中男女邂逅和婚姻占了很大比重，政治社会事件也必定与男女邂逅联系在一起。此外，为了强调天定姻缘，还需要寻找其他母题，这就是"信物"。

尽管是上天注定的姻缘，但往往很难知道这种缘分具体指的是谁，大部分情况是近在眼前却浑然不知，此时信物就充当了天定姻缘的象征。男女主人公各持某件物品的一半，拼在一起恰好吻合，信物就是这样一种有效的工具，将偶然的因缘瞬间转变成惊人的必然。

信物既有可能是降生时带来的，也有可能是后天得来的。例如，《玉兰奇缘》中张秋成和苏善珠的信物"玉兰"（玉制兰草）就是一位道士给的，而《彰善感义录》中花珍和尹小姐的信物"青玉簪"则是传家宝。无论是哪一种，其叙事作用都是相同的，但获得的过程越神秘，就越发凸显信物本身所具有的意义。

用作信物的物品主要有戒指、发簪等首饰和玉兰、玉砚台等装饰品。男女婚事是小说中的重要事件，因此往往直接将信物名称作为小说题目，长篇小说《玉兰奇缘》和《玉鸳再合奇缘》便是如此。

预言式母题最具代表性的事物就是梦，谪降也是通过胎梦的形式来表现的。如果说谪降和信物起到限制人物身份和缘分的作用，那么梦则时常对具体的事情给出暗示和预言。因为设定的梦自始至终都能够准确地预示将来的事情，所以作品中做梦的人物和读故事的读者都不会认为梦是虚构的。《苏大成传》中，李丞相梦到了青龙，然后遇到了苏大成；《赵雄传》中，每当遇到危机时，预言式的梦就会以各种形式出现。已过世的赵丞相就真真切切地出现在赵雄母亲王夫人的梦里，告知其即将来临的危机，并指明丢失的孩子身在何方。

除了预言功能之外，梦还能引发并解决与现实交错的事件，起到更加积极的作用。《玉鸳再合奇缘》中，奸诈无比的小人李员外在梦中被抓到地狱受到严刑惩罚，并见到了先父，被先父斥责，醒来后发现像是挨了棒打一样，浑身瘀青，李员外因此幡然悔悟。这与单纯的预言不同，梦延续到了现实。又如《刘忠烈传》中，刘忠烈的母亲做了胎梦，分娩过程中遇到仙女得到仙果，诸如此类梦中得来的神奇事物也被设定成现实中的事物。这就是梦境成真的瞬间。

为了实现叙事在天上与人间交叉进行，自然需要连接这种交叉的某种现实手段。神话中常常使用树木等象征物作为天神下凡的媒介物，小说中也同样需要这种工具。同时，由于体裁是小说，如果是与现实相关的事物，表达效果就会更加显著。即使是现代人也不能完全无视梦的预言作用，因此从古至今，梦都是一种神秘的存在。

三　异人和鬼神的登场

对于被设定为谪仙身份的主人公来说，必然存在与他在天上的身份相匹配的帮手。诸如小说《洪吉童传》中，主人公虽然也用自己的力量战胜苦难与危机，但在天上与人间稳固的二元结构下，会出现道士、高僧等异人来帮助主人公。这些异人会预示主人公的命运，危急时刻施展神秘道术，起到解救主人公的作用。

从初期的汉文小说中就可以找到异人母题的踪迹，《崔陟传》中的丈六佛就是其中一例。每当玉英遇到危险，丈六佛就会出现，向她预言未来是美好的，让玉英带着希望活下去。在丈六佛的帮助下，玉英克服了自杀的冲动，迎来了美好结局。17世纪韩文小说《彰善感义录》中，清源大师奉南海观音之命令南夫人起死回生，并帮助她谋划后日。《谢氏南征记》中，曾让谢贞玉为观音像题赞的妙慧大师在谢贞玉遇到危难时积极相助。

有趣的是，《谢氏南征记》和《彰善感义录》中的大师比《崔陟传》中的丈六佛起到了更加积极的作用。《崔陟传》中的丈六佛并没有直接帮主人公解决问题，只是偶尔在梦里出现，给予忠告或简单的预言。其实，玉英在之前已经几次试图自杀，都在周围人的帮助下获救。但是在《谢氏南征记》等书中，异人活动在现实空间里，发挥着直接帮助主人公的积极作用。可见与初期的汉文小说相比，谪降母题在韩文英雄小说中作为典型的母题登场，一脉相承。

在《苏大成传》《崔陟传》等典型的英雄小说中，异人的作用发挥到了极致。《苏大成传》中，苏大成的父亲为没有子嗣而发愁，之后遇到一个僧人给予其丰厚施舍，这一举动具有祈子至诚的意义。之后每当苏大成遇到危难时这位僧人就会出现，成为苏大成的帮手。《赵雄传》中，赵雄的父亲生前供养的月镜大师就为赵雄预示危机，并传授避难之法。铁观道士则传授兵法和武术，帮助他在战争中取胜。此外，还有神秘的老人和黄将军的魂灵登场，送给赵雄神刀和胄甲。可以说，越是天上与人间的二元结构扩大的小说，作为帮手的异人的作用就越大。

异人母题也被积极应用在与上层士大夫密切相关的大河小说中。在初期的大河小说《苏贤圣录》中，高僧登场并算出主人公的命运和前世来历。比如连作小说《玄氏两雄双麟记》中的日光

第七章 韩国古典小说母题的幻想色彩

大师和连作小说《林花郑延》中的贤烈道士。贤烈道士的徒弟月观道士原是女主人公郑延小姐的侍婢，经过诸多坎坷，进入道观成为道人。

但小说中并非只有帮助主人公的异人，同时也会设定一些召唤僧人帮助恶人的异人。例如，《玄氏两雄双麟记》帮助萤蛾的月清法师，《玉树记》中帮助奸臣的妖僧继晓等。得到异人帮助后，恶人的实力就会大大提高，与主人公的对决也随之变得更加激烈。

除了异人母题，主人公与鬼神的交际，即所谓的人鬼交欢也是一个必不可少的重要母题。人鬼交际的故事在小说诞生之前的叙事文学中反而出现得更多。前代的叙事文学使用这一母题主要是为了表现出超现实世界的叹为观止以及相比之下人类的渺小。但像《金鳌新话》这样的小说则是通过人鬼交欢母题体现出更加尖锐的现实意识，《万福寺樗蒲记》描写的就是孤独的书生与女鬼相遇并交欢的故事。主人公在现实生活中无法排遣难耐的孤独，即使遇到的是鬼，那一刻主人公也是幸福的。与主人公一直被设定在孤独的处境相比，这种设定可以更好地体现主人公的迫切渴望，哪怕交欢的对象是鬼也好，因此利用极具梦幻和虚构色彩的人鬼交欢母题来反衬主题的现实性。

《九云梦》中则采用了不同的方式来运用人鬼交欢这一母题。郑琼贝被杨少游男扮女装所骗觉得委屈，就让贾春云扮成女鬼去诱惑杨少游。但杨少游认为人鬼无异，非常思念春云扮成的女鬼。与此类似的故事也出现在创作于19世纪的长篇小说《玉树记》嘉有晋和薛江云互结姻缘的桥段中，尽管被处理成了戏谑的场面，但仍可以说完好地继承了《金鳌新话》的人鬼交欢母题。

通过人鬼交欢和异人母题可以看出朝鲜时代人们对超现实空间带有强烈兴趣，以现代的角度来看，故事的设定可以说极为奇幻虚构，但对朝鲜时代的人来说，故事里的虚构世界正代表了他们生活的一部分。当然，当时的人也不相信这种虚构世界真正存在。因此可以视为当时的人们借此创造了一个契机，以此来克服现实的痛苦，寻求新的希望。

四　恋爱与婚姻障碍

在所有的叙事形式中，男女间的爱情问题比其他故事使用得更加频繁，而且历史更为久远。当然，朝鲜时代的小说对爱情问题处理得十分谨慎，这种情形也很少见。即使是像英雄小说这种占据小说史主流的韩文小说中，也很少出现男女在婚前相遇并发生关系的情节。一般来说，都是通过遵照父母之命订婚的方式两人才得以相见，爱情被义务或是上天注定之类的逻辑所掩盖。原因就在于当时的小说无法摆脱现实中朱子思想的束缚。

但是，从实际情况来看，围绕着婚姻的男女问题还是占了最大的叙述比例。按照故事发展的顺序，经常是在主人公出生之后马上就会叙述与婚姻相关的事件。当然出生到结婚之间并非没有其他事件发生，只是在行文中很少提及而已。也就是说，基本上不会描写主人公个人的幼年时期和成长过程。

在古典小说中，男女的相见可以分为自然相遇、遵照父母命令订婚、上天指定的天定姻缘等几种情况。自然相遇主要出现在初期的汉文小说和《九云梦》中，订婚主要出现在英雄小说中。大河小说中会同时出现自然相遇和订婚。然而，无论是自然相遇还是订婚，都有可能是天定姻缘，也有可能不是天定姻缘。通常如果婚姻幸福，就被认为是天定姻缘。

《九云梦》中的自然相遇就是一个代表性的例子。秦彩凤和桂蟾月对杨少游一见钟情，并直接表达了爱慕之心和结婚的意愿。杨少游男扮女装见了郑琼贝后，对她产生爱慕之心。虽然他们的姻缘是上天注定的，但现实世界里的相遇仍然经过了一个非常浪漫的恋爱过程。在他们的相遇中一定有诗歌和音乐相伴，杨少游与秦彩凤之间互相唱酬《杨柳词》，杨少游与郑琼贝相遇时则演奏了多首玄鹤琴曲调。

男女自然地相遇，彼此吐露心迹时使用诗歌和音乐，这种手法在《金鳌新话》《李生窥墙传》《万福寺樗蒲记》以及其他的汉文小说中均可找到先例。中国明末清初的才子佳人小说《玉娇梨》等情况也很相似，可以说比韩国古典小说创作年代更早的中国才子佳人小说对这种母题产生了很大影响。事实上，《杨柳词》在中国小说中的应用也非常广泛。

这种自然的相遇也并不都是浪漫的。在大河小说中，这种相遇过后必定会付出一定的代价。当时社会恪守朱子理学思想，这种母题自然地被接受反而会出人意料。这种情节在大河小说中大多设计为男主人公在路上偶然看到一个女扮男装的女子，遂产生爱慕之心。男主人公有意与女子成婚，但遭到父亲强烈反对，引发巨大矛盾。于是男主人公患上相思病奄奄一息，经过祖父或是叔父的积极撮合，两人最终喜结良缘。因此，可以看出，即便男主人公对爱情的追求有所反抗，小说行文上对这种行为也不会叙述得过于负面。

但是如果是女性积极向男性表达爱意，就不那么受欢迎了。《九云梦》中，主动接近杨少游并积极表达爱慕之心的女性桂蟾月和狄惊鸿的身份就被设定为妓女，秦彩凤因为这样的行为一直受到批判，成为杨少游之妻的郑琼贝品行则和她们截然相反。《玄氏双雄两麟记》中的陆翠玉、萤娥，《明珠奇逢》中的司马英珠等积极表达爱意的女性一开始都被描述为反面女性。而《玉娇梨》等中国的才子佳人小说却以浪漫手法来描述这些女性的积极示爱行为，这是两者的不同之处。

同理，从整个古典小说的情况来看，比起由自然相遇开始的恋爱，遵照父母之命结婚的情况所占比重更大。英雄小说中的订婚大多数是岳父有知人之鉴，或是两家政治上有亲缘而结成。《苏大成传》中，李丞相从沦落为乞丐衣衫褴褛的苏大成身上看出了日后必成大器的气质，因李丞相的知人之鉴而促成订婚。《刘忠烈传》中则是由与刘忠烈父亲政见一致的忠臣姜熙柱促成订婚。

订婚只是婚姻的初期阶段而已，订婚本身并不意味着婚姻能顺利实现，订婚后到成婚以及过上幸福的婚姻生活必然会有许多磨难和障碍，这正是代表古典小说的"婚姻障碍"母题。这一母题在英雄小说乃至大河小说中的叙述篇幅都是最多的。

诱发婚姻障碍的原因非常多样，例如奸臣陷害、权贵逼婚（强制婚姻）、丈母娘嫌弃主人公处境卑微而刻薄相待、情敌的阻碍和岳父的卑劣行为等。

例如，像《刘忠烈传》《李大凤传》之类因为两家政治立场一致而订婚的情形，一定会存在政治立场不同的一方，奸臣迫害两家，使其长期遭受磨难。接下来主人公和未婚妻天各一方，历尽苦难。《苏大成传》中，丈母娘不满意苏大成穷困潦倒，为了把女儿嫁给别人，安排刺客想杀掉苏大成，问题由此而生。

逼婚则是权贵为了让主人公的未婚妻与自己的儿子成婚，开始迫害主人公，为主人公婚姻问题制造障碍。权贵人家一般被设定为如《苏贤圣录》中的吕氏之类的人物形象，多与王室有亲缘，甚至还可能直接设定为君主。大河小说中君主逼婚往往占有重要比重，《刘氏三代录》《明珠奇逢》《玉兰奇缘》《苏贤圣录》等都属于这种情况。在小说中，君主强制安排婚姻时，女方反而会做出正面的行动。《刘氏三代录》中的真阳公主就是一例代表。君主干预刘世炯和张小姐的婚姻，逼迫刘世炯和真阳公主结婚，而真阳公主和刘世炯是天定姻缘。在《玉兰奇缘》和《苏贤圣录》中故事设定却与之相反，在君主逼迫之下迎娶的公主被设定为恶人，成为阻碍主人公天定姻缘的角色。

情敌所造成的婚姻障碍主要出现在大河小说之中。情敌既可以是爱慕主人公未婚妻的其他男性，也可以设定为爱慕男主人公的其他女性。情敌是女性的还有《林花郑延》中的吕喜珠和《明珠奇逢》中的司马英珠这种特殊的例子，情敌是女主人公的亲姐妹或同父异母姐妹。情敌是男性的情形有《林花郑延》的秦尚文、《玉兰奇缘》的赵在岳等，都是女主人公的表哥。

品行卑鄙而狡诈的岳父阻碍主人公婚事的婚姻障碍母题只出现在大河小说中。《玉鸳再合奇缘》《昌兰好缘录》《明珠奇逢》等就是其中的代表性作品。由于主人公自己拒绝婚事，只有当事人之间和解才是唯一的解决方法，其情节往往比其他故事更为复杂。

古典小说把男女问题和婚姻结合起来处理，将这一过程中发生的各种问题转化成事件。所占比例如此之大，其中包含的意义自然也不会简单。

可以说婚姻障碍母题首先具有一种成长仪式的意义，古典小说忽视主人公的成长过程与此不无关系。婚姻是一个人被正式认定为成人的契机，因此古典小说中不允许存在顺利的婚姻。如果说成长仪式是一个人从未成年成长为成人的过程中必定要经历的磨难和痛苦，那么婚姻障碍就是包含这种意义的良好机制。

婚姻障碍并不是只有成长仪式的意义，还要考虑当时社会上婚姻所占的比重。在古典小说中，主人公的身份并非个体，而是家族的一员。如果自己的家族灭亡，个人自然也会没落。虽然下属类型存在着不同程度的差异，但古典小说大多都蕴含家族意识。可以说婚姻障碍在家族意识脉络里比重很大，而且这种社会意识就蕴含在婚姻障碍母题中。《刘忠烈传》等英雄小说所展现的政治意识层面是另一种例子，也可以解释为，在忠臣与奸臣的对决结构中，一旦作品中提到了政治问题，婚姻障碍的意义还在于强调具有共同政治利益的官员间的联合。

五　阴谋的典型母题

婚姻障碍自不必说，古典小说形式多样的矛盾都是按照妨碍者的阴谋、主人公的受难与克服、惩治妨碍者的顺序来展开。和现代小说一样，不对心理活动进行详细描述，而是通过事件和矛盾来推动故事发展。因此，要想分析古典小说的母题，就不可避免地要对妨碍者阴谋的描述情况进行分析。

妨碍者为了达到自己的目的，先是花钱找帮手，商量各种阴谋诡计。这个帮手既可能是聪明又狡猾的丫鬟，也可能是个无业游民。阴谋主要都是诬陷主人公，首先使用的招数就是模仿主人公笔迹散布伪造的假信。例如，恶毒的小妾想要谋害心地善良的正室，就会伪造正室与别人私通的信件，即所谓的通奸信，故意让家里人看见。但是仅凭这一点往往无法达到目的。因为假信虽然可以引起怀疑，但证据并不确凿。

这时经常动用的方法就是利用妖药伪造现场。大河小说中广为利用的妖药是"改容丹"和"回面丹"。一吃改容丹，就能随心所欲地变成其他人。回面丹则可以使人重新恢复本来面目。通常坏人会服下改容丹变成想要谋害的人的模样，将信中捏造的事情伪装成现实，并故意让人看见。《玉兰奇缘》中，恶人诬陷忠臣时使用的就是这种药，这就是恶人诬陷忠臣的手段。动用改容丹的阴谋在日后分辨真假时，通常都会以阴谋被揭穿而告终。

小说中出现的妖药，除了改容丹以外，还有"迷魂丹""回心丹"等。吃了迷魂丹后，原本清醒的人就会变得精神恍惚，继而被恶人任意操纵。而《苏贤圣录》中出现的回心丹，则是一种助长情欲的春药。

这种妖药母题可以说是受道教影响而形成的。由于使用者主要是恶人，所以妖药被看作非常负面的东西。《苏贤圣录》的主人公苏贤圣就认为妖药扰乱天下，于是四处搜查制作妖药的道士，将其彻底消灭干净。

还有一种常见的方法，就是恶人指使同伙中的一人或是找来新的刺客将对方直接绑来杀死。这类母题可以像《洪吉童传》《苏大成传》一样单独使用，也可以与妖药母题结合使用。在恶人看来，彻底除掉对方的方法最终还是杀人灭口。因此恶人会在流配途中雇凶袭击被妖药陷害而蒙受不白之冤的主人公，或是在主人公所在的房屋放火。

被陷害的主人公或是善良人物将陷入绝境无法逃脱，被逼到如此处境的人物多为女性，即便是男性，大部分也都是年幼的孩童。此时就需要前面提及的道士等异人登场了，他们会突然出现，将陷入绝境的主人公救出并带走。恶人无法得知其去向，因此无法确认主人公的生死。

但是，从危机中逃脱不一定非要借助异人的帮助。根据不同情况，有时还会得到同行下人的帮助，《林花郑延》《玉兰奇缘》等书中就出现过这种场面。聪明又忠诚的丫鬟在危急时刻急中生智，与主人互换衣服，在胸口涂上动物的血装死，或者趁乱帮助主人逃脱，恶人则会完全被这种计谋欺骗过去。

被异人救出的主人公跟随异人暂时离开俗世过上隐遁生活，由于厄运尚未结束，暂时避开风头才是上策。该母题蕴含着天命不可违的命运论意识。等到厄运过去，主人公重新回到俗世，揭穿阴谋惩罚恶人，从而结束整个故事。

这种阴谋的过程被扩大为大事件时，主人公的家族则会被冠以逆贼的罪名。这可以说是之前讲到使用改容丹谋害忠良事件的扩大版。恶人通过收买下人，制作玉玺和皇帝的衣服并藏到主人公家里，然后模仿主人公笔迹，散布宣扬篡权的文章。主人公的家族因此全被认定为逆贼，面临死亡危机。

这类阴谋的手段和克服方式有一套固定的模式。虽然会有一定的变异，但在婚姻障碍、妻妾矛盾、恶人与忠臣的对立等形式中，恶人谋害主人公过程中使用的手段都是相似的。通常都是通过这些手段的不同组合来谋求变化。

六　军谈

军谈（与战斗、战争相关的事件或场面）母体可以说代表了所有古典小说，可见其使用频率之高，而且此类小说还被单独分类为"军谈小说"，因此可以毫不夸张地说，军谈是在故事展开过程中占据核心位置的母题之一。以坊刻本刊行的英雄小说大部分都是军谈小说，事实上军谈小说在当时是吸引读者最多的作品类型。这意味着军谈本身就具有某种小说的趣味。因此军谈母题不仅出现在"军谈小说"中，也被广泛应用于其他类型的小说中。即使在军谈场面被缩小的大河小说中，军谈也是无处不在。

首先，军谈母题对故事展开过程中一直存在的问题起到终结性彻底解决的作用。诸如《刘忠烈传》《赵雄传》，其主人公个人或是家族的仇敌便是国家的敌人，这种情况是最典型的。故事中主人公的父亲通常会受到奸臣的政治迫害，使得主人公也面临严峻的考验。主人公受难的过程中会得到未来岳父救助，但接下来将再次面临与岳父家分离的第二轮考验。当奸臣企图谋反发动战争时，参战的主人公就会通过发挥英雄才能取得战争的胜利。此时的胜利既挽救了国家，也实现了自己的复仇。同时这一胜利也成为主人公英雄气概正式获得认可的契机，给主人公带来享不尽的荣华富贵，恢复其丧失的权势。

又如《苏大成传》，个人和国家的敌人不统一时，故事情节也是相似的。主人公沦为乞丐经历磨难时，未来的岳父就会作为第一个帮手登场，但这并不会彻底解决问题。因为主人公接下来会受到岳母或他人的苛待，遇到其他磨难。之后战争爆发，主人公参加战斗，发挥英雄才能救国家于危难。最终主人公获得之前苛待自己的人的认可，过上了幸福生活。诸如此类军谈小说中，军谈被当作向天下正式展示主人公非凡气概的契机，在叙事功能上，不仅使主人公享受荣华富贵，而且可以将之前没有完全解决的矛盾或是问题一次性解决。

大河小说中类似的军谈母题使用频度虽然不大，但也会出现。大河小说中主人公的受难形式与英雄小说和军谈小说不同，因此故事的展开形式上多少存在些差异。大河小说中也有像《玄氏两雄双麟记》的周小姐和《双星奉孝录》的苏小姐之类的情形，遭到恶人陷害，受到主人公即自己丈夫的怀疑，被逐出家门之后参与军谈。女主人公在生死关头被道士救出，隐居时学习道术，之后参加战争。但加害女主人的恶人也参与了这场战争，出战的丈夫也免不了身陷苦战。此时女主人公则以道士或是女将军的形象登场，将战争引向胜利。主要在《洪桂月传》等女性英雄小说出现的与女将军母题相结合的军谈也会像《九云梦》的杨少游和沈袅烟的邂逅一样发挥着使主人公邂逅新女性的作用。

也有些军谈母题所起的作用并非解决矛盾，而是加深矛盾。《张丰云传》中的第二次军谈和《苏贤圣录》中苏云成出战就是代表性的例子。已经成婚的主人公被迫迎娶了二房，二房会谋害第一任夫人。丈夫在家时二房不敢随意加害正室，一旦丈夫长时间离开家，二房就会趁机正式实施阴谋，使正室陷入危机。在这一过程中，丈夫离家的原因就会被设定为军谈。国家出现战事，丈夫出战。这种情况下，不会对军谈本身的情况加以具体叙述，只会一笔带过主人公出战并胜利归来。其实也很难将其看作真正的军谈。但不能否认的是，军谈母题的加入对故事的发展的确起到了积极作用。

在大河小说中还会经常出现起到叙事休止作用的军谈母题。这种情况下，小说中不会详细叙述战争的过程和具体的战斗情况，而是会起到提高主人公官位，抑或在紧张的故事中带给读者暂时休憩的作用。《明珠奇逢》书中最后出现的军谈就属于这一情况，小说中最后的事件是岳父和女婿的对立在一定程度上缓和之后，逆贼发动叛乱，玄天麟作为大元帅出征并胜利归来，被封为平帝王。之后花小姐怀孕，玄兴麟和花玉树之间围绕这个孩子产生了新的矛盾。在军谈前后设定了玄兴麟和花玉树的故事，前边的内容展示了矛盾即将化解的征兆，后边的内容则展示了矛盾从新的角度展开的过程。二者之间的军谈与玄兴麟毫无关系，只是临时插入的。

玄兴麟和花玉树间的故事通过花玉树怀孕这一事件朝着新的方向发展。军谈母题设置在玄兴麟和花玉树和好，婚后第一次云雨之情后，因此军谈就相当于起到填补花玉树怀孕之前时间上空白的作用，也就是通过叙事休止，暂时推迟事件发展。

《刘氏三代录》中出现的第一个军谈就与此作用类似。小说开端所设定的刘世炯和真阳公主、月城公主间的矛盾告一段落，刘世昌和刘士奇等其他人物也走上仕途，家门重振雄风，面貌焕然一新，此时却发生了战乱。北方的倭寇意图入侵南京，刘宇成和刘世炯父子出战并凯旋，随之刘世炯官职升迁。之后是杨贵妃得宠、奸臣得势、公主归省等事件发生。因此，可以说军谈与故事的展开没有密切关系，仅是起到叙事上的休止作用而已。

无论在小说中起到何种作用，不包含军谈母题的古典小说可谓凤毛麟角。首先需要指出的是，《三国演义》等中国演义小说对韩国小说史产生了深远影响。但韩国缺乏像《三国演义》这样以国家为中心进行叙述的典型历史小说，这是韩国小说史的一大特征。

可以说韩国小说在中国演义小说影响的基础之上，结合韩国小说的特殊性，以多种形式加以改造利用，最终形成了这种军谈母题。

七 未决课题

构成古典小说的母题不计其数。除了上文所举的例子外，还有讼事、妖怪、外游、宴会等，很多母题都值得探索和分析。此外，军谈母题中具体描述的战争情节中出现的幻术、阵法、兵器等母题细节也值得再次研究。同时，婚姻障碍、恋爱母题故事展开过程中出现的莺血（意指处女性）和性暴力母题也不容错过。

仔细研究这些母题细节，就能摸清与古典小说有交集的众多其他文本的真面目，进而阐明古典小说与当时的文化史、风俗史的相关情况。小说能够言历史之所不能言，通过对这些母题细节的深入钻研，就能挖掘出其中隐含的意义。

（宋晟旭）

参考文献

论著

조동일, 「영웅소설 작품구조의 시대적 성격」, 『한국소설의 이론』, 지식산업사, 1985.

서대석, 「군담소설의 서사유형」, 『군담소설의 구조와 배경』, 이화여대출판부, 1986.

이상택, 「고전소설의 유형적 이원성」, 『한국 고전소설의 이론 I』, 새문사, 2003.

이상택, 「낙선재본 소설 일반론」, 『한국 고전소설의 이론 II』, 새문사, 2003.

송성욱, 「대하소설의 서사문법」, 『조선시대 대하소설의 서사문법과 창작의식』, 태학사, 2003.

第七章　韩国古典小说母题的幻想色彩

古籍

「유충렬전」, 최삼룡·이월령·이상구 역주, 『한국고전문학전집』 24, 고려대 민족문화연구소, 1995.

「조웅전」, 이헌홍 역주, 『한국고전문학전집』 23, 고려대 민족문화연구소, 1995.

「구운몽」, 송성욱 현대역, 『세계문학전집』 72, 민음사, 2003.

第八章　韩国古典小说作品构成原理

作品构成被认为与作者的关系最为密切。作者基于个人经历及对世界的认识来塑造人物、设计事件创作出一篇小说作品。因此作品构成完全取决于作者，我们只能通过同一作者的众多作品来研究作品的构成原理。但大多数韩国古典小说的作者均无从考证，且已知作者中无人留下多部作品，因此很难研究不同作者的作品构成原理。那么，我们为什么还要研究古典小说的作品构成原理呢？

这主要是因为古典小说可以划分为多种类型。很多韩国古典小说作品带有相似的叙事展开、表达方式及文体规范。比如，传奇小说、盘瑟俚系小说、大河小说等类型的作品在叙事展开、表达方式、文体、审美意识等方面十分相似，所以其实分属不同体裁的个别作品拥有共同的作品构成原理。

本章将探讨同一体裁的作品所体现出的构成原理，而非个别作家创作过程中体现出的独特构成原理。换句话说，本文对属于同一体裁的作品进行分析，考察其共同的人物塑造方式、叙事展开情况等。

众所周知，古典小说具有鲜明的类型特征，而理解和解释这一类型特征是理解韩国古典小说的关键。而本文所要探讨的作品构成原理与这种类型特征的理解和解释密切相关，因此意义重大。

人物塑造原理和叙事展开原理可以说是作品构成的核心，下面将以这两个原理为中心来考察一下古典小说典型类型作品的构成原理。

一 传奇小说

传奇是一种形成于中国唐朝的汉文散文文体，不仅在中国，在韩国、日本、越南等东亚汉文文明圈均得到广泛创作与传播，具有辞藻华丽的特点。由此可知，传奇是文人知识分子阶层的文学体裁。

罗末丽初时期，韩国文人阶层开始大量创作传奇小说，此处应该注意到罗末丽初的时代背景以及这一时期文人知识分子阶层的特点。据推测当时创作传奇的文人知识分子阶层是以新罗六头品为代表的贵族阶层，这一阶层虽深受先进文化影响，了解唐代文学走向，但深受骨品制制约，无法在国家发展中大显身手。也就是说，尽管他们才华出众，在现实中却无用武之地。

由于王朝更迭，这一时期国家极度混乱，因而与国家稳定期不同，上下层社会呈现文化交融的面貌。这一时期的传奇小说既反映了文人知识分子阶层的文学力量，又与说话体裁密切相关，代表性传奇小说被收录在说话集《殊异传》中也足以印证这一点。

换言之，传奇小说是罗末丽初时期以六头品为代表的文人阶层在唐朝形成的新汉文文体"传奇"的基础之上，结合下层文化和自身问题意识所创造的一种新文学体裁。

但从小说的标准来看，这一时期的传奇小说还不算成熟。人物形象、细节刻画等方面带有明显的说话体裁痕迹。进入 15 世纪，传奇小说才摆脱了这些特点，出现了带有传奇小说自身特点的作品，这就是金时习的《金鳌新话》。《金鳌新话》是韩国古典小说的代表性作品，在传奇的创作模式基础上进行了创新，创作出一种全新的传奇小说。

进入 17 世纪后，《金鳌新话》式传奇小说创作模式再次发生了巨大的变化。《周生传》《崔陟传》《云英传》等 17 世纪的传奇小说不仅叙述篇幅变长，而且开始具体反映当时社会的现实问题。这些作品既是传奇小说，又表现出脱离传奇小说的面貌。进入 18、19 世纪后，传奇小说不再是小说的主要体裁，不仅在形式上渐渐失去了传奇小说的特点，在作品价值观方面也未能继承前代传奇小说的问题意识。

本章将以《金鳌新话》这部奠定了传奇小说创作模式的作品为中心考察一下传奇小说的作品构成原理。

文体复合性——抒情与叙述交织

文体特点是传奇小说作品构成原理中最重要的部分。如上文所述，传奇小说基本是文人知识分子阶层的文学形式，采用华丽的汉文文体创作而成。尽管在创作过程中吸纳了底层百姓的文化意识，但其中蕴含的问题意识源于汉文知识分子阶层，缺乏汉文学素养的人无法创作和欣赏传奇作品。

传奇小说最主要的文体特点就是复合性。传奇小说本身是一种独具特色的叙事文学形式，作品中运用了多种汉文学文体。不仅叙述者混合运用了多种汉文学文体，登场人物也是同样，后者数量尤为突出。主人公可根据情况采用诗、赋、词、曲、书信、祭文等多种汉文写作方式。其中诗、赋、词等韵文文体格外引人关注，这些韵文文体不仅可以增强传奇小说的抒情性，而且还与传奇小说的独特美学息息相关。

《金鳌新话》的五篇作品中除了《南炎浮洲志》之外均频繁使用汉诗，《金鳌新话》甚至被称为一部以诗缀结而成的小说集，由此可以推测其汉诗数量之多。但传奇小说的抒情特点并不仅仅是因为其中汉诗数量众多，更在于汉诗的频繁运用起到了重要的作用，使其成为真正的传奇小说。

以《万福寺樗蒲记》为例，《万福寺樗蒲记》中的主人公梁生跟一名女子（何氏）见到了郑氏、吴氏、金氏、柳氏四位邻家女子并与之唱酬汉诗。四女各作四首七绝，何氏继而作七律，梁生则歌咏长短句古诗。这 18 首诗体不同的汉诗令作品颇具美感，文学修辞水平达到巅峰，展现了人物细腻的内心活动，不同风格汉诗的合理运用感人地勾画出女主人公乃至因倭寇入侵而死的众多女性的想法和欲望。

另外，抒情汉诗在叙事展开过程中也起到了重要作用。

> 路上谁家白面郎？
> 青衿大带映垂杨。
> 何方可化堂中燕？
> 低掠珠帘斜度墙。

这是《李生窥墙传》中崔娘初次吟诵的一首诗。诗中体现了闺中女子崔娘的内心情感，并成为崔娘与李生相遇的媒介。换言之，抒情性汉诗不仅展现了主人公的内心世界，还推动了之后的情节发展。综上所述，传奇小说中频繁出现的汉诗对于作品具有重要意义，不仅细腻地刻画了出场人物的内心世界，而且还在叙事展开中发挥主要作用。除此之外，有时还抒情地美化作品的叙述对象，或暗含作者对人物与事件的评价。

通过运用汉诗等多种汉文文体来体现传奇小说文体的复合性，这一特点使得传奇小说成为小说。形成期的传奇小说带有浓厚的说话色彩，而汉诗等多种汉文文体的运用使其呈现出不同于说话的独特风格。说话与小说的不同之处主要在于登场人物的具体性、叙述者和叙事世界的关系等，说话的主人公在作品中无法活动，更多地受控于叙述者的叙述。也就是说，对于人物只进行大体介绍，并没有进行细致刻画。

但传奇小说借助汉诗等多种汉文文体细致地展现主人公的内心世界，主人公开始具有内心情感并自由活动。传奇小说中，叙述者以多样的汉文文体塑造出具体的叙述对象，并在人物和事件中隐含内心评价。叙述者和叙事世界之间得以保持一定的距离，叙事世界不再从属于叙述者，而是成为一个独立的世界。

综上所述，传奇小说的文体复合性，尤其是叙事和抒情相互交织的风格在传奇小说成为真正的小说的过程中起到了重要作用。

人物形象和叙事展开的原理——孤独个体实现超越过程的叙事化

传奇小说构成的主要特点就在于背景。传奇小说与其他小说不同，背景大部分都设定为韩国，而不是中国。也就是说，描述的就是"这里"的问题。除了"这里"这个空间以外，还包括相当现实的时代背景。《万福寺樗蒲记》是发生在高丽后期遭遇倭寇入侵的故事，而《李生窥墙传》的背景则设定为高丽末期红巾军起义之时，通过这种背景设定体现出朝鲜民族遭受外敌侵略和蹂躏的生活状况。其他小说中很难发现以韩国具体现实问题为背景的作品，大部分小说都将背景设为中国。

在传奇小说的构成中，与背景相比，更应该注意到主人公的形象。韩国传奇小说的主人公基本都是青年人，青年大多处于彷徨期，这一阶段会经历许多自身价值观与现实的冲突，因此感到孤独。

传奇小说的主人公也是如此，他们多被塑造成孤独的形象，无法与所处的现实和解、内心孤独凄凉且怀才不遇。《万福寺樗蒲记》中的梁生、《李生窥墙传》中的李生、《醉游浮碧亭记》中的洪生、《云英传》里的金进士等都是才华横溢却无处施展的青年，他们的形象凄凉而孤独。

可他们几乎没有做出实质性的努力来战胜孤独与寂寞。当理想与现实背离、内心凄苦时，他们并没有努力改变世界，而是完全接受现实的暴力。比如，《李生窥墙传》中，李生虽然爱崔娘，但没有努力实现爱情，只是一味遵从父母之命不再同崔娘往来。

传奇小说的主人公基本都被描述成孤独寂寞、性格消极的形象，但他们并非仅仅停留在孤独寂寞的层面上。他们有两条道路可以摆脱孤独：一是游历，二是恋爱。

他们通过游历和恋爱摆脱孤独寂寞、感受幸福，曾经无法与世界和解的人物终于得以与世界和解，融为一体。《万福寺樗蒲记》中的梁生与女子、《李生窥墙传》中的李生与崔女、《醉游浮碧亭记》中的洪生与箕氏之女是通过相爱实现与世界的和解,《龙宫赴宴录》中的韩生和《南炎浮洲志》中的朴生则分别通过游历龙宫和炎浮洲实现与世界的和解,获得幸福。

但游历和恋爱皆不存于现实之中,均充满奇异和幻想。《龙宫赴宴录》和《南炎浮洲志》分别描绘了一场不存于现实的龙宫和阎罗殿的游历,而梁生、李生、洪生则都与女鬼相爱。所以传奇小说的主人公都以幻想的方法来消解惆怅和孤独。而帮助他们摆脱孤独和寂寞的游历与恋爱在现实中根本不可能实现,只能发生在幻想之中。

当主人公意识到令自己摆脱寂寞和孤独的手段都是幻想之后,其所面临的只有死亡。这是因为,当他明白无法在现实中挣脱孤独与寂寞,幻想只能暂时消解苦闷后,真正克服孤独的方法只有死亡。此时死亡就意味着超越,因为在现实中无法克服自身的孤独时,以死亡为代表的现实超越是唯一的选择。

于是传奇小说的主人公大都选择以死亡为代表的超越,这种超越多体现为"结局不明"的"不知所终"或者死亡。《金鳌新话》中,《万福寺樗蒲记》中的梁生和《龙宫赴宴录》中的韩生皆"不知所终",其他作品的主人公均以死亡告终。

综上所述,传奇小说中大多会设计孤独寂寞的个体为克服孤独与寂寞选择爱情或游历的叙事。但这种爱情是发生在人与不存于世的鬼魂之间,游历则是发生在异界,都十分荒诞而虚幻。游历或爱情的结束反而证明了这种孤独和寂寞是不可战胜的,因此,在作品结尾主人公选择以死亡为代表的超越。

总而言之,传奇小说中的人物形象大多孤独寂寞,他们会与女鬼相爱、前往异界游历,然后领悟到自己永远无法克服与世隔绝之感,最后走向以"不知所终"为代表的结局。

二　英雄小说

在分析英雄小说的作品构成原理之前,首先要梳理一下"英雄小说"的概念。一般而言，英雄小说是指具有"英雄生平传记"结构的小说，但这一标准的外延极其广泛。因为除了广为人知的典型英雄小说《赵雄传》《刘忠烈传》等作品之外，《九云梦》《淑香传》等一系列大河小说也包含其中。而《淑香传》等作品很难称作英雄小说，因为淑香并非实现了集体价值的英雄。所以在判断英雄小说的范畴时，不仅要考虑生平传记类结构，还需思量主人公的英雄特点。

此外，长篇英雄小说和短篇英雄小说在人物形象、叙事展开方式、主要读者阶层、审美意识等方面存在着较大的差异，因此应该将二者区别对待。此处剖析的英雄小说是指堪称主流的短篇英雄小说，也就是17、18世纪开始盛行的篇幅较短的作品。这些作品采取了生平传记结构，叙事原理为英雄主人公以武力解决国家危机。

英雄生平传记——英雄生平传记结构的类型特点及其渊源

英雄小说的类型特点比其他任何古典小说体裁都明显。可以毫不夸张地说，除了主人公姓名不同，故事内容如出一辙。各作品的叙事模式大体可以概括如下：

（1）对出身上流阶级的主人公的家世进行介绍。

（2）主人公与众不同的降生。

（3）父母失势、盗贼入侵导致家人离散，遭遇厄运。

（4）获得前任丞相或道士等人物救助。

（5）凭借学习的道术或神异之人的帮助在国家动乱中立下战功。

（6）衣锦还乡，享尽富贵荣华。

但这种叙事模式不仅存在于英雄小说中，而且还体现在整个叙事文学之中。比如，从《朱蒙神话》《脱解神话》等神话到《帝释释本》《金宁块川祈堂释本》《钵里公主》等叙事巫歌，以及多部新小说作品均采用了生平传记叙事模式。这种相同的叙事模式可以

第八章 韩国古典小说作品构成原理

证明韩国英雄叙事文学的连续性，因此早已备受瞩目，但英雄小说的叙事结构与朱蒙神话尤为相似。

朱蒙的人生轨迹与英雄小说的主人公极为相似。特别是在英雄小说的嚆矢之作《洪吉童传》中，主人公洪吉童与朱蒙的人生历程在叙事模式以及叙事展开带来的空间扩大等方面都非常类似。

但是以朱蒙神话为代表的古代英雄神话和英雄小说之间存在着巨大的时间空白。据考证，朱蒙神话以口传方式流传至高丽时期，进入朝鲜王朝时代之后口碑传承中断，因此很难推测出古代英雄神话对英雄小说的影响。

但是以口碑方式传承的叙事巫歌可以填补古代英雄神话和英雄小说之间的时间空白。在流传至今的叙事巫歌中，《帝释释本》和《钵里公主》等作品在韩国各地都有传承，这意味着原型相同的作品在各个地区都得到了传播。但《帝释释本》的性质与《檀君神话》《朱蒙神话》等始祖族源神话相同，有些段落甚至与《朱蒙神话》相对应。

比如，和尚接近女子的过程与解慕漱引诱柳花的过程类似，和尚和女子家人（或书生）打赌与解慕漱和河伯的变身术较量性质相同，而女子遭遇幽禁、被逐出家门与柳花被流放受难十分相似，柳花怀孕生子也与女子怀孕生子雷同。另外，帝释三兄弟见到和尚后接受超常能力测试、父子相认的情节也与类利太子同东明王相认的过程如出一辙。

综上所述，英雄神话通过叙事巫歌得以延续流传，从而成为英雄小说叙事诞生的土壤。以国家为单位传承的神话转变为以地区为单位的巫俗神话得以广泛流传，并在17世纪前后孕育了英雄小说的叙事模式。

以上对英雄小说的叙事模式及其形成背景进行了考察，由此可知，英雄小说建立在传承于建国神话的叙事模式基础之上，在朝鲜后期小说极度兴盛的背景下得以诞生。下面就结合作品构成原理来分析一下不同于其他英雄叙事的英雄小说的独特特征。

人物形象刻画原理——走过场的隐形人

英雄小说的叙事模型虽然与起源于古代神话并延续下来的英雄生平传记结构相同，但主人公的性格迥然不同。英雄神话的主人公独立自主、积极进取，自己建立新秩序、不拘泥于伦理道德。而英雄小说的主人公却极其保守、中规中矩，只想恢复传统秩序、囿于封建忠君观念。英雄神话的主人公改变现实的决心十分坚定，而英雄小说的主人公却毫无斗志、逆来顺受。因此，可以说英雄小说的主人公如同隐形人，仅仅在既定叙事情节中走走过场而已。

英雄小说主人公的形象也与大河小说主人公不同。大河小说的主人公虽然也仅仅依照上天定好的秩序"走过场"，但其性格带有典型特色，仁义君子类人物在作品中一直保持君子姿态，隐居书生类人物则一直保持其隐士风骨。

而英雄小说主人公身上并不具备这种性格的一贯性。主人公自小父母双亡或政敌迫害致使主人公与家人离散、历尽苦难，但在他们身上很难看到战胜困难或打败政敌的决心。在困难面前，他们像孩子一样不知所措，即便是下凡的人物在苦难之中也未展示出任何非凡之处。

相比之下，大河小说的人物自小就表现出坚定的信念，而且在任何情况下都决不放弃自己的信念。而英雄小说的主人公既无个人信念也无意战胜现实，面对苦难任人摆布，毫无对策时甚至还试图自杀。

综上所述，英雄小说的主人公不同于主动进取的神话英雄，过于保守消极；也不同于大河小说的主人公，缺乏坚定的理想和战胜困难的意志，只是一个任由命运摆布的隐形人。

英雄小说的叙事发展原理——帮手的作用及其促成的结缘谈和军谈

英雄小说的主人公一开始并不具备克服现实困难的决心，所以必须在外部安排这种决心以使叙事进行下去。当然，大河小说的主

第八章　韩国古典小说作品构成原理

人公也并非依靠自己的意志克服现实困难，也像英雄小说一样，借助超验世界的帮助来解决现实问题。但大河小说的主人公本身具备克服现实的意愿，虽然借助超验世界克服众多难关，但拥有清晰的个人理想并为此采取行动。

英雄小说主人公最初并未表现出明确的理想目标和改变现实的相应意愿，所以之后的叙事展开与主人公的意愿无关，因而需要为主人公安排一个情节促使其下定决心。在英雄小说的叙事中，主人公日后的努力意志来自帮手。换言之，在英雄小说中，帮手起到了推动叙事发展的作用。而帮手不仅出现在英雄小说中，也出现在大河小说中。大河小说里的帮手或超验世界会发挥干预作用，促使具有正当理想的人物不放弃信念、坚持到底战胜困难。但英雄小说并非如此，帮手会赋予逃避现实冲突的主人公以新的理想目标，使其具备克服现实的决心。

英雄小说的帮手多为前任丞相和老僧人，这两种角色经常同时出现在一部作品中。卸任丞相偶然遇见流浪乞讨的主人公，将其带回家中招为女婿。虽然主人公近乎乞丐，但丞相凭借知人之鉴看出其不凡的气质。但接着丞相就会突然患病不幸去世，或被政敌迫害遭到流放。因此主人公来不及与丞相之女结缘便天各一方，再次踏上磨难之路。

这时以老僧为代表的帮手往往会出现。老僧会迫不及待地传授主人公兵法和武术，使得主人公变得武艺高强。又恰逢国家遭遇外敌入侵等动乱，主人公单枪匹马击退敌人、拯救国家，在这个过程中与父母和妻子重逢团聚，之后享受荣华富贵。

英雄小说往往采用这种故事梗概，帮手在其中发挥相当重要的叙事功能。丞相这一帮手出现之后，帮助彷徨的主人公实现结缘，给予其新的理想目标。主人公因此产生了理想目标，变得意志坚定，新的叙事得以进行下去。而老僧出现之后则帮助主人公练就一身功夫，获得解决所有问题的动力，主人公摇身一变成为具有解决问题能力的人物。

英雄小说的帮手帮助主人公拥有决心和能力，从而推动叙事发展，在这一过程中形成了英雄小说叙事的两个基本支柱——结缘谈和军谈。

三　盘瑟俚系小说

盘瑟俚系小说是指将朝鲜后期新兴的民众艺术形式盘瑟俚以文字记录下来的作品。受口碑叙事诗盘瑟俚的影响，盘瑟俚系小说具有不同于普通小说的多种特点。

小说是一种结构严谨的书面文学，由开端、发展、结局组成，具有从故事开端到戏剧性高潮再到进入结局的有机结构。作品的各部分都是奔赴结局的整体内容的一环，具有从属意义，但是盘瑟俚系小说呈现出不同于这类普通小说结构的面貌。作品人物的性格缺乏一贯性，或者过度铺陈与整体叙事发展无关的情节，有的地方甚至前后矛盾。从书面文学的层面来讲，作为文学作品，它具有严重缺陷。

但人们在欣赏盘瑟俚或盘瑟俚系小说时丝毫不觉得这种"非有机结构"别扭。《春香传》中御使出动一幕的结构与普通小说完全不同。从普通小说的角度来看，这一部分应当化解达到高潮的矛盾，重点描写反派人物卞学道的没落和对他的惩处。但其实这一部分着力刻画了与叙事发展无关的人物，如吹喇叭的捕役、反骑在马背上却嚷嚷马头不见了的邻邑使道，诙谐地描绘了乱成一团的正堂场景。换句话说，这一部分并没有描述小说叙事展开中的高潮部分，而是刻画了看似与叙事发展无关却充满笑声的乱七八糟的场面。尽管如此，我们并不觉得御使出动这一情节突兀，反而觉得它是《春香传》中最感人、最有趣的一部分。

这其实意味着盘瑟俚系小说的构成方式与普通小说不同，从书面文学层面来看，这种构成似乎比较突兀，不够成熟，但在盘瑟俚系小说中带给人们更深的感动。那么，为什么在普通小说中不成熟的结构在盘瑟俚系小说中却更能打动人呢？

要想回答这一问题，需要首先分析一下韩国独特的艺术体裁盘瑟俚。盘瑟俚系小说与盘瑟俚不同，盘瑟俚是观众在现场直接欣赏演唱，而盘瑟俚系小说则是读者通过书籍欣赏。虽然是通过文字来阅读，但盘瑟俚系小说依然可以勾起欣赏盘瑟俚的回忆。阅读盘瑟俚系小说时，观看盘瑟俚的经历便会再次浮现。

盘瑟俚最引人注目的特点是所谓的"局部构成部分的独立性"。由于盘瑟俚具有演唱文学特点，因此强调场面的自我满足性质。如上文所提的《春香传》暗行御使出动部分，《兴夫传》中玩夫切割葫芦的情节，《卞强铁歌》中卞强铁葬礼部分都是与叙事发展无关的滑稽场景。尽管如此，却丝毫没有影响到作品的完整与感动。

对于欣赏阶层来说，片段与整体梗概的联系反而不如该片段中的情节及其传达的意义、情感重要。片段与整体叙事发展间的联系虽然略为松散，但其每个场面或情节都凸显意义与情感。其实读者并非初次接触《春香传》暗行御使出动的部分，他们十分清楚这一事件发展始末，因此对他们来说，和故事发展带来的紧迫感相比，暗行御使出动过程中乱作一团的氛围反而更为重要。我们更喜欢暗行御使出动时作品营造出的那种幽默的狂欢气氛。

这种局部构成的独立特点既是盘瑟俚的构成原理，同时也是使盘瑟俚与现实意识相结合的途径。作品的每个局部构成并非单纯地从属于整体，而是相对独立自主，这其实意味着可以通过局部对整体进行全新解读。盘瑟俚的传授方式是"口传心授"，不借助文字记录，而是凭口传、靠心记，这明确体现出盘瑟俚的多人传唱创作特点。通过这一多人传唱过程对盘瑟俚各个作品进行全新解读，盘瑟俚演唱者通过"口传心授"学习盘瑟俚，而在实际演唱时又加入新的思考。

正是由于存在这种相对独立自主的局部构成部分，盘瑟俚才能融合新的思考。盘瑟俚受众的现实认识和审美意识借助于不从属于整体、相对独立自主的局部构成部分融入盘瑟俚。正因为这些局部构成部分具有独立的特点，所以象征着贞洁的春香入洞房的场面才会被描述得极为香艳、无比善良的兴夫才会被描绘成一个虚伪的人物。也正因为如此，春香的形象才被塑造得既是妓女又不是妓女，看待兴夫的视角才会既有肯定也有否定。

以上结合局部构成的独立性考察了盘瑟俚系小说的作品构成原理。由于盘瑟俚系小说是在盘瑟俚主要特征的基础之上形成的，其构成原理也体现出不同于普通小说的一面。尤其是局部与整体关系相对松散的构成原理使得新的人物形象与新的现实认识得以结合。

四　大河小说

长篇化原理

大河小说属于长篇小说，由多名主人公推动多个事件同时进行。作品一般长达数十卷，个别作品甚至超过百卷。直到不久前学界还认为这些作品出现于韩国小说史晚期，即 18 ~ 19 世纪。但近来《玉所集》等多种实证材料被发掘出来，证明《苏贤圣录》等一系列大河小说至少在 17 世纪就已经出现了。

事实上，17 世纪韩国小说已经表现出明显的长篇化趋势。同之前的小说相比，这一时期出现了一系列叙事篇幅较长的作品，如《周生传》《云英传》《崔陟传》《九云梦》《谢氏南征记》《彰善感义录》等。《周生传》《云英传》《崔陟传》等是在传统传奇小说的基础上叙事篇幅变长的汉文小说，而《九云梦》《谢氏南征记》《彰善感义录》等则是通过增加出场人物数量或探讨家庭问题来增加叙事篇幅，韩文版本和汉文版本都广为流传。相比之下，大河小说只有韩文版本，而且篇幅长度和作品构成原理都与这些作品极为不同。换句话说，两者的长篇化原理截然不同。

17 世纪的传奇小说和《九云梦》《谢氏南征记》等作品的长篇化原理是主人公与多人产生关系，而大河小说的长篇化原理则是多名主人公推动多个事件相互交织。比如，《周生传》与过去的爱情传奇小说不同，以主人公与两名女子的三角恋情方式增加篇幅，而《九云梦》则讲述了杨少游一人与八名女子缠绵的故事，从而拉长篇幅。

但《苏贤圣录》讲述了苏贤圣、苏云京、苏云圣与花小姐、余小姐（喜欢苏贤圣）、方小姐（喜欢苏云京）、刑小姐、明贤公主（喜欢苏云圣）间的纠葛故事。作品并不是围绕一名主人公展开故事，而是讲述多位主人公分别发生的众多故事，以此增加篇幅。换言之，大河小说不同于叙述一名主人公建立多种关系的其他小说，而是由多名主人公同时发生的多个故事构成。

大河小说作品主人公的经历具有类型特点。比如，《苏贤圣录》中苏云圣与刑小姐的故事、《明珠奇逢》中玄成麟和苏玉雪的故事以及《玉兰奇缘》中张孝诚和于瑶珠的故事都十分相似。男主人公偶遇女主人公，心生强烈爱意，在未获父母许可的情况下私自成婚或私订婚约。事后因此与父亲产生激烈冲突，最终在外祖父等仲裁者的帮助下化解矛盾，得以完婚。《苏贤圣录》《明珠奇逢》《玉兰奇缘》虽互相没有直接关系，但各作品主人公的经历几乎一模一样。

苏云圣和刑小姐、玄成麟和苏玉雪、张孝诚和于瑶珠间的故事仅是《苏贤圣录》《明珠奇逢》《玉兰奇缘》整体叙事中的一部分，但具有极高完整性，可单独成一篇小说。这说明大河小说的构成方式十分独特。换言之，把一名主人公主导的相似类型故事进行不同的组合可创作出一部大河小说作品。但这并不意味着简单的排列组合，因为每个主人公的气质和处境不同，相似类型的故事也会带有不同的意义，而且相同类型的"单元故事"在每个作品中的组合方式不同，也会带来多重变化。

单元故事基本是婚姻或夫妻问题，集中反映男女主人公相遇、成婚以及组成家庭、家族这一过程中出现的问题。有的小说探讨的并非男女主人公之间的问题，而是父子矛盾或翁婿矛盾，但与夫妻问题有着直接或间接关系，而且翁婿矛盾一般不会单纯地停留在丈人和女婿之间的问题，而是会上升至夫妻间的严重冲突。

单元故事仅聚焦于婚姻相关的问题，另外也维护了大河小说叙事的紧密性。大河小说通过并列铺陈多名主人公的故事来达到长篇化效果，这种故事横向扩展则会削弱叙事紧密性，因为这仅仅是无限的罗列。大河小说中众多的主要人物都有着兄弟姐妹、妯娌连襟、妻舅姐夫妹夫等层层关系。尽管人物众多，但他们都只来自几个主要家族。事实上，虽然有很多人物构成了许多不同的事件，但这些问题都和几个家族有关。而这几个家族出身的众多人物构成的事件都与婚姻相关，汇集于同一叙事局面。

综上所述，虽然大河小说中在多名主人公身上发生多种事件，但仅围绕几个家族进行叙事，保证了空间的一致性。各位主人公的故事走向都与婚姻有关，阻止了无限的横向扩展，确保了叙事的紧密性。

连作化倾向和方法

大河小说作品构成方面的另一主要特点是连作化倾向。目前发现的系列小说作品达 14 种 29 篇（《明珠宝月聘》连作、《双钏奇逢》连作、《圣贤公淑烈记》连作、《柳孝公善行录》连作、《曹氏三代录》连作、《泉水石》连作、《报恩奇遇录》连作、《碧虚谈关帝言录》连作、《昌兰好缘录》连作、《玉鸳再合奇缘》连作、《玄氏两雄双麟记》连作、《苏贤圣录》连作、《林花郑延》连作、《梦玉双凤缘录》连作），多数大河小说作品均为连作作品。

这些连作作品的创作情况各异，有的上下篇作者可能相同，有的上下篇作者可能不同。例如，《柳孝公善行录》这部记录三代人故事的连作作品中，上下篇都体现了共同的主题思想；而《玄氏两雄双麟记》和《泉水石》两部连作作品的上下篇主题思想和结构却相距甚远。

但韩国大河小说多以记录几代人生平传记的方式进行连续创作，因而具有相同之处。连作结构方式并不是作品上篇的主人公在下篇中展开新故事，而是上篇主人公的后代在下篇中上演新的故事。由于下篇主人公均为上篇主人公的后代，主人公数量比上篇多，下篇作品的篇幅大部分都比上篇长。

第八章 韩国古典小说作品构成原理

尽管篇幅大大增加，但上下篇内容并没有太大差异。因为下篇虽然比上篇拥有更多素材和事件，但往往原封不动地沿袭上篇的结构。以《明珠宝月聘》为例，《明珠宝月聘》的下篇为《尹河郑三门聚录》，其中男女主人公完全重复了《明珠宝月聘》上篇主人公的人生轨迹。所以下篇并没有创造出与上篇不同的新变化或进展，下篇的主题思想大部分都比上篇薄弱。因为仅仅通过完全重复上篇的内容和结构来增加篇幅，体现不出新的主题思想。

大河小说这种连作化倾向可以结合韩国小说的独立特点进行思考，许多大河小说作者不详，大河小说的读者不会根据作者来选择小说。因此如果想让读者阅读数十册的新作品，只能依靠现有的成功作品。所以连作小说通常会根据一部成功的作品来创作出下篇，这和现在票房成功的电影由其他导演来拍续集是一个道理。

另外，作者不详意味着积极的读者也有可能是作者。有的作者具有积极的读者精神，会结合自己的阅读经历创作作品，亲自续写原有作品，这促使了连作小说诞生。

以上是对韩国古典小说作品构成原理的简单分析。韩国小说带有鲜明的类型特点，同一体裁的作品人物形象、叙事展开方式都具有相似之处，这是由于各体裁的创作基础、读者特点、审美风格、世界观相同。

小说是在一名作者的努力下创作出来的作品，小说作品会带有作家特色。但由于韩国古典小说类型特点十分突出，因此个别作品深受所属体裁的影响。一方面，小说是由个人创作出来的，另一方面，也可以说它是由作品所属的体裁构成的。

因此，要想正确理解古典小说，就需要注意作品所属体裁的特点。因为只有考虑所属体裁的"作品构成原理"，从总体上考察试图脱离这一构成原理的面貌，才能够正确地理解古典小说。

（柳浚景）

参考文献

论著

조동일, 「〈흥부전〉의 양면성」, 『계명논총』 5, 계명대학교, 1969.

조동일, 「영웅의 일생 그 문학사적 전개」, 『동아문화』 10, 서울대 동아문화연구소, 1971.

조동일, 『한국소설의 이론』, 지식산업사, 1977.

서대석, 「〈제석본풀이〉 연구」, 『한국무가의 연구』, 문학사상사, 1980.

김흥규, 「판소리의 서사적 구조」, 『판소리 연구』, 창작과비평사, 1981.

이상택, 「고전소설의 사회와 인간」, 『한국고전소설의 탐구』, 중앙출판, 1981.

이상택, 「〈보월빙〉연가의 구조적 반복원리」, 『백영정병욱선생화갑기념논총』, 신구문화사, 1982.

서대석, 『군담소설의 구조와 배경』, 이화여대출판부, 1985.

권성민, 「옥소 권섭의 국문시가 연구」, 서울대 석사논문, 1992

박영희, 「〈소현성록〉 연작 연구」, 이화여대 박사논문, 1993.

박희병, 「전기적 인간의 미적 특질」, 『민족문학사연구』 7, 민족문학연구소, 1995.

류준경, 「방각본 영웅소설의 문화적 기반과 그 미학적 특성」, 서울대 석사논문, 1997.

박희병, 『한국 전기소설의 미학』, 돌베개, 1997.

송성욱, 「혼사장애형 대하소설의 서사문법 연구」, 서울대 박사논문, 1997.

송성욱, 『대하소설의 미학』, 월인, 2003.

이상택, 『한국 고전소설의 이론 Ⅰ·Ⅱ』, 새문사, 2003.

古籍

「소현성록」, 『필사본 고전소설전집』, 아세아문화사, 1980.

「춘향전」, 설성경 역주, 『한국고전문학전집』 12, 고려대 민족문화연구소, 1995.

「심청전」, 정하영 역주, 『한국고전문학전집』 13, 고려대 민족문화연구소, 1995.

「흥부전」, 김태준 역주, 『한국고전문학전집』 14, 고려대 민족문화연구소, 1995.

「조웅전」, 이헌홍 역주, 『한국고전문학전집』 23, 고려대 민족문화연구소, 1995.

第八章　韓国古典小説作品构成原理

「유충렬전」, 최삼룡 역주, 『한국고전문학전집』 24, 고려대 민족문화연구소, 1995.

「홍길동전」, 김일렬 역주, 『한국고전문학전집』 25, 고려대 민족문화연구소, 1995.

『17세기 애정전기소설』, 이상구 역주, 월인, 1999.

『금오신화』, 심경호 옮김, 홍익출판사, 2000.

第九章　韩国古典小说的世界观

一　古典小说与世界观

文学归根结底探索的是人的问题，即人为何存在、该如何生活等一系列问题。不过，与人类存在相关的问题如果脱离人类对赖以生存的世界的认识，也就是世界观，便无法找到正确答案，因为人类都是通过自己的世界观来阐释自己的存在的。

正因为如此，古典小说中的世界观极其重要，我们通过研究古典小说中所反映出的世界观，就可以了解当时人们是如何认识自己的。当然，通过其他文学体裁也能达到这一目的，但小说是从本质上全面探讨人类生活，因此在理解当时人们对生活的认识和态度的过程中，古典小说可以成为一条极为重要而明确的途径。

古典小说世界观大体上可分为二元论世界观和一元论世界观。二元论世界观指的是超验的宗教世界观，认为人在现世的一生是按照上天超验世界的安排按部就班进行的，人类无法按自己的意愿生活，而是按主宰超验世界的超现实存在的意愿过着既定的生活。有些作品具体描绘了天上的超验世界，而有些作品则并未进行相关描述，但许多文学作品中都出现了在天上犯错后转世投胎到人间，饱受痛苦后享受荣华富贵，再次回到天上的情节，这些作品其实也都建立在这种世界观之上。

　　主人公克服危机，为陷入苦难而烦闷，饱受痛苦折磨，这些都是上天注定的；而在战胜困难之后享受荣华富贵也是上天的意志所决定的。因此，当主人公处于千钧一发的危急关头之时，总会顺应天意，有高僧或仙官在梦中显灵，或亲自现身提供帮助，或是等到奉上天之命前来相助的贵人，再者还会有路见不平者拔刀相助。虽然从表面上看来，这都是些不现实的偶然，但实际上这都是上天注定的必然。

　　即便如此，这种世界观也并不单单意味着人的一生全由命运或命中注定来支配，有的人欣然接受了命运，而有些人则在超验世界与现实、圣与俗之间矛盾。但归根结底这一面貌展现的并不是任由命运摆布、自暴自弃的态度，而是一种积极的愿望，渴望通过恢复上天的本源命运来克服现实的痛苦与矛盾。

　　与之相比，一元论世界观指的就是基于世俗、物质价值观的现实世界观，认为人的一生与其所处的环境相对立，是由自己开拓的，人生的关键不在于上天的意志，而是活在现实中的人的具体生活状态。因此，立足于这类世界观的作品中通常不会设定一个天上的超验世界，而是鲜明地反映社会现状，反映一些现实问题，或是在身份等级制度的桎梏中追求屡遭践踏的自尊，实现自身主体性，或是在发达的商品货币经济中通过财富的积累追求体面的生活。这类世界观重视的是在现实的苦难与桎梏之中如何定位自身应对困难，开拓自己的一生。

　　下面将在现有研究的基础上探讨一下两大世界观在具体作品中的体现情况，其中超验的宗教世界观将围绕集中反映儒、释、道思想的作品展开讨论，而世俗的物质现实价值观将围绕盘瑟俚系小说与汉文短篇小说进行考察。

二　超验宗教世界观

儒教理念的内化

儒教是朝鲜王朝的建国理念，作为朝鲜时代的主导思想始终限制着人们的日常生活，为实现儒教理念更为彻底的内化，当时的人们创作了诸多反映其存在原理与世界观的古典小说。在古典小说中，基于儒教的世界观以是否遵守忠、孝、烈等伦理规范来具体划分善、恶两个对立面，善会战胜恶获得最终胜利，并通过这一点来加强儒教理念。

这种儒教伦理规范本身就是一个研究焦点，有时也会结合另一个层面的儒教理念进行研究，例如追求家门内部团结和对外繁荣的家族观念。儒教理念往往会体现为反映伦理或家门观念的现实问题，在文学作品中甚至引入超验世界来证实儒教理念的正当性。创作于 17 世纪的《彰善感义录》就是一个很好的例子。

《彰善感义录》的作者赵圣期是一位性理学学者，他批判地接受了李滉与李珥的哲学思想，并提出了自己的哲学思想。他认为，在善恶的问题上，要想压制和战胜恶，朝着正确的方向发展，就必须要接受善的约束。同时认为，文学的作用在于反映日常生活中光明磊落的道理，阐明真理，拯救世界，因此极力排斥修饰。《彰善感义录》这部作品就反映了作者这一思想，作者在序言中写道，要以忠、孝、友爱等伦理规范为天命，时刻不得松懈，并要明辨善恶。在结尾又强调，忠孝乃人之本性，生死祸福乃命中注定，命运不可知，但必须要顺从本性，反复强调了序言中的内容。作品中如实体现了作者主张将儒教伦理与善恶问题相结合进行思考的观点。

明朝嘉靖年间（1522~1566），兵部尚书花郁有两个儿子，即沈氏所生的长子花瑃与郑氏所生的花珍。花瑃生性放荡、为人愚笨，而花珍则贤明睿智，是光明磊落真君子。因此，花郁对花珍赞赏有加，倍加爱护，使得沈氏和花瑃心生忌妒，怀恨在心。郑氏与花郁相继离世后，花瑃结交了恶霸范汉和张平，与生性奸诈的恶女赵月香厮混，同沈氏联手折磨花珍。一直照料家中事务的花郁之姊成夫人随子赴任离开花家之后，沈氏与花瑃更是对花珍步步紧逼，变本加厉。花瑃甚至全然不顾花珍的反对，休了正室林夫人，纳赵月香为正妻。

在此过程中，一直对花珍怀恨在心的范汉与赵月香合伙同谋，伪造了花珍试图杀害沈氏的假象，最终导致花珍遭到流配。之后海盗徐山海入侵，花珍出征镇压，在此期间范汉与张平等人罪行败露，花瑃因丧失人伦被关押入狱。花珍在击退徐山海之后，又平定了蜀中谋反，班师回朝，请求天子释放花瑃，实现了家中的稳定与和谐。

从故事梗概中大略可知，花珍是一个忠于孝和友爱等儒教伦理规范的人物形象。尽管他被沈氏与花瑃谋害，饱受折磨被关入狱，但是在花瑃前来狱中探望时非但没有心怀怨恨，反而因为兄弟几天未见再度重逢而热泪盈眶。在被诬陷试图谋害沈氏而含冤下狱时，他始终担忧沈氏与花瑃的罪行败露，并不想为自己洗刷冤屈。花珍这一人物形象深刻描绘了伦理道德规范完全不掺杂任何一丝人类欲望这一特征。

相比之下，沈氏与花瑃这两个人物形象阴险、傲慢，眼红花郁对花珍疼爱有加，并在恶人煽动下犯下罪行。因此，花珍与沈氏母子之间的矛盾可以说是忠于孝与友爱的善人与毫无保留地置身于人类欲望之中的恶人之间的矛盾，说明儒教对善恶的区分完全遵循是否遵守儒教伦理规范这一标准。

不过，他们之间的矛盾最终并未走向破灭，沈氏与花瑃被花珍的孝悌感化，改过自新，消除了矛盾。后来，沈氏表示自己是被赵月香所蒙骗才会对花珍夫妇恨之入骨，悔不当初。而花瑃身陷囹圄，在梦中还呼唤花珍的名字潸然泪下。由此可见，作者通过小说表达了自己性理学思维下的善恶观，认为恶必须在善的约束下才能回归正途。

除了人物的善恶问题之外，通过善恶矛盾中反映出的家门观念也能看出这部作品立足于儒教理念。花郁死后，成为一家之主的花瑃将贤妻逐出家门，纳妖女赵月香为正室，与恶霸相勾结引狼入室，亲手推翻了家族内的秩序与和谐。花瑃身为一家之主，却将家门逼入危难之境。

直至花珍击退外敌入侵，镇压朝中谋反立下大功，但不求奖赏只求上殿赦免花瑃，这才得以克服家门危机。可见这部作品讲述了在家门父权更迭之际由于一家之主的愚蠢而造成的家门劫难以及在其他家族成员的作用下化解危难的过程，这说明该作品立足于家门意识。

进入 17 世纪，家门观念的影响逐渐扩大，原因之一是礼学日臻成熟。礼学在性理学的深化过程中不断发展，在经历壬辰倭乱与丙子胡乱之后，由于重整社会秩序与纲常，礼学变得更为盛行。但当时的礼学完全建立在立足于父权制的朱子学宗法思想之上，所以以父权为中心追求家族的内部团结与对外繁荣的家门观念自然也无法脱离儒教理念。《彰善感义录》展现了主人公通过遵守儒教伦理道德规范化解家族危机的过程，可以说作品完全立足于儒教世界观。

值得注意的是，虽然这部作品立足于儒教理念探讨了家族及日常生活中的伦理等现实问题，但也引入了超验世界元素。花珍的夫人南彩凤在嫁入花家之前，跟随母亲和父亲南御史流配途中路遇盗贼，危急时刻父母被一位名为郭仙公的隐士搭救，而彩凤则被仙女和麻衣老妪所救。另外，之前彩凤曾受清源大师之托画过观音像，这也为后来彩凤被赵月香下毒时清源大师奉观音菩萨之命前去搭救埋下了伏笔。

同时，曾与花珍前世结缘的仙官殷真人想送给花珍丹药，能助他记起前世种种，但遭到了花珍的拒绝。他认为自己也是人间凡人，知晓天上之事毫无益处，只会扰乱心绪罢了。就算吃下丹药能羽化登仙，自己也不忍心丢下寡母与兄长一人成仙。但花珍从殷真人那里学习了兵法，获得符咒，回到人间后得以击退入侵的海盗，平定蜀中谋反。

尽管作品中未对天上超验世界进行具体描述，但通过殷真人的话可知花珍前世乃天界仙官。引入超验世界的作用在于在中心人物遭遇危机时给予其救助，并赋予其能力，使其在战争中获胜。最终恪守伦理规范的人物摆脱危机，成为最终胜利者，以此来证明他们所追求的儒教理念是正确的。也就是说，引入天上超验世界的目的在于证明儒教理念的正当性，并表明这一理念必胜的信心。

在儒教理念基础上具体体现伦理道德规范与家门观念的情形绝

不仅限于《彰善感义录》一部作品。进入 17 世纪，一直以传奇小说为中心的古典小说迎来了时代转折，开始出现一些伦理道德与家门观念相结合、反映儒教世界观的作品。虽然引入天界的程度各不相同，却不难在《谢氏南征记》及其他长篇家门小说等作品中发现此类儒教理念及世界观。

佛教思想的形象化

尽管佛教受到了朝鲜时代支配阶层的公开排斥，但它拥有上千年的悠久历史，依然是普通民众信奉和依靠的精神支柱。一部分士大夫在意识到儒教理念的局限性之后，也开始再度关注佛教。佛教思想作为贯穿整部作品的存在原理和世界观，在《翟成义传》和《金牛太子传》等以佛教说话为基础的作品中都有所体现。但佛教思想体现得最为具体的代表性作品莫过于《九云梦》。

《九云梦》是 1687～1688 年金万重被流配到宣川期间创作的一部作品。众所周知，这部作品讲述了在六观大师门下修道的性真遇到八仙女之后，被俗世的欲望缠身，后在梦中化身为杨少游，先后与八仙女成婚，享尽人间荣华富贵之后方从梦中惊醒，后经师父点悟专心修佛。

人们通常认为《九云梦》的基本结构为"现实→梦境→现实"，并且性真的世界是纯粹的佛教生活，杨少游的世界则是追逐世俗欲望的儒家生活。将作品的意义解读为世俗中的荣华富贵不过是一场春梦，因此应否认儒家生活，皈依佛教。

但作品中提出的问题并不仅仅想传达佛教思想，杨少游在享尽世间荣华富贵之后幡然醒悟，认识到这一切不过是春梦一场，于是决心皈依佛门，从梦中苏醒，重新做回性真。后来性真向六观大师倾吐了自己的感悟，六观大师却以庄周梦蝶为例斥责道："孰知何事之为梦，何事之为真也。"

性真认为世俗生活与佛教生活彼此对立排斥，应否认世俗生活，肯定佛教生活。而六观大师此番话的目的就在于使性真认识到其对待这二者的态度是错误的，不能仅仅停留在否认世俗生活、崇尚佛教生活的层面上，其至要超越区分两种生活方式的心境，实现思想的灵活自由。因此，《九云梦》不是单纯地否定世俗欲望，建议人们皈依佛教，而是将深奥的佛教思想寓于小说中，使佛教思想更加形象，具有思想小说的性质。

这一点在作者具体描绘性真世界和杨少游世界的方式中也有所体现。首先，性真在南岳衡山这一普通的现实空间修道，他为世俗欲望困扰的形象与普通人无异。同时南岳衡山又是一个超越现实的空间，正是在这里，神女卫夫人带领八仙女留下飘忽不定的神秘踪迹，引发诸多离奇事件；神僧六观大师向人们讲授大乘之法，传播道义，超度鬼神，洞庭湖龙王化身为白衣老人在此听法。此外，性真还是一个具有神通法力的人物，他曾前往水晶宫见龙王；在石桥之上向八仙女面前掷去一枝桃花，桃花却化为祥光满地的明珠。因此，衡山既是凡间一个现实的具体地点，同时也是超越现实的神界，性真既是凡间现实存的人物，同时也是超验世界的人物。依此类推，入梦前性真的世界既是现实的，也是超越现实的，具有圣、俗两性。而且神佛显灵的时空既是人类世界，也是超人类的世界。在梦醒之后，性真回到了现实世界，但他为实现大彻大悟回归极乐世界，仍在不断精进修佛，所以也属于倾向于超验世界。

那么杨少游究竟处于一个怎样的世界呢？他在现世化为杨少游，依次与八大美人喜结良缘，享尽世间荣华富贵。从这一点来看，杨少游虽身处梦中世界，但这个世界具有现实性质。可是杨少游在遇到蓝田山道士后，得知了父亲杨处士的消息和自己的未来，后来在天定的婚姻中还获得了玄鹤琴、萧、方书等重要物品。

另外，在性真的梦中，南海龙宫太子欲强夺洞庭龙王之女白凌波，杨少游出兵在盘砂谷白龙潭击退太子及其大军，后受到洞庭龙王款待。他在归途中经过南岳衡山，遇到六观大师之后，遂从梦中醒来。但杨少游麾下的将士同样也在梦中经历了与南海大军激战的神奇场景，到白龙潭实地探访，也发现的确是鱼鳞遍地、血迹斑斑。也就是说，杨少游的世界并非孤立、自我满足的现实世界，而是一直有超验世界的干预。

从这个角度来看，仅仅采用二分法将性真与杨少游的世界定性为相互对立的现实时空与梦境、实相界与假相界是十分片面的。性真的世界既是现实世界，同时也是崇尚超越现实的佛家生活的神圣世界；而杨少游的世界同样刻画得与现实世界无异，但同时也始终与超验的神圣世界有联系。因此虽然性真的世界与杨少游的世界性质不同，但正如六观大师点拨性真时所言，不应将两个世界理解为对立和不对称关系，否定杨少游的生活与世界，一味肯定性真的生活与世界，而应将他从性真的人生变为杨少游的人生，再重新回归为性真的这一系列返本还元的过程理解为从现实世界向超验世界无限升华的过程。

道家的现实认识与主体意识

我们常提及的道教中包括老庄思想、神仙思想、以檀君为鼻祖的主体道家思想、祈福信仰等多种因素。曾有许多人对修道成仙抱有浓厚的兴趣，高丽时代宫中为给国家祈福，还曾公开举行过斋醮等仪式，以隐居人士为中心，继承了主体道家思想。进入崇尚儒教思想的朝鲜时代，道教虽受到排斥，但仍被部分知识分子用作抨击儒教中心思想体系的理念或是超脱现实的途径。在底层民众中，道教与民间信仰相结合，被人们所信奉。

因此，在古典小说中发现道教元素并非难事，例如在天庭触犯天条的仙官、仙女或星辰被谪降凡间，受尽苦难，享尽荣华富贵再重返天庭，又或是道士或奇人出现，拯救主人公，再或在道观中祈福最终愿望成真等，这些话素和插曲在古典小说中都十分常见。下面就来看几篇反映道教思想世界观的作品。

对神仙的关注首先体现在神仙传记类故事中，内容多为通过进山修道或在师父门下修行道法，最终得道成仙，形成了所谓的"神仙传"。其中许筠的《南宫先生传》等作品就极具代表性。

南宫斗这一人物在司马试中及第后，又在成均试高中榜首，但他性格傲慢，得罪了不少人。后来他移居都城，只将小妾留在乡下，不料小妾却与其堂侄私通。南宫斗得知此事后，用弓箭将两人射杀，将其尸身埋在阴沟后重新返回都城。结果一个对他怀恨在心的奴仆将此事告发，南宫斗就此被抓，后来又在夫人的协助下逃出监狱，出家为僧，结果却再度被发现。就在即将被抓之前，神仙托梦，他便按照梦中指示开始逃亡。

后来他偶然遇到一个年轻的僧人，他向南宫斗介绍了自己的师父，于是南宫斗寻师一年多，最终顺利拜师开始修炼神仙术。他不眠不休，将道家书籍研读万遍，不食人间烟火，学习呼吸法和运气大法，虽然已达到了成仙的境界，最终却因成仙心切而以失败告终。

此后师父告诉南宫斗，他可修炼为地上仙，之后能活八百年。之后南宫斗听说了师父的来历，亲眼见证师父接受众仙拜见的场景。后来他奉师父之命下山，找到昔日的奴仆与之相依为命，后与普通百姓之女结为夫妇，育有子女。

南宫斗找到许筠时，虽已 83 岁，但看起来只有四十六七岁。他告诉许筠，凡间了无生趣，他打算破戒，不再忌口，平凡地了却余生，顺从上天的安排。

许筠对神仙的关注不仅体现在这一部作品中，在《张山人传》和《蒋生传》中也有所体现。在《张山人传》中，张汉雄阅读了从父亲那里继承的道家书籍之后学会了指挥鬼神，后来又向奇人异士学习了修炼法及其他道家书籍，掌握了一些奇异的道术，行踪不定。张汉雄在壬辰倭乱时身亡，后来却又回来见朋友，说自己已归隐金刚山。

《蒋生传》中，有一个名为蒋生的人在都城行乞，某天他所寄居人家的婢女的发簪不翼而飞，而后他在庆会楼房梁上遇到了两个偷走这枚发簪的少年，于是将发簪物归原主。他死后尸身化作飞虫离去，后来却回来见朋友，告诉他自己要去大海东边的一个国家，还向朋友传授消灾避难的方法。许筠认为，蒋生与剑仙为同一派人物。

《南宫先生传》中详细描述了南宫斗在奉天帝之命于人间生活了五百年的神仙指导下修道成仙的过程及方法，而在《张山人传》中，张汉雄奇异的道术与行踪也占据了作品的大部分内容。这三部作品的主人公不是成为地上仙或尸解仙就是已经得道成仙。

然而，这种对神仙的浓厚兴趣并不仅仅源自好奇心。在师父召见诸神的过程中，南宫斗得知三韩百姓奸诈狡猾，善耍花招，不惧上天，不忠不孝，亵渎神灵，早晚会遭遇七年战争，即壬辰倭乱。这里对神仙的兴趣其实已经扩大到超验主义世界观上，凡间万物都是按照天上超验世界的安排进行的。

但是需要注意的是，这种世界观绝不否认和回避现实。南宫斗、张汉雄、蒋生三人虽然都通晓仙道，但无一人试图脱离尘世，这被解读为积极与现实相碰撞，抗拒现实中的种种矛盾。蒋生在庆会楼房梁上遇到两个少年时告诫他们，不能让世人发现自己的行踪。从这一情节中即可看出，他与盗贼一行一同胸怀雄心壮志，等待合适时机，直到死后才开始寻找新的乐土。张汉雄也一直在隐瞒自己的本领，死后归隐金刚山，南宫斗虽然修成地上仙享有八百年寿命，但因无法与凡尘和谐共处，中途自行放弃了这一切。因此这些作品中折射出的超验主义世界观并不是漠视或逃避现实中的矛盾与问题，反而体现了一种积极的态度，就算无法成功也要在凡间争取实现上天原有的生活，这一点其实包含着作者对作品创作当时社会的批判性现实观念。

下面就通过《醉游浮碧亭记》与《田禹治传》来了解一下主体道家思想。《醉游浮碧亭记》是收录在金时习《金鳌新话》中的五篇作品之一，讲述了一个叫作洪生的开城商人去平壤做生意，某晚醉酒登上浮碧楼吟诗，偶遇仙女，与之对诗几首后方才离开。仙女走后洪生思念成疾，死后成为天上的仙官。由于二人之间的爱慕之情在作品结尾处被塑造成洪生对仙女的单相思，所以洪生与仙女的爱情本身很难解读出重要含义。

那么作者究竟想通过作品传达怎样的内容呢？这个问题的答案可以从描述者对平壤的描述、洪生登上浮碧楼后吟的诗以及与仙女对诗的内容中找寻。描述者提到，平壤为古朝鲜都城，周武王封箕子为朝鲜王。随后他介绍了平壤的古迹，此时洪生和仙女——箕子朝鲜末代先王之女唱起了歌，描绘的是杂草丛生的故国旧城址。从这一点中可以看出，该作品反映的是道家文化意识，特别是韩国人对檀君开创的上古民族史的关注与喜爱。

另外从作者不详的《田禹治传》中则可看出主体道家思想中的现实观念。据洪万宗（1643～1725）的《海东异迹》记载，韩国道脉从檀君起代代相传，田禹治便是继承人之一，下面来看一下作品内容。

田禹治虽然很早就已习得成仙之道，但并不显山露水。由于遇上荒年，海盗猖獗，抢掠无度，百姓生活苦不堪言。于是他假借上天之命，要求官员用俸禄打造黄金房梁敬献上天，从而解决百姓饥荒。他不仅帮助被诬陷杀人的人洗清冤屈，惩治欺压百姓的官吏，还参与到游戏中给那些耀武扬威的人一记下马威，为从未借钱却莫名其妙地被逼还钱的人解决问题。

由于完全抓不住田禹治，朝廷只好封其为宣传官。此后田禹治仍然继续捉弄其他为非作歹的宣传官，咸镜道出现盗贼时，他使盗贼头目改过自新，并将其打发回乡。当湖西地区有人计划谋反，欲推举田禹治为王时，他却使用道术逃跑了。后来他与徐敬德切磋道术惜败，与其一同归隐太白山，深入钻研大宗神理，将几卷秘籍送给了前来探访檀君圣迹的杨士彦。

由此可见，田禹治虽然早早通晓神仙之术，却并未显露本领，只在支配阶级压迫加剧、百姓叫苦不迭时才使用道术救百姓于水火之中。但后来他领悟到这种行为无法从根本上完全解决问题，于是追随花谭徐敬德归隐太白山，钻研檀君开创的韩国固有的神仙之道。这一点和《蒋生传》一样，是在等待改造现实的时机完全成熟。因此，可以说《田禹治传》是一部蕴含着具有尖锐的现实意识的主体道家思想的文学作品。

三　遵循世俗、物质价值观的现实世界观

盘瑟俚系小说的现实观念

朝鲜后期，整个社会环境出现了许多变化，很难仅用儒学这一

第九章 韩国古典小说的世界观

名分论来进行解释，这些变化最终导致古典小说中也提出了一些基于人们对当时现实的认识而产生的世俗的物质价值观，其中能明确反映这一变化的代表性作品莫过于盘瑟俚系小说。盘瑟俚是一种建立在百姓自身积极进取、朝气蓬勃面貌之上的基层文学。从表面来看，它宣扬的是烈、孝、友爱等儒教伦理规范，但实际上它深刻反映了许多百姓的亲身经历以及对现实的批判。因此，即便是盘瑟俚系小说中引入了超验的存在或是描绘了超验世界的形象，也不过是在为反映现实问题做铺垫。

首先从《春香传》来看，从春香的性格到作品最深层的含义，各方众说纷纭。有人认为其主题是贞操，因为作品从创作到传承的过程中不断强调这一点；还有人认为其主题是实现超越阶级的自主性爱情；也有人从春香对卞学道的反抗中读出了庶民的反抗这一层意味。

有人从春香的身份问题入手，认为爱情矛盾是引发身份矛盾的契机，烈女矛盾只是提升身份的手段。但也有人认为，身份矛盾是贯穿全文的一贯目的，春香实现身份提升的要求才是作品主题。也就是说，《春香传》的终极矛盾是春香的身份矛盾，烈女意识是春香为实现身份提升动机而设置的防御机制，因此具有实现提升身份这一目标的手段价值。为了实现提升身份这一目的，她不惜以死与阻碍势力正面交锋，可见她具有强烈的自我意识，是一个近代利益社会型人物形象，而《春香传》这部作品则反映出当时社会身份结构逐步瓦解的变化。

然而，也有人摆脱了这种提取单一主题的传统方式，尝试从多元角度解读《春香传》的主题，将作品的主题分为表面主题与潜在主题，表面主题为烈女精神，潜在主题则为通过妓女春香和非妓女春香之间的矛盾要求摆脱身份的限制，实现人类解放。也有人认为，考虑到《春香传》异本的多样性，应分为多种异本所共同反映的普遍主题和各文本所反映的个别主题来探讨。此时爱与烈这类伦理观念、要求实现身份上升以补偿人生的苦难、敢于反抗不义之举以及宣扬摆脱阶级限制这类社会性追求等多种综合意义相结合，在此基础上构成了该作品的普遍主题，而个别主题与普遍主题相辅相成，主要通过改变实现普遍主题的各要素间的关系来实现。

对这一问题的观点之所以如此多样，主要是因为研究者对以下三大问题的见解各有不同。也就是说，应该在作品创作时的主导思想——儒教伦理规范中考察主题，还是应该在作品情节中探寻其意义，或是与当时逐步改变的时代精神联系起来考察？但这恰恰说明了《春香传》是一部话题作品，为读者提供了从多角度解读的可能性，也正是因为这一点，才使《春香传》至今仍被改编为多种体裁，被人所津津乐道。

再来看一下《沈清传》，沈清不惜付出生命来亲身实践极端的孝道，儒教伦理认为看不到前路的痛苦即为孝，但绝不是说实践这一儒教伦理便能解决问题。然而，沈清为救父亲性命牺牲了自己的生命，这是试图用孝道来解决孝道无法解决的问题，这种方式得不到任何的保障，因此才显得无比悲壮。从这一点来看，沈清的行为其实是在用极端的方式美化伦理道德规范，打造其崇高形象。

但从另一角度来看，这部作品同样也是在否认和破坏儒教伦理。沈瞎子这一人物形象虽然品行端正高尚，但也有庸俗的一面。从沈瞎子自身分析，很难评价他是一个高尚的人，但女儿愿为父亲献身，反倒使他这一形象高大了起来。因为在这一情节中，尽管父亲沈瞎子是一个一贫如洗的盲人，但对沈清来说，他是世界上最无可比拟且绝对至高无上的存在。

但父亲在沈清死后遇到烹德妈妈，于是其鄙俗的一面被放大，因沈清而塑造出的高大形象也随之崩塌，他脱下儒教伦理的所有外皮，转变为一个庸俗滑稽的形象。这使沈清以死亲身实践极端的孝道这一行为变得毫无意义。而事已至此，沈瞎子丢了衣服之后向县令讨衣物和鞋子穿，他准确认识到自己的处境，反而利用这些使情况变得对自己有利。

总之，《沈清传》提出了以下两大观点：一是认为应在儒教理念的基础上解决痛苦的生活现实问题；二则主张应摆脱儒教伦理的外壳客观地认识现实。这不禁引人思考，在儒教理念与现实之间究竟该肯定哪一方，它堪称一部充满争议的作品。

下面再来分析一下《兴夫传》，故事中兴夫与玩夫是一对兄弟，但两人在经济实力上完全分属于两大不同阶层。据从玩夫切开的葫芦里出来的前主人讲，玩夫是逃跑的奴婢的子孙后代，而贱民出身的玩夫却自食其力打牢了自身的经济基础，成了家大业大的富农，而这一切其实是靠违反道德、反社会的追求利益的方式实现的。相反，兴夫虽然身处生计无望的艰难环境中，却具有两班意识，这使得他的两班意识越明显，意识与现实的差距就越悬殊。同时因为他品性仁厚，所以面对自身的经济困难常常束手无策。

然而，这部作品的作者群体普通百姓却用同情的视角刻画兴夫，以敌对的视角刻画玩夫。与具有虚伪两班意识的兴夫相比，出身低贱却能白手起家的玩夫其实完全可以成为令人羡慕的对象。但由于他采用了掠夺性手段致富，因而被刻画成了反面形象。

所以作者群体的关注点其实并不在于兴夫和玩夫究竟是不是两班这种归属身份，而集中在他们在现实世界中所获得的身份上。从这个角度来看，玩夫代表的是通过不道德手段进行掠夺的阶层，兴夫则代表的是有道德、被掠夺的阶层，最终这两大阶层之间的对立就是作品的核心矛盾，这其实反映了朝鲜后期农村饶户富民层（指生活富足、位于中产阶级以上的人）与没落为雇佣劳动者的贫农之间的对立。另外，玩夫倾家荡产的情节反倒颇有些闹剧的意味，这其实凸显了普通百姓希望不惜一切手段消除上下层在经济不平等问题上的矛盾这一心理机制。因此，《兴夫传》这部作品其实反映了下层百姓对掠夺阶层的敌对意识以及对财富的渴望。

《兔子传》也十分彻底地反映了当时人们的现实观念。比如，通过患病的龙王以及在龙王面前为私利私欲而敌对冲突的大臣折射出了中央政府的腐败与堕落，通过老虎、狐狸相勾结召开毛族会议讨论如何夺走野猪幼崽这一情节，将陆地描绘为普通百姓和农民遭受首领和官吏压榨的空间，展现出被支配阶层所面临的苦难以及地方政府的腐败现状。

在这种中央及地方政府都腐败堕落的情况下，饱受生活之苦、一时贪图权力和富贵的兔子形象其实象征了处于被支配阶层的庶民，而鳖则是一个过于追求绝对忠诚的形象。龙王听信奸臣谗言，一口回绝鳖的谏言，后来被兔子的谎言欺骗，甚至要处死鳖，此时鳖盲目的忠诚就是对现实世界中愚昧无知的人们那些愚蠢行径的挖苦和讽刺。

因此，《兔子传》作为一篇具有讽刺意味的寓言小说，展现出了支配阶层与农村庶民阶层之间的两极分化现象，反映了庶民阶层对传统观念及体制的批判与否定态度，换言之，它反映了庶民阶层的近代观念。

汉文短篇与趾源小说中的现实观念

所谓汉文短篇指的是朝鲜后期的文献说话野谈中较接近小说体裁的作品。人们将与广为人知的人物相关的奇闻逸事和实际发生过的事件相结合，这种人物传说广为流传后便形成了野谈的基础，因此野谈在说话中占有特殊地位。虽然只是将士大夫之间流传的奇闻逸事用汉文记录了下来，但具体描绘了从中世纪向近代过渡发展时期时代的变迁以及积极响应这一变化的全新人物形象。

尽管收录了野谈和汉文短篇的野谈集有数十种流传至今，但众所周知，这些皆始于柳梦寅（1559~1623）的《於于野谈》。而李羲平（1772~1839）的《溪西野谈》、李源命（1807~1889）的《东野汇辑》以及编者不详的《青丘野谈》则常被誉为"三大野谈集"。这类野谈集中的故事内容通常是在能反映时代环境的现实问题基础之上形成的，通过专业说书人活灵活现地传承下来，再经过记录者极富创意的润色，以文献的形式固定下来。下面就通过几部作品来探索一下汉文短篇中反映出的世俗的物质价值观。

首先来看一下收录在《青丘野谈》中的作品《结芳缘二八娘子》。英祖末期，都城有一个贫穷的两班贵族蔡老爷，他为人老实勤勉，处世低调，洁身自好，即便饱受饥寒也恪守高尚情操。为了延续家族传统，在教导儿子蔡生的问题上他一直十分严格，甚至在儿子成亲当天还不忘督促他读书。

第九章 韩国古典小说的世界观

某天，蔡生受父亲之命外出扫墓，不料半途中被几个彪形大汉强行拖至一座高楼大院内，这座宅院的主人名为金令，原为译官，现为京城首富。其女年纪轻轻，尚未举行婚礼便成了寡妇，于是他为女儿绑来了这个年轻男子。蔡生无奈之下与金令之女洞房花烛，扫完墓准备返家时，却依依不舍地与之分别。

蔡生带着金令之女留给他的锦囊返回家中，却恰恰因为锦囊而被父亲蔡老爷知道了整个事件的来龙去脉。蔡老爷大怒，命隔壁的下人去请金令。金令身为全国首富，学士老爷、大富豪大半都很难请动他，但是为了女儿，金令还是亲自登门接受蔡老爷指责，最后双方决定将蔡生与金令女儿之间的事一笔勾销。

不过金令看出蔡生家贫穷潦倒，因此时常送些大米和钱财接济他们的生活，于是蔡老爷逐渐被打动，最终接受金令之女过门做蔡生的姿室。金令让女儿住在隔壁新盖的房子里，一家人都搬进了新居，只有蔡老爷一人倔强地守着旧屋，但最后还是搬去与家人同住了。后来蔡生科举及第，名声大噪。

从故事内容中不难看出，这部作品精准地反映出贞洁这种儒教伦理、重视门第与传统的两班意识在人的欲望和物质面前是多么不堪一击。作品循序渐进、生动具体地描写了蔡老爷和金令之间的对抗过程，十分到位地用文学手段表达了作者的写作意图。金令周密细致、积极主动地照顾蔡老爷一家，顽固的蔡老爷虽数次悔恨不已，但最后还是逐渐被金令打动，这种心理变化实际上反映了当下观念与形式上的儒教理念与两班意识逐步被世俗的物质价值观所替代的全新时代风貌。

下面介绍的这部作品题为《士人治产乐埙篪》，收录在《青丘野谈》中，也被收录在《东稗洛诵》等其他野谈集中。故事讲述了生活在骊州的许氏虽为两班但生活十分困苦，却仍在供三个儿子读书，在身边忠厚善良的人接济下才得以勉强糊口。两班夫妇死后，三个儿子服丧三年，之后老二向大哥和弟弟表示自己要用十年的时间来治办家业，并将兄弟两人送去庙里继续读书。

老二十年如一日，夫妻二人每日只吃半碗燕麦粥，脱下两班衣

147

冠，身着短衫短裤，不分昼夜劳作，做女红、编席子、编蓑衣，辛勤劳作攒下钱来买下水田和旱田，亲自下田耕作。在干旱时还不忘种植烟草并以高价出售，积累了不少财产。但面对时隔八年才返家的兄弟，他仍说十年期限未到，熬粥招待二人，随后又将他们送回了庙里，十分勤俭节约。老大和老三小科及第之后，他劝二人重回庙中准备大科考试，历经十年的努力，他最终如期成了万石富翁。

此时老二才将兄弟二人接回，一家人搬进更好的房子里生活，还把十年间攒下的财产均分给三兄弟，并且也给吃苦受累的妻子单独分了一部分财产。后来他武举及第，被封安岳郡守，但发妻去世，他没有赴任，而是回乡度过了余生。

如果说前两部作品主要反映的是儒教伦理与两班意识的软弱和虚伪，那么这部作品则更进一步刻画了贫穷的两班摒弃两班意识、白手起家开拓人生的形象。扩大农业生产力、大面积进行耕种是当时农村社会实际兴起过的一种致富途径。而此处重要的一点在于，主人公完全不顾自己的身份与体统，积极主动地亲赴生活一线解决现实面临的难关。他不拘泥于观念上与形式上的意识或规范，反而认识到直视现实、开拓现实的现实主义世界观更具有价值，这种观念上的转变很值得我们关注。

另一点需要注意的是，这部作品十分重视夫妻二人之间的情义甚至是信义。无论是三兄弟均分家产时老二考虑到妻子的劳苦单独分给其一份财产，还是为让妻子以自己为豪，科举及第走上仕途，后又因妻子去世毅然放弃仕途，从中都能看出当时对女性认识的变化。

另外，还存在许多刻画现实问题的汉文短篇，如男女之间克服身份差距的爱情、逃亡后实现身份提升的奴隶、逃跑的奴隶与主人之间的矛盾等。随着商品货币经济的不断发展，世俗的物质价值观渐渐衰败，社会现状也随之改变，汉文短篇便极其精准地把握了这一点，将其具体寓于文学体裁之中。

我们常提到的趾源小说即指朴趾源所创作的小说，它与此类汉文短篇存在一定的联系。因为趾源小说中不仅包含作者的亲身经历，还包括一些坊间流传的故事，经作者取材后创作出文学作品，这些作品再次流传下来被收录进野谈集里。

首先来看一下《燕岩集》第八卷《放璃阁外传》中所收录的作品。《马驲传》通过三个疯子之间的对话批判了所谓至高至尚的君子之交其实也不过是为了扩大势力、追名逐利，实则与马贩子的把戏无异。通过批判两班社会人与人之间的友谊沦丧、充满权术纷争这一现象，提出了在不断变化的社会中需要真正的友谊这一问题。

《秽德先生传》中通过蝉橘子与弟子子牧之间的对话，批判了当下道义之交渐渐崩溃的世态炎凉，强调相较于两班阶级，庶民的生活反而有尊严，暗含对贪得无厌、坐享其成的文人阶层的批判。另外，通过底层民众严行首恪守道义之交、安分守己、自食其力的真实形象，对支配阶层进行了批判，展现了当时城市庶民健全的生活面貌。不仅如此，作品中还透露了作者本人对大都市近郊的菜园业、肥料等事物的浓厚兴趣，开始关注"营农"这一利用厚生的观点，这十分值得关注。

《闵翁传》中武班出身的闵翁毕生钻研、读书，却终究未能功成名就，而是贫困潦倒，但他用犀利的口才针砭时弊，作品以此来批判真正有才之人无法被社会接纳的现状。而《两班传》通过刻画两班社会的消极面被出身低贱的富人所认识的过程，凸显两班社会的消极面。《金神仙传》中，主人公一直试图寻找自称是神仙而名声大噪的金弘基，却最终寻人未果，作品通过这一情节，将神仙定义为在世间郁郁不得志之人。

《广文者传》则塑造了广文这一人物形象，在利害攸关、互不信任的刻薄社会中，广文虽是最底层的乞丐，但非常讲义气，总能为他人着想，毅然决然地为他人做担保，面带微笑地调解人与人之间的冲突，点明男女之间都有自身人格，主张男女应享受同等待遇，不迷恋婚姻和治产，安分守己，用实践证明了人与人之间的来往可以不受富贵影响。从这一点来看，广文是以信用为基础建立全新人际关系的典型代表。该作品展现了在庶民社会的最底层仍存在着这种沉稳、讲诚信、重义气的人物，以此来敦促做不到这一点的两班士大夫觉醒。

《虞裳传》则是委巷人李彦瑱的传记，他是一名译官，曾随朝鲜通信使前往日本，因文采出众而名声大噪。朴趾源重新阐释这一系列客观事实，凸显了人物天赋异禀的一面，但也通过他怀才不遇的一生暗示了社会中存在的种种矛盾。

收录在《热河日记》系列《玉匣夜话》中的《许生传》据说是朴趾源 1756 年在北汉山奉元寺偶遇一个名为尹映的人，从其口中得知许生的故事。1773 年，他在平安道再次与之相遇，在向尹映确认了诸多疑问之后才创作出这部作品。作者通过这部作品提出两大问题：一是建立国内流通结构、通过外贸积累财富的致富问题；二是通过主人公在无人岛上尝试构建理想共同体提出了朝鲜应实现的理想社会模式，同时还透过作品批判了朝鲜北伐政策的不切实际。许生并非只从远处观望和批判支配阶层的无能政策，而是亲自通过实践证实了为政者因缺乏利用厚生思想造成的失政。尽管《许生传》的写作背景为 17 世纪中期，与朴趾源实际所生活的年代隔了一个世纪，但他通过这部作品也间接抒发了自己对当下掌权士大夫阶层的现实批判。

收录在《热河日记》系列《关内程史》中的《虎叱》一文延续了作者饱含深刻寓意这一始终一贯的表达方式，表面上看来是讽刺人类社会的寓言类小说，但深层隐藏着对掌权阶层的现实批判。作品透过北郭先生和东里子，不仅批评了伪学者与伪善者的生活态度，同时也辛辣地批判了掌权阶层本应引导现实朝正确方向发展，却终日投身党羽之争、贪得无厌、毫无节制。另外，在《烈女咸阳朴氏传》中表达了对咸阳官吏林述曾之妻咸阳朴氏殉节的怜悯之情。

朴趾源就是这样用批判的视角看待自己所处的朝鲜后期社会，发掘了许多值得关注的人物形象，积极肯定人性，并将对当时现实的批判和讽刺深刻寓于文学作品之中。

四　对世界观变化的理解

上文中主要将古典小说中的世界观大体分为超验的宗教世界观

第九章 韩国古典小说的世界观

和世俗的物质世界观两种进行了考察。古典小说中超验的宗教世界观建立在二元论基础之上，认为人间的一切都受超验世界支配，按注定的命运演变，但作品中的人物并没有消极地将一切都归结为命运，而是为恢复天上原有的生活，积极主动谋求消除现实中的矛盾与对立。那些基于儒教理念、聚焦伦理道德规范或家族观念等一系列关注日常现实问题的作品自不必说，至于在那些基于道教思想、追求实现长生不老或得道成仙的作品中，人物角色也并未脱离现实而成仙登天，而是留在凡间，未曾放弃与现实相碰撞、抗拒现实矛盾，从这几点中都能看出这一倾向。而那些基于世俗的物质价值观的作品则通过寻求解决身份、爱情、不平等等生活中一系列现实问题的可行途径，具体描绘了人们孜孜以求的形象。因此，这类作品并没有强调超现实世界有义务保障人类生活，而是采用应亲手开拓人生的现实主义逻辑来阐述问题。

即便如此，由于某些作品中可能会同时包含这两种世界观，所以仍很难说所有的古典小说作品都能涵盖在这两种世界观之内。例如，《落泉腾云》中就反映了伴随商业行为、高利贷行业发展、人身买卖等货币经济发展而出现的价值观，以及身份结构变化、对两性态度的开放等全新的社会现象；而《青白云》和《泉水石》这类作品中，恶人往往都有人欲这种自身的内心动机与逻辑，传达出恶并非先验地存在这一原理。此外，作品中还刻画了男主人公深刻思考自己应如何选择人生之路、遇到现实不如意时痛苦挣扎和苦恼的形象，这与默默承受天赐命运的态度截然不同。

这些作品中都多少反映了世俗或物质这两种价值观，但它们其实也未能完全摆脱世界和自我命运均由天注定的二元论世界观框架，而是处于二元论世界观与一元论世界观的中间位置。

但由于小说的情节绝非按单线展开，所以也不能全然断定古典小说史是按照二元论世界观作品、中间型世界观作品、一元论世界观作品的脉络发展的，只能说二元论世界观作品最早出现，之后随着商品货币经济的发展和实学思想的兴起，人们才开始创作这些以世俗的物质价值观为基础的文学作品。

韩国古典小说世界

　　然而，在现实主义世界观作品出现后，超验主义世界观的作品创作非但没有中断，反而更加源源不断地出现，因此，和现实主义世界观作品相比，这类作品反而形成了朝鲜后期文学史的主脉。我们必须要正确认识这一点，才能够准确地理解韩国古典小说史。

（李升馥）

参考文献

김일렬, 「고대소설의 이원론적 세계관과 유교」, 『어문논총』 8, 경북대학교, 1973.

조동일, 『한국소설의 이론』, 지식산업사, 1977.

조동일, 〈춘향전〉 주제의 새로운 고찰」, 『우리 문학과의 만남』, 홍성사, 1978.

이상택, 『한국 고전소설의 탐구』, 중앙출판, 1983.

조동일, 〈심청전〉에 나타난 비장과 골계」, 『한국고소설연구』, 정규복 외, 이우출판사, 1983.

인권환, 〈토끼전〉의 서민의식과 풍자성」, 『판소리의 이해』, 조동일·김흥규 편, 창작과비평사, 1984.

임형택, 『한국문학사의 시각』, 창작과비평사, 1984.

조동일, 『한국문학통사』 3, 지식산업사, 1985.

박희병, 「판소리에 나타난 현실인식」, 『한국문학사의 쟁점』, 장덕순 외, 집문당, 1986.

최창록, 『한국 신선소설 연구』, 형설출판사, 1989.

김일렬, 『고전소설신론』, 새문사, 1991.

정하영, 「〈춘향전〉 주제론 재고」, 『〈춘향전〉의 종합적 고찰』, 한국고소설연구회, 1991.

설성경, 『〈춘향전〉의 통시적 연구』, 서광학술자료사, 1994.

김종철, 「〈춘향전〉을 이해하는 한 방법」, 『한국고전문학입문』, 박기석 외, 집문당, 1996.

第九章　韩国古典小说的世界观

이상택 · 윤용식, 『고전소설론』, 한국방송대출판부, 1998.

이승복, 『고전소설과 가문의식』, 월인, 2000.

판소리학회, 『판소리의 세계』, 문학과지성사, 2000.

이상택, 『한국 고전소설의 이론 I·II』, 새문사, 2003.

第十章　韩国古典小说的标记形式和流通方式

　　如果把创作小说的人称为作者，把阅读小说的人称作读者，那么不论作者是否意识到，自己在创作小说时肯定期待作品被读者阅读。但是作者和读者不会直接见面，只能通过一些媒介或渠道与读者见面。此时作者与读者见面的媒介或渠道主要体现为小说的标记形式和流通方式。

　　小说的标记形式之所以成为研究焦点，是因为小说和故事不同。故事具有较强的口传性，它不是作者和读者的关系，而是话者和听者的直接关系。与之相比，小说是书面文学，作者和读者只能通过小说书籍这一媒介实现间接交流。因为媒介是必不可少的，所以我们有必要关注小说的标记形式和流通方式。

一　古典小说的标记形式：根据记叙的文字分类

　　小说通常采用文字记录的方式。但就韩国小说而言，需要研究采用哪种文字进行标记。因为标记韩语的文字体系有韩文和汉字两种标记形式，以韩文和汉文二元形式重叠出现。

　　考察小说的标记形式并不是考察小说，而是考察其具体记录形态，也就是小说书籍的标记形式。小说书籍有多种分类方式，首先可以根据使用的文字体系，也就是标记手段或者标记形式进行分类。因为过去同时存在汉文和韩文两种文字生活方式，记录时也同

第十章　韩国古典小说的标记形式和流通方式

时使用汉文和韩文。

　　因此根据采用什么文字进行标记，即标记形式，可以把小说分为以下几类：以韩文标记的国文本、以汉字标记的汉文本以及同时用韩文和汉字标记的小说。其中同时用韩文和汉字标记的小说又可以细分为以下三种：韩文和汉字混用的小说（国汉文混用本）、韩文和汉字并行标记的小说（国汉文并行本），主要使用汉字、附加韩文助词的小说（汉文悬吐本）。汉文悬吐本虽然和汉文小说相似，但文中的助词采用韩文标记。通常只有旧活字本小说有国汉文并行本或汉文悬吐本。

　　首先来看一下韩文本小说，这种小说只使用韩文进行记录，被称作"韩文本"或者"国文本"，大部分古典小说都属于这一类，绝大多数长篇小说也都属于这一类。这类小说多为作家创作小说之初就使用韩文进行创作。也有一些是把汉文本翻译并转写为韩文本，这类小说被称为"韩文翻译本"。例如，沈能淑创作的《玉树记》即为韩文翻译本，这部小说起初采用汉文写作，后来被翻译成韩文本。

　　下面再来看一下汉文本小说。这种小说只使用汉字，按照汉文语法写作。大部分汉文本小说都是作家在创作之初就采用汉文进行写作，也有一些小说由韩文本翻译并转写为汉文本，这种转写的小说被称为"汉文翻译本"。例如，金万重用韩文创作的《谢氏南征记》后来被金春泽（1670~1717）翻译为汉文本，即为汉文翻译本小说。

　　国汉文混用本是韩文和汉字混用标记的小说。这类小说有的最初为韩文本，为了使表意更加准确而将汉字词改为汉字标记，也有的最初即为国汉文混用本。国汉文混用本没有刻本或旧活字本，只有手抄本（在金光淳收藏的手抄本《韩国古典小说全集》前50卷所收录的作品中，只有第28卷收录的《壬辰录》一部作品是国汉文混用本，可见此类小说非常少见）。

　　接下来考察一下同时使用韩文和汉字标记的国汉文并行本。它可以细分为三类，目前已经证实的只有两类。第一类是原文部分采用韩文标记，同时另起一行单独标出与此相对应的汉字；第二类与第一类相反，原文部分采用汉字标记，用韩文并列标记汉字原文的读音。但第二类资料很少，目前尚未发现此类小说资料。第三类是原文部分以韩文标记，对应的汉字标记没有并列标记出来，而在同一行加括号或者无括号加以标记。这种方式与第一类较为相似，但可以减少同时标记汉字带来的编辑上的不便和浪费，其出现时间晚于第一类。通过旧活字本，我们很容易发现国汉文并行本中所有的韩文本都相当于底本，为了明确文章的含义而插入汉字。而《无双春香传》原文使用汉字创作，后使用韩文进行标记。

接下来考察一下汉文悬吐本。如果阅读作品时去掉使用了韩文的部分，就是以汉文记录的汉文本。为了降低汉文本的阅读难度加上助词即为汉文悬吐本。但偶尔也会出现不符合汉文语法按照韩文语法改变句子顺序的情况。

总之从标记形式的角度来看，主要可以分为韩文本（国文本）和汉文本两类。国汉文混用本和国汉文并行本使用汉字都只是为了明确韩文本的含义。而汉文悬吐本则是在汉文本的基础上添加了韩文助词，以明确汉文句子的读法、降低阅读难度，实为汉文本小说。因此，我们只需要考察作者在创作小说之时采用韩文还是汉文进行标记这一问题。采用韩文标记的小说是否需要添加必要的汉字标记，用汉文创作之时是否需要添加韩文助词，这些问题都是后世流通阶段才出现的。

二　古典小说的制作方式：根据印刷手段分类

具体实现以文字媒介为中心开展文学创作的方式即为书面文字记录。根据书面文字记录方式的不同，我们可以把书籍分为以下几类：用木笔、刀笔、毛笔等直接撰写的书籍被称作"抄本"；通过刻板、铸字、木字、陶字、油印、影印等方式出版的书籍被称作"印本"。此外，由于数字文化的发展，如今还出现了新型电子书籍，也就是"电子本"。

就古典小说而言，根据不同的书籍制作方式可以分为直接手抄的"抄本"和采用印刷复制方式制作的"印本"。抄本有多种名称，因其主要运用笔这种书写工具，常被称为"笔抄本"（即手抄本）。

印本中雕刻印版并印刷的方式被称为"板本"或"板刻本"。用活字制成活字版印刷制作的方式被称为"活字本"或"活版本"。古典小说的刻本多为"坊刻本"，活字本多为西方活字印刷术传入后使用铅活字印刷制作的小说。在铅活字出现之前人们使用古活字制作小说书，为了区别于现在使用的活字，称之为"旧活字本"。

笔抄本主要依靠笔抄这一基本方式，除了没有底本的原始手稿本（自笔稿本、手稿本、自稿本）之外，可分为严格按照底本形式模写的版本和以底本内容为主、采取不同外在形式的版本。大部分古典小说的笔抄本属于后者。在抄写过程中，有的抄写人可能是因为身心疲劳而无意中出现失误，也有的抄写人对原文中不符合自己想法的部分进行了修改。由此看来，可以说所有的手抄本都具有唯一性。

以手抄本流传下来的小说种类十分多样，主要是宫中或士大夫家中偏爱的数量庞大的大河小说，以及所谓的两班女性广为阅读的手抄本小说。此外，篇幅较短的小说也在流传的过程中被反复抄写。

流传的过程中出现的笔抄本被称为"转写本"。除了无底本的原始手稿外，其余所有笔抄本都有转写本的性质。这些以笔抄本为底本制作的新的笔抄本即为"转写本"。

刊本与抄本不同，采取了印本的形式，与讲究整齐的抄本相比，刊本对外观的要求更加严格，因此刊行刊本时制作的抄本即登梓本（板下本、板底本）必须是精抄本。但由于登梓本在版刻结束后便会弃用，因此我们只能通过刻板和刻板所印的印本寻找原始的痕迹。

　　韩国的刊本书籍制作历史较为悠久，但以刊本形式出版的小说出现较晚。虽然明宗时期（1546～1567）出现了金时习的《金鳌新话》和中国小说《剪灯新话》句解本刊本，但直到 18 世纪才开始大量刊行小说，其中大部分是坊刻本。坊刻书籍的场所被称为"坊刻所"，兼具现代社会中出版社和印刷厂的职能。

　　坊刻是一种面向市场出版书籍的营利行为，因此具有私刻的性质。与之相对应的是在国家机关进行刊刻的行为，被称作"官刻"，韩国尚未发现官刻的小说。明宗时期刊刻的《剪灯新话》虽然带有一定的官刻色彩，但尚不能称之为"官刻"，还需要严谨的考察。因此，可以说留存至今的坊刻小说是流传至今的通过刻板方式制作印本小说的典型代表。坊刻小说主要是满足占据人口大多数的平民的要求，被称为"刊刻小说"。

　　用活字排版印刷的书籍被称为"活字本"，古典小说的印本主要以"坊刻本"的刻本形式出版，目前尚未发现使用以前的古活字（金属活字、木活字、陶活字等）印刷的小说。印刷小说的活字本出现在 1912 年以后。19 世纪末新的活字印刷术传入后，人们使用铅活字也就是旧活字进行书籍印刷。随着技术进步引进新式印刷术，新出版的旧活字本小说不仅覆盖了之前出版过的坊刻本小说，而且还包括一部分从未出版过的笔抄本小说。但这只是引进新技术的结果，并未完全脱离原先笔抄本小说和坊刻本小说的基本性质。

三　古典小说的流通方式

　　作为消费者，读者主要通过以下几种方式接触小说：向别人借阅、从市场上购买、听别人口述等。读者选择读小说还是听小说取决于自身的文字阅读水平，据此，可以把读者分为阅读类读者和倾听类读者。

　　此外，作为消费者，读者通过阅读或倾听的方式接触小说时有时需要承担一定的费用，有时则不用承担费用。根据是否付费，可以把读者分为在非商业流通阶段参与小说消费的读者和在商业流通阶段参与小说消费的读者。因此，消费者参与小说商品流通阶段可以分为两部分，即非商品阶段的小说流通和商品阶段的小说流通。

四　小说的非商业流通

借览

小说非商业流通的典型方式即为"借览"。"借览"是指出于单纯好奇或学习等个人需求的动机，通过与他人的私人接触，不支付费用而借阅他人持有的小说的行为。根据被借方持有小说的来历，可以分为以下几类：包括作家的手稿、经过多次手抄获得的转写本，还有印刷的刻本和向贳册店支付一定费用后借来的贳册本。

但从借阅方的角度来看，他们没有支付任何费用就借阅到别人的书籍，因此这是小说的一种非商业流通方式。在小说实现商业流通之前，个人收藏的小说主要是手抄本。这些被收藏的小说要么是收藏者本人创作的小说，要么是收藏者出于个人需要从其他收藏者那里借来并手抄的小说。由于这种借阅行为的前提是阅读后归还原主，出于个人需求借阅小说的方式是有限范围内的流通。

如果借阅他人收藏的书籍，出于个人需要抄写了一本，就会相当于出现一本内容一致的小说。当然在抄写过程中不可避免地存在本人有意或无意改变原书内容的情况，因此手抄本不可能与原书完全一致。但通过这种手抄的方式制作的书籍，其目的并不在于获取经济利润，只是单纯的非商业性生产。作为小说的创作主体，作家希望自己创作的小说借阅范围进一步扩大。关于出于个人需要借阅或抄写的具体情况可以参考《中宗实录》的相关记录，蔡寿（1449～1515）所著的《薛公瓚传》引发了诸多争议。

赁写

"赁写"是存在于小说商业性流通之前阶段的一种独特的流通

方式，抄写人收到一定的工钱后，找到委托人需要的小说并代为抄写。由于这种方式是找到读者要求的小说并代为抄写，可以看作一种订货生产的流通方式。赁写的流通方式出现在贳册店之前，在支付一定费用方面与贳册店相似。但与贳册店不同的是，这种做法并非借阅已经抄写好的小说，而是根据自己的需要订阅小说，且阅读后无须返还，可用于个人收藏。

书侩

书侩是指专门负责书籍交易的中介商，他们主要是买卖没落两班的藏书。赵泰亿（1675~1728）的母亲尹氏重新买到丢失的书籍时曾表示，书籍是自己的亲戚从村里人那里买来的。通过这段记录可以推测出，小说书籍的买卖是私下进行的。

五　小说的口头流通

读者对小说的需求多种多样，而通过非商业流通方式获取小说必然存在一定的局限性。因此，读者甚至开始愿意支付一定的费用来借阅或购买小说，以满足自己的多种需求。随着愿意付费阅读小说的读者层出现，中间商认为可以从中获取一定的经济利益，在二者共同的作用下，开始出现小说的商业流通。这种典型的中间商就是贳册店和坊刻主。

此时不具备付费经济条件的读者没有钱从贳册店借书或者购买坊刻小说，因此他们或者参与小说的口头传播，或是通过现有的非商业流通方式获得小说。

在小说的商业流通中，口头流通主要依靠讲谈师、讲唱师和讲读师等专业说书人。

讲谈师也被称为"说囊""说书人""故事包"，是指最常见的"说书人"。"善于讲故事而成为宰相府常客"的吴物音、"描述人情世态极其生动细腻"的金仲真、"根据故事线索添枝加叶润色加工，自由发挥出神入化"的"说囊"金翁，以及朴趾源所著

《闵翁传》中的主人公闵翁等都是职业讲谈师。

讲唱师比讲谈师更专业，是职业艺人，用"唱"的形式讲故事的盘瑟俚民间艺人是典型的讲唱师。盘瑟俚以"唱"和"白"交替的形式进行，虽然中间"白"的部分辅以讲谈，但以"唱"为主，因此可以把盘瑟俚艺人归入讲唱师行列。

讲读师以为听众朗读小说为业。他们虽然手上拿着书，但并不是照着原文朗读。关于讲读师，朴趾源在《热河日记》中有这样一段描写："有坐读水浒传者，众人环坐听之，摆头掀鼻，旁若无人。看其读处，则火烧瓦官寺，而所诵者乃西厢记也。目不知字而口角溜滑，亦如我东巷肆中口诵林将军传。"朝鲜时代的职业说书人"传奇叟"就相当于这种讲读师，他们讲到关键时刻往往故意停下来，等到听众给钱之后再继续讲，通过这种所谓"邀钱法"保证定期收入，代表性人物有依靠胥吏夫妇资助维生的李业福、凭借高超的讲读才能摆脱贫困出入宰相府的李子常等，还有一名讲读人男扮女装出入闺房讲读小说，最终因男女私情败露被张鹏翼杀死。《要路院夜话记》中金谷的金户主主要靠上门给有钱人家讲读小说赚钱，书中还提到了一个书贩子，也是个货郎，给村民读小说，也卖小说书籍，这两个人也都属于讲读师。

六　小说的商业流通：贳册店和坊刻小说

小说的商业流通中，以文献为中心的流通方式可分为两类：一是通过贳册店流通，二是刊行坊刻小说。

贳册店

通过关于贳册店的零散记录和贳册本文末的手抄记，我们可以了解到贳册店的营业方式、活动时期和活动范围。首先，贳册店店主让贫穷的书生在店里工作糊口，被公认为是一种较为清贫的生活方式。这里经营的书籍不仅有长篇小说，还有短篇小说、唱歌集等，而且还有副本。除手抄本之外，这里还有印本。来借书的主要是女性读者，她们回娘家的时候常来这里，用一些固定的物品（如小铜碗、铜海碗等）作抵押，还书时另行支付租书费用。她们有时会卖掉簪子或镯子以支付贳册费，更有甚者举债租书，倾家荡产。

据莫里斯·古恒的《韩国书志》记载，地方并没有贳册店，但据小说家朴钟和回忆，地方也有贳册铺。在都城，女性夏天回娘家避暑时租书生意最为兴隆，地方则是在农闲期生意最好。

汉城地区经营过贳册店的地方包括香木洞、南小洞、闲洞、翰林洞、药岘、青牌、庙洞、土亭、东湖、金湖、楼洞、谏洞、松桥、阿岘、甲洞、大寺洞、鞍岘、社稷洞、龙湖、渼洞、玉洞、乡愁洞、俞湖、坡谷、农书、东门外光信湖、云谷等地。

贳册店里的贳册本外形特征通常如下：用麻布包住封面，上面第二个装订孔上系着线，书上空白处写着一些脏话和涂鸦。为了减少多人阅读后受损，每页书都涂上了白苏油，以防开裂。此外，常沾口水翻页的那几行通常比其他行多缩进几个字，各章正面上方以汉字标记章节序数。而且由于一部作品分为多卷，常在后一卷开头重复前一卷结尾内容。

坊刻小说

所谓的坊刻小说指"不追求使用价值，而是为了实现交换价值即商品化市场交易"而出版的小说。相反，以官刻、私刻和寺庙刻等便捷的非商业化流通方式刻印并刊行的刻本由于并不以市场交易为前提，都不属于商业性流通。坊刻小说并非按顾客订购进行生产，它是以市场为导向的商业出版物，可以说坊刻小说真正展示了近代社会文化流通的面貌。当然，刻板雕刻技术和新引进的铅活字排版技术之间仅仅是印刷技术有所不同，但都以市场交易为前提，这一点别无二致。也就是说，活字本只是印刷技术的变化，并不是完全不同于坊刻的新型流通方式。当然，不可否认这种技术的发展给小说的生产和流通带来了巨大的变化。

现有资料显示，早期刊行的坊刻小说有 1780 年的《林庆业传》（岁庚子孟冬京畿开板）、1847 年刊行的《全云致传》（丁未

第十章　韩国古典小说的标记形式和流通方式

仲春由谷新刊）和 1848 年刊行的《三说记》（戊申十一月日由洞新刊）等。在此之前，还有 1725 年刊行的汉文本《九云梦》（崇祯后再度乙巳锦城午门新刊）和 1803 年刊行的汉文本《九云梦》（崇祯后三度癸亥）。目前，对于乙巳本（1725 年刊行本）《九云梦》究竟是私刻还是坊刻尚存疑问，但此前已经出现中国小说板刻本，因此也有可能是坊刻本。

我们可以通过最早出版的韩文本坊刻小说《林庆业传》推测出小说坊刻出现时的社会氛围。《林庆业传》文末有这样一段记录："将《林庆业传》译为谚文旨在使人了解朝鲜忠臣之故事，使万民觉醒并效仿之。"虽然这种说法是小说结尾司空见惯的套话，但通过这种故意开脱的说法仍然可以窥见当时认为小说不应该公开刊行的社会认识。

从上面这段记录中可以看出，借口将"传"这种具有说教性质的汉文学体裁翻译成韩文，小说才得以公开刊行。小说这一新的文学体裁最早出现时，"只有依附现有体裁，这种可能因为'身份不明'而遭到排斥的新文学体裁才得以诞生"。同样，小说正式刊行也是打着对现有文学体裁进行翻译和出版的旗号，方才得以摆脱"身份不明"的顾虑。

如果说以坊刻本形式刊行的书籍是顺应大部分平民的要求才出现的，那么可以说坊刻本小说也是顺应底层民众需求的产物。坊刻小说的出现意味着仅凭手抄本小说的流通方式已经无法满足广大读者的需求。善于钻营的商人阶层之前通过各种形式不断积累商业资本，成为坊刻业者。

他们关注的是广为读者所知的畅销作品，找到这些高知名度的作品后，坊刻业者在手抄本原文的基础上进行适度的删减和缩略，以印在有限的刻板上；也会根据情况对部分内容进行补充，调整刻板的数量。我们可以从删减和缩略这一做法上看出制作坊刻本小说的目的。为了便于出版，有时会从整体故事中删除特定事件，但最常用的方法是删除具体描写和说明，只根据故事主线对其余部分进行概括。因此，并不是所有小说都能制作成坊刻本，只有那些故事情节简明扼要，并且能吸引读者兴趣的作品才会成为坊刻的对象。

坊刻本是印本的一种，较之于一般的手抄本，坊刻本小说对外观的精美程度要求更为严格，因此作为初刊本刊行的坊刻登梓本必须参照精写的手抄本。但随着反复改版，这种精美的外观会慢慢消失，内容也会出现大幅缩略或改动。出现这一现象的原因在于坊刻小说最终无法摆脱市场交易的基本属性，而这也是坊刻小说的重要特征。

虽然坊刻本存在这种缩略和遗漏，但与手抄本相比，坊刻本使得多人共享相同的文本，有利于文本固定成型。但内容固定并非只有积极的一面，这会抑制文学作品的多样性，迫使作品千篇一律，因此也存在消极的一面。

此外，坊刻小说可视情况部分使用土板，但最普遍的还是木板。

1780 年《林庆业传》刊行以后，19 世纪中叶坊刻小说刊行非常流行，当时主要经营地区是汉城和全州等地，随后安城也出现了一些坊刻所。为了进行坊刻，需要及时供应坊刻所需材料，特别要保证纸张充足，当然还要有刻手和印刷匠等从事坊刻工作的专家，但最重要的是须具备一定规模的市场。

刊行京板坊刻小说的坊刻所分布在京畿、南谷、铜岘、武桥、美洞、石桥、宋洞、冶洞、渔青桥、由谷、由洞（油洞）、由泉、紫岩、布洞、蛤洞、红树洞、华山、华泉、孝桥、安城的东门里等地。1909 年出版法实施后，新旧书林、翰南书林、纸物书铺、汇东书馆、北村书铺、朴星七书店、太华书馆等可以制作坊刻小说。此外，印刷坊刻小说的还有朴元植书店和新安书林等书店。

目前已证实的京板坊刻小说有五十几种，此处只列出小说题目：《姜太公传》、《郭汾阳传》、《九云梦》、《金铃铛传》、《锦香亭记》、《金园传》、《金红传》、《南征八难记》、《唐太宗传》、《桃园结义录》、《白鹤扇传》、《谢氏南征记》、《三国志》、《三说记》（包括《禽兽传》和《兔生传》）、《西游记》、《薛仁贵传》、《苏大成传》、《水浒志》、《淑英娘子传》、《淑香传》、《辛未录》、《沈清传》、《双珠奇缘》、《梁山伯传》、《杨丰传》（《杨丰云传》）、《玉珠好缘》、《龙门传》、《尉迟敬德传》、《月峰记》、《越王传》、

第十章　韩国古典小说的标记形式和流通方式

《李海龙传》、《林将军传》、《壬辰录》、《张景传》、《张伯传》、《张子房传》、《张风云传》、《张韩节孝记》、《蔷花红莲传》、《狄成义传》、《田禹治传》、《郑秀贞传》、《诸马武传》、《赵雄传》、《陈大方传》、《惩世否泰录》、《春香传》、《玄寿文传》、《洪吉童传》、《黄云传》、《兴夫传》。

这些坊刻小说出版初期每卷约为 30 章，之后单卷书收录的章数不断减少，最后缩减到每卷 15～16 章。这一变化不仅是各坊刻所竞争的结果，也是坊刻主适应经济条件变化所导致的。不同于京板坊刻小说，完板坊刻小说不仅没有出现大幅缩减，章节数量反而有所增加。这是因为以汉城为中心的经济活动区域所使用货币的价值和以全州为中心的经济活动区域所使用货币的价值存在差异。以全州为中心的经济活动区域主要使用铜钱作为通货；而在汉城，新发行的不良货币取代了铜钱，不良货币的流通造成了严重的经济波动，最终使得京板和完板坊刻小说在后世呈现差异。

主要刊行完板的坊刻所有完西溪、完山、龟洞、完龟洞、完南龟百里、完西、完南、丰沛、完山梁册房等地。出版法施行后，有西溪书铺、多佳书铺、昌南书馆、七书房、完兴社书铺、梁册房等地。目前被证实的坊刻小说共 19 种。

这些坊刻小说不仅在定期市场上出售，而且得益于货郎的活动，这些小说可以通过定期和不定期的市场流向读者。

为了刊行坊刻小说，坊刻业者必须积极参与“寻找小说原稿、雕刻刻板、买纸印刷、出版销售”这一系列活动。我们无法准确得知这一系列活动究竟需要多少资本。据说 20 世纪初制作一卷木板书需要 400 多韩元。当时刻板每卷可以制作 16～17 章，每制作一章的刻板需要花费 20 韩元。除了制作刻板之外，还需支付寻找小说原稿、买纸印刷的费用，考虑到这些因素，出版一卷坊刻小说需要耗费 400 余韩元，当时每卷 20 多章的时期已经一去不复返了。

在此基础上进行计算，每卷 15 分的木板本小说最少应销售 2700 部才能收回生产成本。此外，为了确保一定的利润，销售量需高于这一水平才能继续营业。按当时的物价水平，一袋米约 4 韩元，而出版一部小说需耗费约 400 韩元的资产，因此这一行业初期的资本投入不菲。虽说坊刻业规模较小，但即便仅仅出版一两卷书，其规模也比我们估计得更大，可见当时坊刻生意规模很大。

这些坊刻小说"最初采用宫体白纸版木板，随着洋纸白鹭纸的出现，白纸版被洋纸版取代。古典小说的洋纸版木板单卷售价为 3~4 分，在京乡间非常畅销"。最初坊刻小说的刊行使用低劣的韩纸，洋纸出现后，取代了韩纸用于印刷，使得小说书籍的价格大幅下降。

《奎章全韵》版权页注明："书价随白纸价格的变化而波动，故未标定价。"翰南书林版权页上也并未标明书目价格，由此可见，白纸版木板的书籍价格主要取决于纸张价格。考虑到这些因素，坊刻业者可能同时经营纸铺和坊刻所。使用价格低廉的洋纸降低了书籍价格，促进了小说的进一步流通。

坊刻小说的出现也是一种市民文化急剧发展的文化现象。书籍本是一部分阶级的专有品，而坊刻本的出现促进书籍走向大众化。虽然坊刻以商业目的为导向，有些粗制滥造，但坊刻小说较为自由地为人们提供更廉价的书籍和文化商品，因而它的出现在文学史上有着重要的意义。

小说生产和流通经济条件的变化对小说的流通方式也产生了一定的影响，因而出现了贳册店逐渐衰退、坊刻小说单卷章数减少的情况。为了适应经济环境的变化，坊刻业者首先停止了对坊刻新作品的必要投资，之后通过修改或缩略现有刻板、降低生产单价的方式克服经济困难。坊刻业者通过修改自己的刻板，调整今后小说书籍的生产成本，以迅速应对环境变化。

贳册店的情况则不同，贳册店可以采用的最简单的方法是提高借阅费，但这一方法只有在有限的读者购买力提高的情况下才会奏效。实际上读者的绝对购买力变弱了，借阅费的提高导致租赁回收率降低，最后使得贳册店无法保障必要的收入。贳册店还可以采取另一种方法，不提高借阅费，改变所藏图书的分卷借阅制度。但实行这一方法必须包含收藏的所有贳册图书，所以并不现实。因此最终贳册店不得不采用提高借阅费的办法。

第十章　韩国古典小说的标记形式和流通方式

经济条件的变化使得借阅费提高，最终导致贳册店经营情况恶化，且坊刻小说减少单卷章数后单位时间产量提高，使得原本处境艰难的贳册店经营雪上加霜。而且喜爱阅读贳册店书籍的读者相较于短篇事件更喜欢长篇行文，因此读者非但不会增加，甚至难以维持现状。对于贳册店的衰落，莫里斯·古恒在《韩国书志》写道："韩国人告诉我，以前在京城有很多这样的生意，但现在已经很少见了。"

贳册店的衰落促使对小说行文更感兴趣的读者开始寻找可以取代贳册本的新的小说形态，此时人们发现了盘瑟俚。盘瑟俚是典型的讲唱文学，19世纪中叶过后，盘瑟俚呈现出不同于刚出现时的新面貌，随着辞说的雕琢和补充，语言表达方式更加丰富，吸引了很多脱离贳册店的读者。贳册店的衰落是导致坊刻小说这种短篇成为小说主流的决定性因素。

从小说的商业流通方面来看，贳册店和坊刻业者存在共同点，但从小说的流通方向来看，二者有着明显的差异。贳册店的小说流通是双向的，包含小说的借览和返还；而坊刻小说的流通是单向的，只是从生产者坊刻业主到读者。从这一点上看，贳册店的衰落意味着坊刻小说作为一种单向销售的商品，超越了生产者和读者之间交换小说的形式，提升了自身的地位。但它同时也带来了消极影响，使得作为文化产品的小说成为一种用于交易的商品。

1909年起开始实施的出版法给勉强维持生计的坊刻小说带来了致命打击。此前人们可以较为自由地印刷坊刻小说，而出版法规定只有获得"朝鲜总督府警务总监部认可"或"许可"的出版社才能添加版权页，注明发行人和印刷人的姓名和住址信息，才能出版书籍。因此，穷困的坊刻业者，特别是无力添加版权页的坊刻主不得不停止使用自己的刻板，或者把刻板低价转让给那些获得"认可"或"许可"的坊刻业者。此外，出版法的实施断绝了坊刻本读者期待的新作品出现的可能性。

旧活字本

使用铅活字进行活字印刷的新型印刷方式加剧了坊刻小说的衰

退。用现成的活字排版并快速印刷，用价格相对较低的洋纸取代昂贵的韩纸，这些因素都使得旧活字本的出版量急剧增加。活字印刷术的使用使得坊刻难以制作的长篇小说得以出版，提高了书籍的单位时间产量，书籍数量急剧增加满足了急剧增长的读者的需求。

但活字印刷的小说也在经济条件变化的影响下努力缩短整体篇幅，最初刊行时采用汉字并记方式，保留隔写空格，后来去除了汉字并记，最后竟然完全无视隔写空格了。这使得出版社能用更低的价钱印刷更多的小说，并销售给更多的读者。通过这种方式，中介者参与小说的流通，并获得较高的利润。因此，活字本的普及不仅给读者带来了比坊刻本更低廉的小说，还能充分满足读者的需求。虽然它存在许多缺陷，但它为扩大读者层做出了巨大贡献。

（李昶宪）

参考文献

김동욱, 「판본고－한글소설 방각본의 성립에 대하여」, 『증보춘향전연구』, 연세대출판부, 1976.
류탁일, 『완판방각소설의 문헌학적 연구』, 학문사, 1981.
류탁일, 『한국문헌학연구』, 재판, 아세아문화사, 1990.
김종철, 「장편소설의 독자층과 그 성격」, 『고소설의 저작과 전파』, 아세아문화사, 1994.
이주영, 『구활자본 고전소설 연구』, 월인, 1998.
권순긍, 『활자본 고소설의 편폭과 지향』, 보고사, 2000.
이창헌, 『경판방각소설 판본 연구』, 태학사, 2000.
세책고소설연구회 편, 『세책고소설연구』, 혜안, 2003.
천정환, 『근대의 책읽기』, 푸른역사, 2003.
이창헌, 『경판방각소설 춘향전과 필사본 남원고사의 독자층에 대한 연구』, 보고사, 2004.

第十一章　韩国古典小说与相邻体裁的关系

一　小说的本质和相邻体裁的重要性

各种文学体裁"不是逻辑上的类别关系，而是历史上的亲属关系"，这句话表明很难从演绎层面来解释体裁间的关系。我们可以依据经验来判断和描述体裁，却难以通过定义和演绎来解释。

但是换个角度，我们可以考察文学体裁的演变与相互影响。因为这些难以确定"体系"和"类别"、体裁界限模糊或者具有多种体裁特征的个别作品恰恰反映了文学史的活力。尤其是在文学史发生重大变化时，各种体裁相互碰撞、相互影响，甚至孕育出新的体裁。此时，各种体裁之间的相互影响不应当被看作"混乱"，而应当视作"正在形成另一种秩序"。

小说处于新体裁诞生和相互影响的最核心位置。以小说为中心，能最清楚地观察到文学史上各种体裁间活跃的互动。小说与其他体裁相比具有明显的混合性、不确定性、未完结性，这是小说的特点，也是小说的优点。小说受到其他体裁的多种影响，同时其他体裁也吸收了小说的特点，小说和其他体裁相互影响。

本章将以此为重点，探讨古典小说和相邻体裁（neighboring genre）的相互影响情况。此处的"相邻体裁"不是"抒情、叙事、戏剧"等"理论体裁"，而是文学史上独立存在的"历史体裁"。其中与小说相关的体裁有说话、野谈、假传、传、梦游录、盘瑟俚、叙事巫歌、时调、歌辞、汉诗、民谣等，这几乎囊括了韩国文学史上的所有主要体裁。

这些体裁时而属于小说史范畴，时而被排除在外，使得小说领域更加混乱或者更加丰富。倘若算上目前不纳入文学范围的书信、祭文、上疏文等，小说史就不仅是小说的历史，还是与非文学性应用文等多种体裁相互交融的历史，即"和相邻体裁的交融史"。如果足够重视这一点，那么小说与相邻体裁的关系就不是小说史外部的问题，而是内部问题。

小说兴盛于朝鲜时代后期，因此本文将主要讨论小说与朝鲜王朝后期主要相邻体裁的关系。17世纪是韩国小说的重要转折期，17世纪前，与"笔记""稗说"有着千丝万缕联系的"传奇"是小说史的主流。17世纪后出现了较多体裁分支，小说与相邻体裁开始了全面的相互影响。

二 古典小说与散文体裁：说话、野谈、传

说话、野谈、传和小说十分相似，和小说一样具有叙事性，有时很难区分。这些体裁同属散文，各体裁之间互不包含，而是相互影响。

此外，类似的散文体裁还有假传和梦游录。假传在后来出现了"心性假传"《天君衍义》等，被划入小说史范畴，而梦游录虽然和"传奇"及《云英传》等有关，值得关注，但这两类体裁和小说的相互影响较少，此处不进行讨论。

古典小说与说话

说话和小说一样具有叙事性，是历史上最受关注的小说相邻体裁。西方主要小说理论家倾向于将小说与"叙事诗"做对比，从逻辑上来解释小说；而韩国则更加关注"说话"，认为它是从起源到不同发展阶段都与小说密切相关的一个代表性体裁。

第十一章　韩国古典小说与相邻体裁的关系

　　小说和说话的各种关系中最先受到瞩目的是"说话的小说化"这一发生论或进化论过程。在分析"说话的小说化"过程时最先受到关注的是母题、插话、素材等的相似性，因此早期的研究主要是寻找个别小说作品的"根源（发生）说话"，对比两者的关系。例如，将《春香传》和"烈女说话""暗行御史说话""申冤说话"等联系起来，说明其中的渊源；将《兔子传》和印度、中国的佛教说话，以及《三国史记》中的《龟兔之说》联系起来分析。有观点认为除去《兔子传》等特例，大部分小说都是由几个说话组成的。但是这样很容易得出小说是由说话累积而成的这一结论，可能走上"说话还原论"的歧途。

　　与此略有区别的是，有些说话在一定程度上已经具备了小说的性质，几乎独立地发展为小说。例如，佛典当中的韩文说话进入小说史之后，成了佛教韩文小说。朝鲜初期的《释谱详节》等经典中的《安乐国太子传》《善友太子传》《金牛太子传》等虽然本身无法被称为小说，但17世纪后为满足读者需求出现了《安乐国传》《狄诚义传》《金牛传》等小说。

　　说话和小说的其他关系也值得关注，其中尤为重要的是两种体裁的叙事结构十分相似。很多说话和小说都是"传奇类型"，例如，《洪吉童传》和其后的英雄小说都采用了从神话到英雄叙事诗发展而来的"英雄一生"的生平传记式结构。这一共同点不仅证明了韩国文学史从说话到小说叙事方式的内在延续性，还为小说作品的分析研究提供了有力工具。

　　对说话和小说关系的研究自然也就随之转变成了小说的形成问题和小说的体裁本质（与说话相比）问题，小说的体裁论相关研究也因而变得十分活跃。无论是认为韩国小说史始于罗末丽初的《崔致远》等"传奇"，还是始于金时习的《金鳌新话》，都需要解释这些小说和当时的"说话"在体裁上有何不同。其中赵东一的观点最具说服力，他的核心论点为"小说中的自我和世界基于各自的优势，展开了小说式的对决，这与说话相区别，因此《金鳌新话》是最早的小说"。

根据赵东一的观点，《崔致远》等"传奇"虽然具有小说的基本特点，但是只有文体发生了变化。但是问题在于，传奇和说话的单纯记录出入很大。事实上，说话也同小说一样内部层次繁杂，有的是单纯的说话，也有的类似小说，因此也有人将其视作小说，所以也就有很多人认为罗末丽初的传奇是小说。

如上所述，说话和小说并非单纯的相邻体裁，两者拥有"广阔的中间地带"。说话时而被归为小说，时而被排除在外，既丰富了小说史，也使人不断地向小说的体裁性质提出质疑。

古典小说与野谈

如今叙事文学以小说为代表，而在近代以前，许多叙事体裁却都与"说话"范畴紧密联系在一起。在这些众多的叙事体裁中，我们一般会想到的说话既包括在实际口述现场用韩语传承的"口碑说话"，也包括用韩文书面记载的"文献说话"或"野谈"。野谈不同于单纯的口碑说话，渗透了记述人的思想意识，具有相对的独立性，这些作品单独汇集成《东野汇辑》等野谈集。野谈集中囊括了传说、民谭、笑话、逸话、野史、"野谈小说"等，体裁众多。除了"野谈小说"外，其他都可以纳入说话范畴。

"野谈小说"自不必说，很多属于说话范畴之内的体裁，内容多为事实，且较为具体，有许多作品已经超越了单纯的说话的性质。于是一些学者将这些具有典型叙事特征的作品定义为"汉文短篇"，不同于西方的近代短篇小说，强调的是其篇幅短小、反映朝鲜社会风俗的特点。

汉文短篇与盘瑟俚系小说被认为是反映朝鲜王朝后期社会现实的两大体裁。尤其是《青丘野谈》中的《结芳缘二八娘子》等作品，通过细腻的手法描写了与朝鲜王朝后期社会变革相关的人物及人物间的矛盾关系，堪称文学佳品。

由此可见野谈本身已经包括小说或者小说特征明显的个别作品，叙事特征较弱的部分野谈也显现了与小说的关联，但是并没有表现出"说话的小说化"这一大的发展趋势。也就是说，和口碑

说话相比，野谈作为"文献叙事"更具有向心力，其中还包括
"野谈小说"，构建了相对独立的领域。但是在小说成为文学史中
心的过程中，野谈和汉文短篇的地位也得到了提升，因此小说史的
影响是不可磨灭的。

古典小说与传

传的历史比野谈更悠久。中国司马迁《史记》中的列传开创
了传的典范，在韩国文学界有很高的地位，以至于过去的文人作品
集当中收录了很多的传（小说则无法收录其中，反映了中世纪文
学范围和体系的《东文选》也是如此）。由此可见传的历史比小说
悠久，地位也更高，放在小说的相邻体裁范畴似乎较为另类。但是
相反，传与小说却有着非常紧密的联系，大大丰富了文学史。

首先需要注意的是，许多小说都在标题中加了"传"字，比
如《洪吉童传》，这可以理解为小说想利用"传"所具有的地位。
但是同时也应该注意到，正是因为这两种体裁相似，才有可能采用
这种方法。所谓相似是指这类小说大部分都像传一样，记述了某个
人的生平。例如，《洪吉童传》记述了洪吉童从出生起的英雄事迹
到最后死亡的全过程，叙事结构和传十分相似。虽然这部小说记述
的"英雄的一生"受到了传的直接影响，但更重要的是，如上所
述，这是说话向小说过渡出现的结果，这部小说只是在标题上加了
一个"传"字而已。

另外，朝鲜王朝后期的"传"中出现了具有小说性质的有特色
的作品，传与小说的关系出现了新变化。从朝鲜王朝后期开始，
"传"逐步失去其内在活力，变得死板僵硬，而与此同时出现了具有
小说性质的传，为传带来新变化，并进一步出现了可以称为"小说"
的作品，丰富了小说史。传出现了一系列变化，如立传人物多样化、
对说话的接受、出现虚构和想象、人物个性增强，形式和文体发生
变化等，这既是因为传内在的潜力被挖掘出来，从文学史的角度来
说，也是因为受到小说的影响和带动。由此出现了"传系小说"这
样一种脱离"传"的传统，被界定为"小说"的体裁，主要作品有

许筠的《南宫先生传》和朴趾源的《两班传》等。

三　古典小说与诗歌体裁：时调和歌辞

诗歌与散文不同，两者体裁性质和篇幅差异很大，相互影响，引起体裁变化，同时也产生了诗歌插入小说之中的小说与诗歌的特殊关系。因此，比起从与诗歌的关系探讨小说与相邻体裁的界限，更重要的是分析这些混合的形态。

同散文一样，诗歌中的民谣和汉诗（严格而言并非诗歌）也值得关注，但是除了盘瑟俚系小说等特殊情况，它们与小说的体裁间的交织不如时调和歌辞明显，因此本文不做讨论。

古典小说与时调

关于小说和时调的相互影响，我们很容易就得出"时调的素材来源于小说，时调接受了小说的谈话方式"，"小说中加入时调"的结论。在第一种情况下，辞说时调值得关注，因为许多辞说时调作品都使用了小说中的素材。此外，辞说时调中的小说（叙事）性因素也可能是受到了小说的影响。时调以小说中的内容为素材，使得时调的素材范围大大扩大，同时采用小说（叙事）性因素使得时调的谈话方式出现变化。

在两类体裁的相互影响中，辞说时调因为和盘瑟俚辞说相似而最先成为研究对象，这是一种必然的结果。最近的研究结果显示，以小说内容或小说人物为素材创作的时调首次出现在 18 世纪的《珍本青丘永言》（1728）中，直到 20 世纪初共有 70 ~ 100 首。当然，这些素材的来源相当有限，只有《三国演义》《淑香传》《九云梦》《天君衍义》《沈清传》《西游记》等，而且主要集中在《三国演义》中。同时研究表明，不仅辞说时调如此，平时调中也采用了许多小说中的内容。

与"时调对小说素材的接受"不同，在"时调对小说谈话方式的接受"方面，谈话方式的变化是关注重点。原本注重抒情性陈述方式的时调吸收了其他话语，具有了双重视角，不再是单一的语言，体现了多种多样的语言意识，这正是小说带来的影响。

时调采用小说的因素自然是时调作者阅读小说的结果，然而实际上，时调从很早开始就将现实或历史中的场景用作素材，进入18世纪后，时调中虚构成分的比例几乎接近事实的比重，这正是小说体裁影响相邻体裁时调的写照。反之，从时调角度来看，继与汉诗和民谣互动之后，时调开始尝试与小说互动。时调似乎抛开了以往的"高雅体裁"姿态，开始与"流行体裁"互动。而《三国演义》作为时调素材的主要来源，与其"类似历史谈论"的性质不无相关。

如上所述，如果说"时调以小说为素材与采用小说的谈话方式"是"时调吸收小说"，那么"小说吸收时调"就是指小说中加入时调。例如，《李进士传》（汇东书馆）中有三首时调，《赵雄传》中有两首，《金山寺梦游录》汉文版异本《金山寺记》中有四首韩文与汉文混用体辞说时调。

小说中加入时调可以说与汉文小说中加入汉诗这一悠久的叙事传统一脉相承。汉文小说在叙事过程中加入汉诗使得抒情性更浓，叙述更为立体，人物在诗歌方面的才能和内在思想凸显。然而，韩文小说中加入时调与其说是为了体现文人才子的风流，倒不如说是酒桌边的妓女为了助兴而有意为之的真实写照，反映了当时在游乐时吟咏时调的社会风貌。

在小说中加入时调的现象并不常见。三行诗歌、辞说时调、歌辞和杂歌虽然难以被明确地界定为时调，但是与时调相似，有时以一种模糊的混合状态出现在小说中。虽然有必要从更广义的角度来分析小说中加入时调的现象，但是这种体裁互动的现象仍然太少。

小说中的时调之所以无法展现其纯粹面貌，是因为在与其他诗歌的竞争中败下阵来。时调的竞争对手包括歌辞、民谣、汉诗、杂歌等，其中最强劲的对手是吟唱歌辞和杂歌。虽然具体年代不详，但是在较晚时期出现的小说中含有大量的歌辞和杂歌类诗歌，后期的改编小说中汉诗、歌辞、杂歌的数量则更加庞大。歌辞长短自由，与散文有着密切关联，因此在竞争中相当有利。而杂歌常因为在游乐时可以与歌辞、民谣、时调、盘瑟俚等多种体裁混合吟唱，也处于有利地位。

古典小说与歌辞

小说和歌辞的相互影响比小说和时调的相互影响形式更加多样，比重也更大，因为歌辞既是一种"体裁"，也是一种"文体"，所以这种相互影响体现在"体裁"和"文体"两方面。首先简单考察一下小说与歌辞在"文体"上的相互影响方式，之后再讨论"体裁"。

在谈及古典小说的特征时曾经一度提到过"韵文体"（律文体），但是最近几乎没有人认为古典小说是韵文体了。即便如此，一些小说当中的确使用了"律文体"，实际上这里的"律文体"就是"歌辞体"，这个问题也就成了小说与歌辞体裁的关系问题。

"歌辞体"主要出现在盘瑟俚系小说中，例如，申在孝版本的《春香歌》几乎全文都可整理为歌辞体。但是除去与表演相关的盘瑟俚系小说，全部用歌辞体写成的小说并不多见，只有《九云梦》的部分异本与《赵生员传》的手抄本。这些作品在一定程度上突破了歌辞体机械的韵律限制，完美地呈现了小说内容，并且还部分运用了盘瑟俚文体，摆脱了枯燥与单调。散文式长篇歌辞《日东壮游歌》已经出现，歌辞体小说也因此得以出现。

反之，许多小说都多多少少使用了歌辞体，其中的典型例子是《刘忠烈传》和《三说记》。《刘忠烈传》中可确定为歌辞体的场景就达到30处，此外还有许多近似于歌辞体韵文的内容。虽然韩文的语言特征十分有利于歌辞体韵文，但是在文言体小说中出现如此多的韵文仍是少见的，由此可以判断这是作者有意为之。

歌辞体韵文出现的场景多种多样，无论是借小说人物之口还是叙述人的语言。叙述人的语言中有较多简练的叙述或景色描写，有时在描写人物的悲壮处境时也会使用歌辞体，尤其是在描述主人公家庭离别时会用痛苦、绝望和悲壮的语调来描述。并且在描述此类场景时，叙述人还会站在小说人物的角度来选用语言，表现出与其

第十一章　韩国古典小说与相邻体裁的关系

他书面小说不同的叙述方式。

　　如果从作品之外的角度来分析歌辞体韵文的运用，可知韵文的韵律使得作品朗朗上口。虽然朗读并非要以韵文体为前提，但是朗读时韵文显然更有利。虽然无法像盘瑟俚一样进行表演，但只是朗读这种散文、韵文交织的作品，也能为人们带来仅次于观赏盘瑟俚说辞和唱交替的乐趣。

　　作为"体裁"而非"文体"的歌辞和小说的关系大体可以分为两种：一种是"在小说中插入歌辞"，另一种是"歌辞的小说化倾向"。

　　小说中的"歌辞"主要以"诗歌"体裁的形式出现，此外还有"路程记"和"信件"等特殊形式，由此可见歌辞的使用相当广泛。当歌辞以诗歌形式出现时，如《张景传》《权益重传》《张翼星传》《郑斗卿传》等，"诗歌"主要出现在"离别"或"感怀身世"的场景中。初期汉文小说中汉诗主要出现在相遇或离别场景中，相比之下韩文小说中的"感怀身世"十分引人注目，而正是这一场景展现了歌辞的优势。

　　韩文小说中歌辞的运用既继承了以往"插入诗歌"的传统，也表现出了不同之处。虽然歌辞和汉诗都可以表达人物的内心或情感，但歌辞并不能像汉诗一样表现人物的才能和文艺性情，反而更适合用于表现人物不尽的慨叹和倾吐。同时，与汉诗相比，歌辞与上下文的融合更为完美，有时甚至难以辨别作者是否使用了歌辞。另外，同汉诗相比，歌辞出现的地方也可以使用其他诗歌类别中的惯用表达，因此如果歌辞较短，还可以与民谣、杂歌、歌唱歌辞等一起混合使用。

　　但是这些加入的歌辞并不像盘瑟俚中加入的歌谣那般多样，能在好几种盘瑟俚之间游走，大部分小说在创作时会将熟悉的歌辞根据上下文改编后加入小说中，似乎只有《相思别曲》类的歌辞是直接运用的流行歌辞，因此难以被称为独立的歌辞作品。

　　20世纪前后创作的《彩凤感别曲》和《青年悔心曲》中加入了长篇歌辞，这大大改变了此前插入歌辞的传统。特定的歌辞作品一旦变得有名，就会出现将其纳入小说的现象。这种现象是歌辞本身商业化和广泛传播的结果（与此相似的还有《芙蓉相思曲》，但是从加入诗歌的角度来看，二者性质有所不同。《彩凤感别曲》中的《秋风感别曲》和《青年悔心曲》中的《万言词》共同之处在于本身内容较为具体，可以以此为主创作小说。反之，《芙蓉相思曲》中的《相思别曲》则没有具体内容，除《相思别曲》外还混合了许多汉诗）。

《彩凤感别曲》和《青年悔心曲》加入长篇歌辞，即小说中加入诗歌，情况特殊，十分有趣。这两部作品都是广为流传的爱情小说，小说中的男女在第一次相遇时互赠汉诗，但是在离别时没有选择汉诗，而是用歌辞吟唱了离别之痛。相遇时选择汉诗本是汉文小说的传统，而韩文小说也继承了这一传统。

但是同时也需要注意加入汉诗和歌辞的区别。大部分的相遇都是强烈意识到对方的瞬间感受，此时用抒情性较强的媒介来传递各自的感情最为有效。反之，离别之痛和流放之苦则是悠长的、散文式的，此时采用具有叙述性的歌辞最为合适。小说在加入歌辞时都利用了歌辞的体裁特点。

《彩凤感别曲》和《青年悔心曲》是歌辞借用小说的外壳而成为小说的情况。即便不借用小说外壳，歌辞本身也可以通过增强叙事性而成为小说，其中的典型有《怪童传》《申哥传》《老处女歌》等。《怪童传》来源于歌辞《福善祸淫歌》，其标题和标记方法、开头和结尾都采用小说形式，同时打破了部分歌辞体韵文的形式，另外还打破了第一人称人物或话者的叙述方式，而是采用了第三人称来叙述。《申哥传》中的叙述人一直贯通全篇，比《恶妇人传》更加接近小说。《申哥传》叙述并不是以翰林家一人的语言为主、叙述人只能偶尔介入，而是所有人物的语言都是独立的，叙述人照顾到这些人物的语言特色，这一点值得注意。因为强调叙述人是"叙述方式"的重要特征。《老处女歌》的标题虽然是"歌"，但是开头和结尾都使用第三人称叙述，具有小说特征，叙事结构也与小说相近，尤其是采用虚构的人物，小说特征更为明显。

随着部分歌辞在许多方面渐渐与小说接近，最终出现了可以称为"小说"的作品，比如《曲独角氏传》和《金夫人烈行录》。
这些作品已经完全采用第三人称叙述，将登场人物从采用第一人称
独白的叙述中完全解放出来，这些人物形象也因此更加生动，通过
人物的多重关系也增强了叙事的紧张感，也就是说，歌辞从叙事结
构方面也已经完全成了小说，可以被称为"歌辞小说"。这些作品
虽然不是从歌辞变为小说，但是它们来源于歌辞体裁，最终形成了
小说，由此可以称为"歌辞的小说化"。

最终，近似于小说或者已经转变为小说的歌辞作品初步满足了
歌辞的受众对小说的需求。在此之前，以乡村女性为主人公、反映
社会现实的韩文小说并不多见，歌辞小说的出现体现了人们对此类
现实素材小说的需求。例如，歌辞小说中出现了"烹德妈妈"之
类"狡诈妇人类型"的人物和慨叹嫁不出去的《老处女歌》中的
"老处女类型"人物，这些人物既反映了当时的社会现状，也反映
了对当时恶行盛行、人民疾苦的世态关切。

四　古典小说与盘瑟俚

盘瑟俚是一种超越了散文和诗歌差异的十分独特的体裁，它与
小说的近似程度并不亚于任何一种体裁，因此单独进行探讨。叙事
巫歌与盘瑟俚紧密相关，也有必要一起讨论。古典小说与叙事巫歌
的关系大体上以盘瑟俚为媒介，后文将进行简单论述。

古典小说和盘瑟俚的关系比任何体裁都更为独特，小说可以说
是全盘吸收了盘瑟俚作品，盘瑟俚的小说化是指盘瑟俚这一演出体
裁的辞说几乎完全转化为小说，成熟的盘瑟俚几乎和小说没有
区别。

这种作品一般被称为"盘瑟俚系小说"，"说话→盘瑟俚→
（盘瑟俚系）小说"公式和上文的"说话的小说化"都是韩文
小说史的核心公式。因此，学界也十分关注盘瑟俚和盘瑟俚系
小说的关系，目前的盘瑟俚除了《卞强铁歌》等少数作品外，
大部分都有对应的盘瑟俚系小说。只有《赤壁歌》是对《三国

演义》部分内容进行了改编，其他大部分盘瑟俚都是在汇集说话的基础上形成的，之后再固定成小说文本（《沈清传》是在与盘瑟俚文体无关的文章体小说"京板24张本"的基础上形成的。虽然小说和盘瑟俚形成的先后顺序存在争议，但是异本的存在并不能改变盘瑟俚这一独立的体裁在形成后影响小说史的历史潮流）。

但并非所有盘瑟俚都发展为盘瑟俚系小说。《卞强铁歌》虽然实际上和小说文本没有差异，但没有作为小说传播。由于这部作品并非"12部盘瑟俚"，而是郡属盘瑟俚，很多类似作品还没来得及成为小说便失传了。此外，《玉丹春传》《蟾蜍传》等作品虽然并没有相关演出文献记录，但由于具有鲜明的盘瑟俚特点，也可以纳入盘瑟俚系小说范畴。

形成盘瑟俚系小说后，盘瑟俚并不会消失。成为小说之后，盘瑟俚和小说反而相得益彰，在各自的传播渠道上继续流传。

首先，盘瑟俚作为盘瑟俚系小说进入小说市场，突破演出空间的限制，扩大了读者层。当然，正是因为盘瑟俚的人气使得各种小说异本纷纷涌现，但同时借助小说之力，盘瑟俚的人气也更加高涨。另外，盘瑟俚需要"部分唱"，而小说可以一口气读完，两者可谓各有千秋。

另外，"盘瑟俚系小说"成为小说比小说与任何一种相邻体裁的互动所带来的影响都更大，这不仅大大扩充了人气小说的目录，而且还出现了完善以往不足的优秀作品（生动地呈现了朝鲜王朝后期社会的面貌，描写了非观念的现实存在的人物，真实再现了当时的俚语等口语）。盘瑟俚系小说与"汉文短篇"小说一起反映了真实的社会和人物，具有现实主义倾向，这是其最大的成就。在小说的所有下属类型中，只有盘瑟俚系小说能生动地再现当时的语言。

但是古典小说和盘瑟俚的关系不只这些。古典小说和盘瑟俚在一些直接关系并不明显的广阔领域也相互影响，盘瑟俚超越转化为盘瑟俚系小说等个别作品，将其影响范围扩大到整个韩文小说，而与盘瑟俚个别作品无关的韩文小说则积极地吸收了盘瑟俚的一些特点。

例如，有些韩文小说在人物形象和各种作品世界中受到盘瑟俚的影响，也有的在文体和美学方面受到影响进行了某种"文体实验"。尤其是上文提到部分或全面使用了歌辞体的韩文小说基本上也接受了"盘瑟俚"文体，如果认识到盘瑟俚文体在一定程度上包含了歌辞体文体，那么就可以得知，小说文体变化的根源不是歌辞而是盘瑟俚。总之，盘瑟俚在文体方面影响了同时代和后代的韩文小说，虽然朝鲜王朝后期韩文小说对盘瑟俚的接受程度有所差异，但这种现象十分广泛。

盘瑟俚背后的叙事巫歌在盘瑟俚的起源方面与盘瑟俚系小说的关联尤为密切。普遍认为盘瑟俚起源于"沈清巫戏"，而"沈清巫戏"时至今日仍在演出，由此可见叙事巫歌与盘瑟俚的紧密关系。关于盘瑟俚起源的诸多观点中，所谓"叙事巫歌起源说"最具说服力。此外，东海岸别神巫戏中也有"沈清巫戏"表演，其关联性极其重要。除了盘瑟俚系小说之外，叙事巫歌和古典小说的关系也体现在素材及叙事结构的相似性上，例如《世民皇帝释本》和《唐太宗传》。从广义的角度来讲，同说话一样，叙事巫歌的传记类型也与小说的"传记类型"或"英雄的一生"结构颇有渊源。

五　体裁相互影响的复合性

正如标题所示，上述内容以小说为中心，探讨了小说和主要相邻体裁的相互影响情况。自然会有人提出批判，认为这种观点夸大了小说在文学史上的地位。这些批判诚然可以接受，但也不得不承认，在朝鲜王朝后期的所有体裁中，小说与其他体裁的互动是最为重要的。事实上，正如巴赫金所言："在小说主导的时代，其他体裁都或多或少地小说化了"，朝鲜王朝后期的文学史也是小说华丽登场的历史。

但是需要补充的是，体裁间的相互影响并不像在实验室里做实验一样只单纯发生在两种体裁之间，也有很多时候是发生在三种甚至更多的体裁之间。

最典型的是小说和盘瑟俚的相互影响，虽然上文只简单地讨论了主流，但其实两者之间的相互影响还混合了歌辞和叙事巫歌，十分复杂。尤其应当注意歌辞，很早之前高晶玉就提出："从占据霸权地位的歌辞入手分析歌辞、小说和盘瑟俚三者之间的关系是理解中世纪文学的方法之一"。需要注意到，以盘瑟俚为代表的一些小说吸收了歌辞体，并且叙事巫歌和盘瑟俚的体裁起源问题交织在一起，当盘瑟俚影响其他体裁时，叙事巫歌自然也不得不加以考虑。不仅如此，还应当注意叙事巫歌、盘瑟俚和说话都有着很深的关联，因此情况更为复杂。正如高晶玉所言，"除了歌辞—小说—盘瑟俚"，朝鲜王朝后期文学史还存在着"说话—小说—巫歌—盘瑟俚"这一片扩张领域，犹如一片"郁郁葱葱的森林"。

同时，这些相互影响不是古典小说和相邻体裁出于作者的个人创作意识在逻辑和想象上的融合，而是在巨大的集团文学仓库中相互作用的产物。大部分古典小说的作者不详，它们不是注重版权的个人著作，而是共同的文化遗产，可以随意使用，因此往往与多种体裁彼此作用、相互影响。

六　今日的小说与相邻体裁

小说在与其他体裁的相互影响中谱写了一段丰富的历史。首先站在相邻体裁角度来分析体裁间的相互影响，诗歌从下层民谣中获得了新的活力，同样，相邻体裁借助于阅读小说的体验，扩大了素材范围，文体或体裁发生变化。但是如果从小说的角度来分析，体裁间的相互影响是小说脱离最初的特点形成新文体的过程，同时也是小说扩大混合性和不确定性等自身特点的过程。尤其是在和相邻体裁的相互影响中，小说形成了传系小说、野谈系小说、歌辞系小说、盘瑟俚系小说等新类别，大大丰富了小说史。

但是今天可以称为"相邻体裁"的体裁似乎都已消失，近代

第十一章 韩国古典小说与相邻体裁的关系

的体裁只剩下诗、小说、戏剧、随笔等，还有"传记"这一模棱两可的体裁，小说史也不再是和其他体裁相互影响的历史，而是一种具有排他性的小说的独立历史。此种情况下，其他体裁对小说的影响可谓微乎其微。虽然有为了凸显真实性在小说中加入诗或随笔类的简短应用文，或者为了增加小说的思考深度而加入随笔的情况，但前者因为出于非文学目的，使得"体裁"关系意识变得淡薄，而后者由于随笔的地位远远低于小说，影响几乎不值一提。当今时代，小说独占叙事文学的交椅，只能孤独地谋求自我发展。

（徐仁锡）

参考文献

论著

김일렬, 「설화의 소설화」, 『한국문학 연구 입문』, 지식산업사, 1982.

최원식, 「가사의 소설화 경향과 봉건주의의 해체」, 『민족문학의 논리』, 창작과비평사, 1982.

조동일, 『한국문학의 갈래 이론』 서장·3장, 집문당, 1992.

박희병, 『조선후기 '전'의 소설적 성향 연구』, 성균관대 대동문화연구원, 1993.

김헌선, 「서사무가와 고소설의 관련 양상 재론」, 『고소설사의 제문제』, 집문당, 1993.

박일용, 「〈유충렬전〉의 문체적 특징과 그 소설사적 의미」, 『홍대 논문집』 25, 1993.

사재동, 『불교계 국문소설의 연구』 제1부, 중앙문화사, 1994.

서인석, 「가사와 소설의 갈래 교섭에 대한 연구 –소설사적 관심을 중심으로」, 서울대 박사 논문, 1995.

김병국 외, 『장르교섭과 고전시가』 1장·6장·7장, 월인, 1999.

古籍

『이조한문단편집』(상·중·하), 이우성·임형택 역편, 일조각, 1973~1978.

『활자본고전소설전집』 권10, 김기동 편, 아세아문화사, 1976.

「삼설기」, 김동욱 교주, 『단편소설선』, 민중서관, 1978. (교문사 재출간)

『유충렬전』, 서대석 교주, 형설출판사, 1982.

第十二章　韩国古典小说的批评情况

一　探讨古典小说的初步理解

本篇旨在分析韩国古典小说史中对于小说的批评历史。主要有两个分析方向：一个是作为小说批评依据的小说理论的形成和发展；另一个是对于小说作品的实际批评情况。

针对韩国古典小说的理论探讨和批评始于围绕稗官小说作用的讨论，然后发展为各种各样的对正规小说的探讨。在过去的古典小说论研究中，对于小说的作用这一问题主要有积极和消极两大框架性观点。在古典小说论的发展中一直贯穿着关于古典小说作用的争论，因此分别研究两种观点的理论非常重要。不过古典小说批评打破了关于小说作用的讨论，从创作意识、创作方法、小说形式、手法、理念、风格特点、体裁标准等多种方面进行分析。通过综合分析这些问题的探讨过程，灵活地研究在引起争议的问题上两种立场和观点的对立情况，理解小说理论与批评发展的整体动向，有助于全面认识古典小说批评。

初期的小说被称为"稗官小说"或"稗说"，从体裁的视角来看，称之为"小说"并不合适。但是考虑到古典小说的历史特点，又只能放在广泛意义上的小说概念中来研究。因此不可避免地需要寻找一种合适的方案，将其区别于作为一种体裁的小说概念。为了将初期概念上的稗官小说作为一种格式范畴使用，有必要将稗官小说称为"先形小说"或"先小说"，表示稗官小说是小说发展为一种体裁的过程中的初期形态，区别于作为一种体裁的小说。另外，将成为一种体裁的小说称为"正规小说"，根据情况不同使用这一概念，可以使论述更加清晰准确。

当然，这种用语只是为了在需要区分出正规小说和先小说时提供方便。只有这样区分，才能避免小说论出现混乱，小说批评论也能因此厘清头绪进行讨论，这是韩国古典小说的特殊性。如果对传统小说概念的两个范畴不加区分地捆绑研究，就会引起混乱，无法合理地凸显出古典小说批评的历史阶段和讨论的层次。

为了理解小说的批评情况，需要考察一下韩国古典小说史中小说批评出现的社会环境和批评的载体。小说在理念上或社会上引发争议时，初期的小说批评随之出现。当小说被批评为有害于正统文学观，威胁统治理念和体系的时候，对于小说的争议就自然而然地发展为批评。随着小说成为政治问题，在政治上成为争论对象，关于小说的批评见解就越来越多。这种批评多见于实录，虽然这并非真正意义上的专业批评，但在真正意义上的批评并不多见的古典小说批评史中对于考察小说批评的形成和发展过程具有重要意义。

杂记类著作和小说序跋文是小说批评发展为真正意义上的批评的重要载体。在杂记类著作中同时存在对先小说和正规小说的批评，正规小说的序跋文中当然也包含关于小说体裁认识的理论和批评。这种在不同著作里出现的小说理论和批评在数量和质量上都非常多样，不仅有短评，还有关于小说系统的理论以及对作品专业而深入的探讨。

二　先小说批评论的争议焦点

从严格意义上来讲，先小说的理论和批评不能被视为古典小说批评的真正领域，尽管它并非古典小说批评论的基础，但仍然需要将其作为理解古典小说批评论基础的背景进行探讨。应该严格区分

第十二章　韩国古典小说的批评情况

这两个层面，根据不同尺度来分别理解相应的理论和批评，同时需要理解两个层面之间的连续性。

在韩国古典文学上，对于稗官小说的体裁认识最早出现于李齐贤的《栎翁稗说》自序中。他将自己的书命名为《栎翁稗说》，将自己的文章称为稗说，并对此进行了具体说明，为本应实践君子学问却创作稗官小说的行为进行辩解。从这里可以看出，作为当时重要的领导阶层士大夫和儒学者，他冒着被谴责的风险创作稗说的双重心理和相应的压力。他自嘲自己的文章没有实质内容，但是又表示自己写这种低俗而杂乱的文章反而感到高兴。这里包含儒学者对稗说的批评逻辑和稗说的创作心理。他对稗说的双重态度以及关于稗说的批判和正当性问题是后世士大夫文人学者之间长期以来不断展开争论的焦点。

李齐贤这段话里蕴含着稗说的根本性质。他认为稗说的内容低俗，没有实质意义，也就是说稗说的理念和素材不受限制，内容真假不受拘束，是一种可以自由发挥的文章。稗说虽然很低俗，但因此而给人快乐，这点透了稗说的本质。表面上他贬低了稗说的价值，但实际上大大肯定了稗说作为一种脱离正式规范、真实地反映世事的一种文学形式的本质价值和作用。

朝鲜王朝建国之后以儒教为指导理念，根据儒教理念加强了文学规范，加强了对文学理念的控制。一方面统治阶层表现出依据儒教理念确立统治秩序的强硬意识，另一方面随着体制的稳定，文学水平提高，文学表达需求多样，理念逻辑和文艺逻辑开始出现冲突。

到了朝鲜成宗时期，朝鲜前期文学进入兴盛期，此时文学观上的矛盾开始表面化。成宗是一位崇尚文学的君主，特别重视艺术的辞章文学。正因为这样，他和重视规范的经术文学家在文学观念上产生了尖锐对立。

在《成宗实录》中可以看到当时关于这种对立的记录。成宗强烈希望涉猎各种文学，所以他和士林派官员产生了摩擦，士林派官员要求成宗只学习作为帝王应该学习的规范经术文学。成宗曾要求在经筵上讲解老庄，并命令弘文馆给《酉阳杂俎》《唐宋诗话》《破闲集》《补闲集》等添加注解。对此，士林派官员主张君主应该潜心学习对修身和政治有益的经典和史书，除此之外，那些怪诞不经的故事、辞藻华丽的文章等都不利于治世之道，妨害儒学，因此应该拒绝并远离。

对于这种主张，成宗为自己的爱好进行了强硬辩护。成宗认为，读圣贤书可以知道其正确，读异端邪说可以知道其错误，因此读些异端邪说亦无不可。成宗反驳称，《国风》《左传》《事文类聚》等书中都有怪诞不经的故事，难道这些书都不能读，只读四书五经？成宗这种态度对于当时的文风产生了很大影响，促进了稗官小说的扩散，成为拥护稗官小说的有力支撑。

徐居正（1420~1488）在创作《太平闲话滑稽传》之前曾经为成任（1421~1484）编纂的《详节太平广记》作序，并在其中阐述了自己对于稗官小说的观点。根据这篇序文，他曾认为稗官小说乃"闾巷鄙语，非有关于世教"，因此不应该阅读。他甚至认为《史记·滑稽传》这种文章根本就不应该写。徐居正一直坚持经术文学观，但通过与成侃（1427~1456）的一番探讨之后改变了自己的想法。徐居正一贯主张，如果"有志于文章，宜沉潜六经，非圣贤之书，不读可也"。成侃反驳了徐居正的经术主义，认为文人不应该闭目塞听，而应该融会贯通。成侃主张君子和文人都很博学，不能自我封闭，如果文人读完全部圣贤书之后再去读其他类型的文章，就无法融会贯通、洞穿古今看透天下。徐居正接受了成侃的"通儒论"，转向多元文学观。

徐居正的叙述反映了当时士大夫阶层之间对立的文学观，主张文学从属于经术的一元主义文学观和承认文学多样性的多元主义文学观之间势均力敌。徐居正一开始只坚持经术文学观，听了成侃的理论后，接受了多元主义文学观。

李承召（1442~1484）也为同一本书写了序文，他积极拥护稗官小说，提出了史无前例的小说理论。他认为天下的真理无穷无尽，事物的变化也是无穷无尽的。因此，他主张除了经典和史书，

第十二章　韩国古典小说的批评情况

对于各种学派学说和各种技艺，人们应该根据自身的见解提出主张并写成书，对学术和文学的多样性大胆进行了肯定。他表示，《详节太平广记》越读越觉得奇异，爱不释手，孜孜不倦。而且通过这本书，阴曹地府鬼神的情况和人间世界的人物变形都一目了然，大力肯定了这种荒诞不经的文学。他认为这些内容脱离常理，奇异怪诞，正因如此，从经验现实的标准来看，虽然不符合现实，内容虚假，但能够给人深深的感动，让人觉得有趣，反映了多样的现实。李承召认为这是小说的真实之处，深度肯定了小说的独特价值。

李承召认为，在寂寞烦闷之时阅读《太平广记》这样的小说，"如与古人谈笑戏谑于一榻之上，无聊不平之气，将涣然永叙，而足以疏荡胸怀矣"。他认为这就是书经中所说的"一张一弛之道。"他将小说提到与经典不相上下的层次，全面肯定了小说的独有价值。

徐居正在自己的《太平闲话滑稽传》序文中写道，写滑稽传是为了"消遣世虑"。对于小说，他认为士大夫的正统文学能够传递世间经验教训，但士大夫同样也需要"消遣世虑"。徐居正认为读稗官小说可以博学多识，这种阐释虽然展现了其功利性文学观，但是同时也表现出其非功利性的文学观，认为从内在和心理价值上讲，稗官小说能够消除烦忧。这反映了这个时期士大夫官僚阶层对小说需求的变化趋势，李承召所说的"无聊不平之气，将涣然永叙，而足以疏荡胸怀矣"也可以理解为这种小说观变化的展示。

郑士龙（1491～1570）在《御眠楯》后序中分析了小说家的创作心理，展现了对小说本质的新洞察。郑士龙对作家宋世琳（1479～？）的不幸遭遇充满了深深的怜悯，认为有些文人才高八斗却无用武之地，只能在小说中游戏人间，抒发自身的抱负。在后序中，郑士龙认识到小说是作家表达自身对现实问题意识的一种形式，作家深刻体验到与当时现实的矛盾。郑士龙这种认识可以说是对稗官小说认识的重大变化。稗官小说超越了供人消遣和开阔视野的初级阶段，上升到探讨自我和现实之间矛盾关系的小说体裁的层次。

在这之前，人们站在正统文学的角度评论小说，为小说辩护，同时将小说当作一种娱乐工具，而郑士龙从根本上改变了这种认识。这可以说是小说创作阶层的分化以及小说创作环境的变化带来的认识变化。他将小说看成受时代排挤的不幸文人为疏解心中的不平而做出的具有强烈自我意识的行为，是一种深刻的自我救助，认识到小说中蕴含着深刻而强烈的作家意识。

郑士龙没有停留在理解小说创作心理的层面，而是提出了分析小说中的作家意识、带着批判的眼光阅读小说的重要性。带着对小说的这种认识，他将小说的阅读方法分为"浏览"（览）和"细看"（观）。他认为浏览的人只是看到了句子滑稽的表达方式，而看不出其中隐含的志向即作家意识。他批评只将读小说当成一种娱乐的行为，要求读小说的过程中带着批评观点，探寻其中蕴含的作家意识。他堪称小说批评家（观者）的先驱，奠定了小说批评者的地位。

成汝学在《於于野谈》序文中认为，柳宗元的《龙城录》、苏东坡的《东坡志林》等中国文学大家的稗官小说不能令人满意，《松溪漫录》《稗官杂记》等朝鲜稗官小说平淡无奇。这表现了成汝学评价稗官小说的标准，他认为稗官小说的价值不在于单纯地叙述繁杂的故事供人消遣解闷，而在于用离奇而诡异的想象给读者带来冲击和感动，使读者受到强烈的精神震撼。这种小说观不同于传统的稗官杂记类小说观，对传奇的世界观和形式产生了深深的共鸣。

成汝学亲自写了一本稗官小说《续御眠楯》，而洪瑞凤（1572~1645）在这本书的跋文中阐述了其对于稗官小说的观点，值得关注。有人批评《御眠楯》的内容傲慢且言辞多污蔑，不利于社会道德培养，洪瑞凤通过对此的辩解阐述了自己的小说观。他认为成汝学作为诗人才高八斗，在当代无人能比，但"值世昏浊，遁迹荒野，托意孟浪之辞，以资消遣之具，岂非文人之余事，荟之技痒？"这种消遣和徐居正等达官贵人享受太平闲暇的奢侈消遣不同，而是郑士龙所说的"才高八斗却无用武之地"者如李承召所言，"无聊不平之气，将涣然永叙，而足以疏荡胸怀矣"。因此他们的小说中出现的消遣意识和徐居正相比存在差异，他们借作品抒发了自身的愤懑，蕴含着更强烈的思想倾向。

洪瑞凤所说的另一个重要概念是"技痒"，也就是成汝学的稗官小说著作中所说的拥有足够的才干却不能发挥。技痒论是指一个时代中拥有才干却无用武之地的不幸的文人以写稗官小说的方式"止痒"，它与消遣论共同成为朝鲜后期小说批评领域中解释创作心理的重要概念之一。

对于先小说即传统稗官小说的批评大部分存在于著作的序跋文中。其中提出了小说批评理论的重要概念，如博闻、骋气、一张一弛、消遣、寓意、究指、观人、技痒等。这些概念虽然用于对先小说的评论，但因为先小说与正规小说有继承和并行的关系，因此在正规小说批评中也被继续使用，有些概念的含义也被进一步深化。

三　朝鲜前期小说批评的发展

朝鲜王朝建国不久，一部叫作《金鳌新话》的小说出现，并且成为小说史中的巅峰之作，这一现象难以简单解释。金时习受到《剪灯新话》的影响，通过对其的批判表现出对小说超前的洞察力，这有助于理解他如何创造出韩国古典小说史空前绝后的最高峰。金时习在读完《剪灯新话》后写了一首读书诗，题为《题剪灯新话后》，其中对瞿佑的《剪灯神话》做出了自己的评论。

这首诗参考了瞿佑及其友人所写的《剪灯新话》序文，因此其中混杂了序文中的句子。但不能因此认为他的评论没有独创性，因为他不仅吸收了前人的评论，而且还积极融入了自身的观点和想法。

金时习赞扬了《剪灯新话》的审美价值，对《剪灯新话》虚构的想象力和挥洒自如的表达妙趣赞叹不已，认为其摆脱了现实，沉浸在想象世界中，使人体会到超越现实的感动。他在审美的感动中找到了小说创造的虚构的真实，认为通过《剪灯新话》的虚构故事可以获得无穷无尽的审美感动，"语关世教怪不妨，事涉感人诞可喜"。

　　他甚至体会到超越现实的虚构真实带来的解放的感动："眼阅一篇足启齿，荡我平生磊块臆。"他通过这种告白打破了从世教的功利价值来评判小说作用的传统观点，认识到小说可以解放被压抑的内心的主观价值。这种小说观将压抑的内心获得的解放感视为阅读小说的根本动机，虽然同时代的徐居正和李承召也流露出这种小说观，但是在感情的本质和程度上都表现出巨大差别。通过诙谐搞笑来解除感情的压抑与超现实的幻想之间有着本质区别，另外，飞黄腾达的士大夫和怀才不遇的文人的心情压抑程度必然差距悬殊。

　　中宗六年突然发生的蔡寿的《薛公瓒传》风波事实上直接证明了当时阅读小说的风气已经深深渗透到上下阶层，小说的受众范围大大扩大，需求日益高涨。当时的达官贵人蔡寿用汉文创作了一部关于薛公瓒的鬼神故事，在朝鲜引起了极大争议。改革派官员揪住小说中出现的轮回祸福内容不放，弹劾蔡寿，主张对其处以重刑。从表面上来看，朝野对于《薛公瓒传》的反应似乎过激，司宪府的应对太过极端，令人惊讶。但是究其本质，双方的反应都反映了迫切的现实。

　　改革派官员的目标在于建立儒教理念的统治秩序，他们认为《薛公瓒传》严重危害了教化和治世之道，采取了极端的应对措施。但他们这种不顾现实的极端论调遇到了强大的反对声音，因为有人指出当时小说非常流行，希望能够妥善处理这一事件。中宗同意折中论，认为蔡寿虽有罪，但不至于处死。对于《薛公瓒传》的这种处理方式证明了朝鲜时代小说的领域逐渐扩大，对小说的认识逐渐深入制度圈内。在朝鲜时代对小说的认识逐渐获得理念支持的过程中，《薛公瓒传》事件为小说体裁争得了一席之地。

　　《薛公瓒传》在朝鲜朝野掀起了争议，而几乎同一时期，出现了将中国戏剧《伍伦全备记》改编为教化小说的《五伦全传》（洛西居士的《五伦全传》中五伦全的姓氏为"五"）。《伍伦全备记》是一部极力宣扬儒家伦理道德的戏剧，根据伍伦全兄弟的平

生事迹改编而成。据推测洛西居士是中宗时期的文臣洛西李沆
（1474～1533），他将《伍伦全备记》改编成小说并写了序文
（1531）。他在序文中阐述了改编动机和个人小说观。他认为《五
伦全传》能触动读者的本然之性，因此人们会争先恐后地学习诵
读，用这本小说中阐释的五伦唤醒并引导人们，从情感上接近喜欢
这本小说的人并劝导他们，就能够重新恢复五伦之理。

他蔑视传奇小说，认为其淫秽荒唐，予以强烈谴责。但同时他
也明确肯定了传奇小说的作用，认为它在教化妇女等愚昧无知者方
面效果明显。洛西居士将小说作为宣扬儒教伦理的工具，带有目的
性地肯定它的意义，因此在认识方面带有局限性；但是他承认小说
在挖掘人的性情方面具有极大的威力，提出小说可以恢复人的本
性，这为朝鲜后期小说论的发展开创了一个具有意义的新潮流。之
后随着性理学的成熟，儒学者将心性拟人化，创作小说日益流行，
这也可以看作受到这种小说论的影响而出现的一种现象。

四 朝鲜后期小说批评的成熟

小说急剧发展流行，在壬辰倭乱前后，包括《三国演义》等
演义小说、《水浒传》等军谈小说在内，元明长篇小说日益流行，
长篇小说的时代拉开帷幕。在小说史上，这是区分朝鲜前期和后期
的标志。但是这种趋势引起了保守主义者的不安，他们感到体制受
到了威胁，因此开始猛烈抨击小说。甚至在国王下达的谕旨中也引
用了《三国演义》的句子，这在经筵上立刻遭到了讲官的批判。

奇大升（1527～1572）向宣祖提出了强硬的"小说危害论"，
表示"臣后见其册，定是无赖者汇集杂言，如成古谈，非但杂驳
无益，甚害义理。""自上幸恐不知其册根本，故敢启，非但此书，
如《楚汉演义》等书，此类不一，无非害理之甚者也。""况如
《剪灯新话》《太平广记》等书，皆足以误人心智者乎，自上知其
诬而见之，则可以切实于学问之功也。""《剪灯新话》，鄙亵可愕
之甚者，校曹馆私给材料，至于刻板。有识之人，莫不痛心。"

韩国古典小说世界

奇大升对小说的批判乃至排斥论可以说代表了保守儒学者和保守文人的小说观。当时的巨儒李滉认为："梅月别是一种异人，近于索隐行怪之徒。而所值之世适然，遂成其高节耳。观其与柳襄阳书，《金鳌新话》之类，恐不可太以高见远识许之也。"这种苛责的批评在保守朱子儒学的立场来看是合情合理的。李滉的评论虽然很短，但包含着当时最优秀的儒学者的学问见解，所以非常有分量，给追随退溪的后世文人学者的小说观带来很大影响。

许筠在韩国小说史上不仅是一位作家，而且还是小说爱好者的先驱，同时也是一位拥有远见卓识的批评家，具有重要历史地位。他自称阅读了数十种中国小说，是一个涉猎广泛的小说读者。通过《惺所覆瓿稿》中的《西游录跋》一文可知，他涉猎了中国五大奇书及各种演义小说，并对这些小说提出了自己的见解和评论。他用一句话评价了许多小说在创作手法上的缺点："余得戏家说数十种，除三国隋唐外，两汉龉，齐魏拙，五代残唐率，北宋略，水许则奸骗机巧，皆不足训。"

许筠的评论言简意赅、一语中的，这是因为他用正统的眼光来审视小说。从《西游录跋》中可以看出许筠对小说比当时任何人都见多识广，他尤其对《西游记》做了详细点评，认为《西游记》的结构是模拟道家的修炼过程，他从真气修炼中找到《西游记》的隐含意图，解释独特，引人入胜。

李植（1584~1647）是当时的古文主义代表人物，提倡句子应符合古文规范，极力主张小说排斥论。"演史之作初似儿戏，文字亦卑俗不足乱真，流传即久真假立行。其所载之言颇采入类书，文章之士亦不察而混用之。如陈寿三国志，马班之亚也，而为演义所掩，人不复观。今历代各有演义，至于皇朝开国盛典，亦用诞说敷衍，宜自国家痛禁之，如秦代之焚书可也。""杂家小说太平广记之类，间有男女风谣，尚可观采，其他荒怪之说，聊以破闲止睡，不足乱真。但有志于学者，不可费日力于此也……惟欲略究经传及先儒义理之说，傍通纲目正史，凡宇宙间义理是非政治得失一览无遗……以此一切不观杂书，居常不作博弈杂戏。然于经书、史记、程朱全书、性理大全等书，泛滥看过……"展现出古文主义者疾恶如仇的极端态度。

保守的经学者和文人认为演义小说中尤其是《水浒传》是教人偷盗、煽动反叛，因此强烈排斥，而李植是其中的领军人物。他谈道："世传作水浒传人三代聋哑，受其报应，为盗贼尊其书也。许筠、朴烨等好其书，以其贼将别名，各占为号以相谑。筠又作洪吉童传，以拟水浒。其徒徐羊甲，沈友英等躬蹈其行，一村蘀粉，筠亦叛诛。此甚于聋哑之报也。"李植的这些话成为后世排斥小说强有力的根据。

郑泰齐在《天君衍义序》中阐述了自己的小说观，批评了《天君衍义》。郑泰齐表示《天君衍义》"不知何人所作也"，但他的第五代孙子郑教义表示是郑泰齐所作。《天君衍义》中除了郑泰齐的序以外没有其他序文，而郑泰齐在作序的同时却又声称"不知何人所作也"，这是作者隐蔽自己的惯用手法。考虑到这些，就能推测出这是郑泰齐的自序。郑泰齐将自己化为他者，使用这种手法批评自己的作品。

郑泰齐批评演义小说毫无根据地夸大内容。他批判了小说将事件分开来叙述的章回体形式，认为章回体是一种想方设法吸引人的伎俩。另外，他对传记小说和杂记也持批判态度，认为世间虽然有很多流行的小说杂记，但不是鬼神怪诞故事就是男女恋爱，远不如历史演义。

郑泰齐批判小说的原因是其兴趣本位的通俗性和内容上的大不敬。演义小说固然存在歪曲事实的问题，但更严重的问题在于毫无根据地夸大事实，使人陷入趣味中。郑泰齐认为传记和稗官杂记的内容极其不健全，问题在于这种小说却因为有趣而使得读者群体急剧扩大。当时保守儒学者十分苦恼，既对这种现象感到愤慨，同时又不得不承认演义小说等小说的威力。所以尽管自相矛盾，郑泰齐仍然借演义小说的形式来描述所谓的内心堕落和恢复本性的性理学主题。郑泰齐试图以此来阻止错位的时代趋势，这种应对方式虽然有悖于时代潮流，但也反映出小说发展的趋势。

金万重不仅是一名优秀的小说家，而且从稗官杂记到演义小说都一一涉猎，广泛阅读。作为当时最著名的文艺评论家，他在《西浦漫笔》中凭借广泛的阅读和渊博的学识对小说进行了专业的批评。

唐朝诗人李商隐在"或谑张飞胡"的诗句里引用了《三国演义》中描述的张飞的大胡子，金万重对于这种引用毫无论据的小说的行为进行了批判。他批评李商隐其实是为了批评朝鲜文人将《三国演义》奉为正史，认为这种错误非常严重。他感叹壬辰倭乱之后《三国演义》在朝鲜盛行，甚至连妇女也能够背诵谈论，而朝鲜的文人史书读得不多，只靠《三国演义》来了解中国三国时代的历史。《三国演义》的句子甚至被引用在前辈的科文中，已经习以为常，达到真假不分的地步。

但这种批判与其说是在陈述演义小说的危害，不如说是在谴责不会区分小说和现实或不加区分地滥用知识的文人的肤浅和错误的态度。他并没有因为小说存在弊端而主张排斥小说。

金万重引用《东坡志林》的话，描述了在大街上人们聚在一起听三国故事的情景："闻刘玄德败，颦蹙有出涕者；闻曹操败，即喜唱快。"他认为罗贯中的《三国演义》正是在这种场合萌芽。如果给人们讲述陈寿的《三国志》或司马光的《资治通鉴》，没有人会哭，而写通俗小说的原因就在于此。从这里可以看出，他反而积极肯定了通俗小说的必要性。正因为他对小说的理解持开放的态度，所以才能够写出《九云梦》《谢氏南征记》这样的杰出长篇通俗小说。

洪万宗是朝鲜思想史上维系道家系谱的重要人物，因此他对小说的立场和认识与儒家文士明显不同。根据道家的取向，他对小说持开放积极的态度，自己也写了许多包含道家关注内容的杂记小说。

洪万宗对《水浒传》进行了批评，但他的批评与保守儒学文士的政治批评乃至理念批评不同。保守儒学文士认为《水浒传》是教人反叛的"贼书"，而他从作家的创作精神、创作意图、创作

手法等角度进行分析，这是小说批评走向真正的内在批评的新征
兆。他认为《水浒传》的创作意识短时间内无法领会，世上只知
道《水浒传》内容描述得淋漓尽致，表现出对现有的小说批评的
批判态度。另外，他还提出了针对小说形式的分析批评标准，认
为《水浒传》中对一百零八好汉的叙述分量和轻重都有深意，其
"抑扬映带、回护咏叹之工，真有超出语言之外者"。他的分析
虽然简略，但可以看出他带着批判的眼光仔细地阅读了《水浒
传》并进行了深入分析。他认为《水浒传》的作者兼具左丘明
和司马迁的优点，通过肯定古人的观点对《水浒传》给予了高
度评价。

　　洪万宗与体制内文人的外在批评有不同之处。体制内文人从政
治性观点出发评价《水浒传》，目的在于维护支配体制和理念；洪
万宗则从文艺自身的逻辑出发评价《水浒传》，这是一种内在评
价。这是由于他在朝鲜社会中选择了超凡脱俗的道仙立场，才会摆
脱体制的束缚，能够自由地发表评论。

　　洪万宗虽然不是小说排斥论者，但也并非全面拥护小说。他批
评老套的通俗小说泛滥。比如，官府的文书官员玩忽职守而去写新
故事，如果听到好评，就东拼西凑，附会增演编成卷册，供好事之
徒消遣。他批判小说创作成为一种单纯的娱乐现象，并不具备原本
可以通过强烈的作家意识获得的创造性和真实性。

　　洪万宗区分《西游记》《水浒传》等优秀小说和老套的演义小
说的尺度不单单在于是否符合历史事实、是否符合理念、是否有利
于从中获得经验教训等，还有小说体裁的逻辑，也就是叙事的内在
真实性。虽然他的批评并没有对作品进行深入缜密的分析，但他这
种内在的批评视角和方法为真正的小说批评开辟了道路。

　　李瀷（1681～1763）在《星湖僿说》中对演义小说给予了深
切关注，他对《水浒传》《三国演义》等演义小说直接进行了仔细
的批评并表示反对。虽然他的核心是反对演义小说，但作为一位知
识渊博的大学者，他对《水浒传》的批评经过了缜密的实际论证，
具有一定的分量。

李瀷用具体的例子批判了施耐庵在《水浒传》中随意歪曲历史事实。比如，宋江和关胜是《宋史》中实际收录的人物，关胜根本没有追随宋江，而是宋代的忠臣。他是一名济南的骁将，在金朝将军挞懒攻击济南时多次出城作战，最后被叛变的部下杀害，而《水浒传》却把他写成叛贼。李瀷批判《水浒传》中张顺的尸身回来的故事更是值得玩味。他尖刻地对施耐庵口诛笔伐，认为施耐庵只是没有遇上《水浒传》中的情形，没有成为谋反的主谋而已，其实无异于叛变。

李瀷批评反对小说的论调与李植的焚书论相似，虽然不过激，但态度十分强硬。因为与李植的时代相比，演义小说流行的范围明显扩大，深入各阶层，对现有秩序和体制造成很大危害，亟须制定相应对策。事实上，由于这种情况日益严重，体制内的知识分子对脱离规范的小说文学的态度也日趋强硬，另外，应对方法和理论也更加多样周密，这是必然趋势。

五　正祖的文体反正和小说排斥论日趋强硬

正祖感叹当时的文体轻佻、僵化，没有大文豪能够担负起弘文馆和艺文馆的文学重任。他指出这种文风的根源是明末清初的文集和稗官杂说，下令禁止从中国购买输入此类书籍，以根除文体弊端。正祖甚至斥责小说蛊惑人心，无异于异端邪说。他认为轻浮的才士将小说作为成名的捷径，争相模仿，导致文风低迷、软弱衰退。因此，除了禁止购买稗官杂说之外，正祖还下令，在成均馆的考试中如果有人的答案中出现了任何一句稗官杂记中的句子，即使文章字如珠玑，也要将其成绩归为下等，剥夺其考试资格。

正祖因文体问题而掀起了一场大规模政治风波，从大的方面来看，这是为了应对威胁体制的因素，这种威胁来自明末清初革新稗史小品文体中蕴含的反正统思想的流行。正祖当然明白，稗史小品文体的盛行会给以朱子性理学为宗旨的正统理念体系和支配体制带来威胁。

第十二章　韩国古典小说的批评情况

从当时政治状况方面来看，文体反正有多重布局，既是对当时在政治格局中势力强大的老论派的牵制和收买，也是对少数派南人政派的保护。南人派的心腹信仰天主教，受到老论派的攻击陷入危机，此时正祖只能用紧急对策来改变局面。当时老论派的新人都一边倒地偏向稗史小品文体，因此文体反正是一种能够改变局面的合乎时宜的对策。强硬地处理文体问题可以削弱老论强硬派的锋芒，给老论派新人来个下马威，使他们紧密依附于王权，同时也可以使南人派躲过祸端。由于这些因素，小说排斥论再一次激化，这在正反两方面都导致对于小说的认识和批评逻辑更加周密。

李德懋是一名小说排斥论者，极力批判小说的危害。但他阅读了许多小说，知识渊博，对小说持有真知灼见。作为朴趾源的门生，他追随老师对稗官小品采取了开放态度，他的文章中自然也深深地渗透着稗官小品文体。正因如此，他遭到了正祖的严厉斥责，正祖指责他的文体全部都出自稗官小品。他不得不带着纯正的文学观积极响应正祖的文体反正，在这种情况下，他的小说排斥论比之前的排斥论者更加激进和缜密。

他在《青庄馆全书》的《婴处杂稿》一文中表达了自己的小说观，认为"小说最坏人心术，不可使子弟开看"。但他的小说排斥论并不只是因为小说中包含的理念不健全，他认为《水浒传》"文心巧妙，可谓小说之魁"，"然士大夫一向沉湎"。他明白小说的魅力何在，所以把小说当成亡国害道的乱书。主张"烧其旧书，禁其新书。或有犯者，严其条法，不齿人类，殆庶几乎"，并极力宣扬小说排斥论。

李德懋将稗官小说、志怪、传奇和小说区别开来。他所说的小说是指演义小说，这也反映出当时演义小说已经成为小说的代表。有趣的是，李德懋从广泛意义上的小说角度对这三种类型进行评估和排序。他立足于士大夫正统文学观，将这三种类型脱离规范的程度进行了分级。他对演义小说的评价最低，不仅是因为演义小说脱离规范最严重，也是因为演义小说是最大众化的流行文学。从这两方面来看，他认为演义小说对于支配体制和现存秩序造成的威胁最大。对于小说的这种威胁，朝鲜统治阶层的应对日益森严，但是仍然无法阻止小说繁荣的时代趋势。

李钰（1760～1812）是正祖文体反正的典型受害者。他身为成均馆上斋生，由于在成均馆考试中所作表文均为小说体文章，所以正祖杀一儆百，剥夺了他的科举应试资格。因此，他的一生都是作为在野文士，根据自身喜好创造出自己的文学世界。

李钰并非支持所有的小说。他在《潭庭丛书》的《凤城文余》一文中尖锐地批判了英雄小说类韩文小说和汉文演义小说，他苛刻地批评《苏大成传》一无是处，只是逗人发笑，韩文英雄小说也好于稗史（演义小说）。他批评稗史作家巧妙地利用正史中存疑之处编造故事，他们的耳目皆罪大恶极。他批评演义小说的娱乐倾向，主张小说应该追求真实的生活。李钰通过对韩文小说和演义小说的批判，强烈表达了现实主义小说观。

李钰批评了瞿佑的《剪灯新话》和林芑的《剪灯新话句解》，从中可以看出李钰对小说的创作手法进行了广泛而深入的探索，并以缜密的实证知识为基础，对小说进行了批评。李钰对《剪灯新话》的批评非常刻薄，他严厉批判《剪灯新话》行文低俗空洞，而且容易理解和模仿，因此成为朝鲜吏胥的必读书。另外，他主张《剪灯新话》并不是瞿佑的独创，而是汲取了元明期间的小说并加入其个人的创作而成。他认为《聚景园记》《秋香亭记》等是瞿佑的作品，但《牡丹灯记》《金凤钗记》《绿衣人传》《渭塘奇遇录》的作者并非瞿佑，而是陈憎、柳贯、吾衍、马龙。虽然他没有说明依据，但他的这种批评展现了之前的小说批评所不具备的实证态度。

丁若镛（1762～1836）在《文体策》中指责稗官小品是人灾，无异于自然灾害。他认为年轻人爱好稗官小品不学经史，宰相爱好稗官小品不理政事，妇女嗜好稗官小品不做女红，天地间灾害莫过于此。因此，他主张收集国家流行的稗官杂书全部焚毁，对从中国购入此类书者处以重刑，这样才会消除弊端，重振文体。丁若镛这种极端的主张准确代表了正祖推动的文体反正，他与正祖的观点完全相同，在《文体策》和《五学论》等文章中全面阐述了自己的理论，支持正祖的政策。

丁若镛在《五学论》中甚至批评韩愈、柳宗元、欧阳修、苏轼等中国历代古文家"文章不自内发，迺皆外袭以自雄"，"此其为吾道之蟊贼也"，"貌然忘其性命之本民国之务"。他批评当时清朝文人的稗史小品文学"邪淫谲怪，一切以求眩人之目者，是宗是师"。简而言之，除了忠于儒教根本精神的纯粹文学之外，他排斥所有的文艺主义文学。

六　成熟的古典小说批评的实际情况

对于韩国古典小说中的几部作品终于出现了接近或者说达到了专业水平的成熟的批评。在古典小说批评中，专门对一部作品进行广泛、深入地评论实不多见。下面来看看几个接近或者达到成熟水平的实际批评的例子。

李养吾（1737~1811）在《谢氏南征记后序》和《谢氏南征记》的附录"史断"中对《谢氏南征记》进行了批评。"后序"是对《谢氏南征记》的整体批评，展现了一种新的批评视角。首先他提到了《谢氏南征记》描绘了刘延寿的成熟变化过程，即作品中人物的变化过程。他认为刘延寿经历了许多事变，开始畏惧且能认识到错误，冒着困难变成善良的人。他将刘延寿经历的许多事变称为"老成之验"，而称刘延寿的变化为"转灾为祥"，也是指刘延寿经历许多矛盾事变而达到成熟的过程。这种理解可以说深刻洞察了小说的本质。

相反，他将谢夫人、乔夫人以及董清的经历解释为"福善祸淫"，将这些人物分为善恶固定类型。他们经历了很多事情，但始终都是善人或恶人，最终的结局是善有善报、恶有恶报。他认为谢夫人虽遭受诬陷，但最终受到尊敬；相反，奸诈的人陷害别人，但最终伤及自己，这让人不得不相信"福善祸淫"。

"史断"就《谢氏南征记》的第23回内容以史评的形式进行

了讨论。李养吾在此将《谢氏南征记》的名字改成了《南征日录》。将谢夫人的事迹称为《南征日录》凸显了他的目的在于将作品中的现实当作史实来对待。这种评论者意识没有将《谢氏南征记》当成虚构的，而是当作对现实的完美模仿，因此他的批评没有将实际现实和作品中的现实区分开来。由于将《南征记》视为对现实的模仿，批评者直接进入作品现实成为其中一员，对作品中的现实进行了批评。他未能与作品保持距离，掌握小说再现现实的手法和逻辑，将实际现实和再创造的现实分开来进行批评。

尽管如此，"史断"使韩国古典小说批评突破了概括性的序跋文批评，通过对小说原文的缜密分析对作品进行批评，进入了成熟批评乃至专业批评阶段，具有重要意义。

洪奭周（1774～1842）在《序义烈女传后》中对金绍行的《三韩拾遗》进行了批评。首先，洪奭周的批评形式十分独特，他设定了一个假想的辩论家，以和辩论家辩论的形式来阐述自己的批评见解。假想的客人和作者或者批评者通过问答形式批评作品是一种传统方法，但一般都是客人找到作者或批评者指责对方，作者或批评者再进行应答、说服或辩解。而洪奭周文章中的问答却复杂地颠覆了这种方式。

渊泉子和客人都很赞赏《三韩拾遗》的作者竹溪金绍行，然而渊泉子读了《三韩拾遗》之后有所不满，感觉很别扭。客人来之前原本期待渊泉子会称赞《三韩拾遗》，但结果出人意料，一问原因，渊泉子却表示不好开口。于是客人从《三韩拾遗》中找到了一些自认为是缺点的问题，希望听到渊泉子的回答以解开疑惑。

渊泉子听了客人的批判，认真反驳了客人，于是客人再次反复提出问题，通过这个过程，渊泉子彻底改变了看法，认为客人提出的《三韩拾遗》的缺点反而是优点，指出了客人批评的错误，为一些缺点做了辩护，《三韩拾遗》的优点因此得以深化。最后，渊泉子自然而然地提出了自己认为《三韩拾遗》中解释不通的问题并进行了批判，从而又一次逆转了批评的方向，让客人和读者大吃一惊。

第十二章　韩国古典小说的批评情况

洪奭周借《三韩拾遗》的忠实支持者客人之口提出了读者可能对《三韩拾遗》提出的批判，并依次将问题推翻，巧妙地运用强调的手法，细致生动地道破了《三韩拾遗》的小说美学。通过否定平庸观点这一渐进的过程来突出自己的批评见解，最后又提出自己的批评观点，欲扬先抑，从而使效果达到最大化。

洪奭周的点评整体上保持了一种有机的平衡。他对《三韩拾遗》的点评中褒贬皆有，两种观点势均力敌，很难让人看出他更为侧重哪一方。洪奭周动用了传统的小说批评理论和拥护理论，批评的同时也不吝惜溢美之词。一开始他对《三韩拾遗》的优点大加赞赏，结尾却笔锋一转进行了尖锐而严密的批判，瞬间打破了文章布局的平衡。之后又力赞竹溪的文章堪称天下奇观，自己望尘莫及，以此结束点评，使文章布局重新恢复平衡。洪奭周不仅完美驾驭了保持文章辩证活力的写作技巧，还将《三韩拾遗》与传统的小说批评论相结合，可以说是古典小说批评史上首次针对批评进行批判，意义十分重大。

洪观植在附于《三韩拾遗》的《义烈女传末》中提到了《三韩拾遗》的创作动机，认为作者口才与学识非凡，在世间却无处施展，欲将心中异事一吐为快。一些书生空有满腹经纶却无用武之地，只能在小说中嬉笑怒骂，表达个人志向，郑士龙称之为"寓意论"。洪瑞凤则提出了"技痒论"，认为这是由于拥有渊博的学识却无处施展而出现的一种"发痒"的疾病。洪观植的看法与这二人的观点不谋而合，因此从批评史的观点来看备受关注。

洪观植感叹《三韩拾遗》中的句子对人情和义气的描写出神入化、妙不可言，认为这部作品"宇宙在乎手，万化生乎身"。他认为文章一旦达到这种境界，虚构的事实会占上风，各种事实也会比实际更具真实性，因此，虚构的东西也可能会变成真实的事件，与史实无异。洪观植评价《三韩拾遗》用谬论和满纸荒唐言创造出万古奇观，在三韩的正史之外书写出另一部优秀历史。这部作品由于历史遗迹而变得不可思议，历史遗迹则因为这部作品而变得更

加真实，成为真正的史书，道路也由于香娘死后留下的文章而得以
保留。

历史上的香娘与《三韩拾遗》中虚构的香娘是不同的。对于
小说中对历史人物进行再创作所引起的真实历史与虚构之间的脱
节问题，洪观植认为作者和批评者在这两种真实之间不无矛盾。
另外，对于小说中的虚构与真实以及虚构事件与真实历史之间的
微妙交错，洪观植也表达了左右为难的心情。无论是作者还是洪
观植本人都出于自身目的而借用了香娘这一人物创作小说和进行
点评，但是又担心长眠于地下的香娘魂魄难安，因此对于一些毫
无裨益的话不无顾忌。对于小说中的虚构事件与真实历史之间关
系的认识已经如此深刻，古典小说的批评水平可见一斑。洪观植
的文章对小说体裁的认知和问题意识已经达到了现代批评的
水准。

《广寒楼记》（推测成书于 1830 年或 1890 年前后）是赵恒
（号水山，生卒年不详）根据盘瑟俚《春香歌》改编而成的一部格
调高雅的汉文小说。《广寒楼记》中收录了云林樵客的《广寒楼记
叙》和《广寒楼记小记》、小庵主人的《广寒楼记后叙》《读广寒
楼记法》以及水山过客的《题广寒楼记》，在这些文章中我们可以
看到对《广寒楼记》多种多样而又颇具深度的点评。

云林樵客在《广寒楼记叙》中写道，他曾听说人们把水山先
生的写作手法比喻为画金刚山，近代小说中只有《广寒楼记》得
此妙传，因此一直期盼着能够读《广寒楼记》，但是读过之后感觉
只不过是民间艺人所演唱的《春香传》而已。于是询问这个故事
有什么可懂之处，水山先生回答道，假如施耐庵和金圣叹等作家出
生在朝鲜，一定会用春香这个人物创作出佳作，而不会把这一任务
交给民间艺人。当时云林樵客并不认同水山先生的说法。直到十多
年后，他游览岭南和湖南一代，踏遍千余里河山之后才对文章的境
界有所感悟，又读了一遍《广寒楼记》，终于认可它是绝世奇书和
奥妙之文。

云林樵客将水山先生的《广寒楼记》与施耐庵和金圣叹的小

第十二章　韩国古典小说的批评情况

说置于同一高度，称之为绝世奇书和奥妙之文，这在当时是一种惊世骇俗的大胆评价。其中隐藏着对于《广寒楼记》强烈的民族自豪感，虽然是处于中世纪社会这个大框架下，但是可以视为这一时期对于民族文学主体意识的一种表现，引人注目。

云林樵客将水山先生的"山水实景构成"写作方法论转换成阅读小说的方法，而他所说的阅读方法的关键就是要把握叙事整体的立体构成，深入理解作者的意图，从而感受小说的"真趣"。郑士龙把寻找作者的深层意图从而感受作品的真趣称为"观"和"究其指"，这与云林樵客的观点相通，也是古典小说批评意识的进步理念。

《广寒楼记后叙》的作者小庵主人力赞水山先生的《广寒楼记》是"天下后世所无之奇文"。之前他一直认为《西厢记》是"天下后世所无之奇文"，而读完《广寒楼记》之后觉得它比《西厢记》更胜一筹。他认为这两本书中的人物都是后世绝无仅有的才子佳人，但是《广寒楼记》中的春香和李花卿比起《西厢记》中的莺莺和张君瑞格调高得多。因此，两部作品的行文格调也不同：《西厢记》的句子哀婉急促，而《广寒楼记》的句子则轻快从容。

小庵主人破天荒地将《广寒楼记》置于《西厢记》之上，他对《广寒楼记》所表现出来的自豪心理与朝鲜文人通过性理学的主体展开和真景山水的再现所表现出来的文化自尊意识一脉相承，都是民族文化意识的体现，可以说小庵主人对《广寒楼记》的评价说明了这种自尊意识达到顶峰。

小庵主人提出，在阅读《广寒楼记》时，若想欣赏这些超凡的才子佳人的风流，需要具备四大条件，即气、韵、神、格。为此还需要通过饮酒、弹琴、对月、看花四种方式来助兴。其中"饮酒以助气"这一《广寒楼记》的鉴赏方法，是援引金圣叹《西厢记叙》中题为"恸哭古人""留赠后人"的长篇小说论中的概念。由此可知，《广寒楼记》的创作乃至点评均深受《西厢记》的影响。

水山先生和云林樵客对《广寒楼记》深感自豪，认为其优于

《西厢记》，同样，小庵主人也希望自己对《广寒楼记》的点评可以超越金圣叹对《西厢记》的点评。用"饮酒以助气"来概括金圣叹点评《西厢记》的根本宗旨，又扩展到"弹琴以助韵""对月以助神""看花以助格"三种境界，提出《广寒楼记》点评方法论，从这里也可以看出小庵主人的决心。小庵主人秉持这种批评观点，对《广寒楼记》全文每句话都做了细致的点评。

18世纪后半叶到19世纪中期出现的三大点评标志着韩国古典小说批评迈入了真正的专业批评领域，现代小说理论初具雏形。李养吾在《谢氏南征记》的点评中认真分析了人物的性格和处世方式，将在自我与世界的矛盾中获取经验不断成长的人与一直保持最初自我的人加以区分，这种理论可以说与西方近代小说批评中的人物类型论遥相呼应。

在《三韩拾遗》点评中，洪羲周通过对传统小说批评的批判综合了朝鲜后期的小说论，进而超越中世纪意识形态的框架提出了古典小说批评论，将对真正的人和世界的反思作为小说批评的核心问题。虽然未能打破中世纪的局限性，但这仍为近代的小说认识和批评指明了颇具意义的方向。洪观植深刻认识到小说中虚构的事件也是一种无可争辩的真实，与真实历史和实际经历一样，都具有相同的独立价值。并进一步针对虚构事件与历史真相之间的脱节问题说明批评意识无法消除伦理矛盾和苦恼。而这种批评是传统批评中前所未有的，脱离了中世纪模式。

云林樵客在对《广寒楼记》的点评中深刻认识到了水山先生基于朝鲜后期真景山水画法的小说写作手法，以全景透视画法这一绘画构成方法对《广寒楼记》进行了分析，从中可以看出解读小说内部构成的现代形式批评乃至结构批评的可能性，十分值得玩味。而小庵主人认为《广寒楼记》中的春香和李花卿比《西厢记》中的莺莺和张君瑞的人物格调更高，《广寒楼记》的行文格调也高于《西厢记》，这些观点也展现出对本国文学的极大信心，而毫无保留地加以点评也显示出史无前例的主体民族文学意识。这些都是中世纪向近代过渡期间韩国古典小说在与近代精神碰撞交流的过程

第十二章　韩国古典小说的批评情况

中逐渐成熟的集中体现。

（赵泰英）

参考文献

论著

윤성근, 「유학자의 소설 배격」, 『어문학』 25, 한국어문학회. 1971.

최철, 「조선시대 소설의 범주에 관한 고찰」, 『민족문화연구』 9, 고려대학교, 1975.

최웅, 「소설이란 용어의 개념에 대하여」, 『관악어문연구』 4, 서울대학교, 1979.

소재영, 『기재기이 연구』, 고려대 민족문화연구소, 1990.

오춘택, 「한국 고소설비평사 연구」, 고려대 박사논문, 1990.

조동일, 「중국·한국·일본 '소설' 의 개념」, 『한국문화와 세계문학』, 지식산업사, 1991.

김풍기, 「수산 광한루기의 비평에 나타난 비평의식」, 『어문론집』 31, 고려대 국어국문학회, 1992.

김경미, 「조선후기 소설론 연구」, 이화여대 박사논문, 1993.

조혜란, 「〈삼한습유〉 연구」, 이화여대 박사논문, 1994.

정하영, 「〈광한루기〉 평비연구」, 『한국고전연구』, 한국고전연구회. 1995.

성현경 외, 「광한루기 역주 연구」, 박이정, 1997.

간호윤, 『한국고소설 비평연구』, 한국고소설비평연구, 경인문화사, 2002.

이문규, 『고전소설 비평사론』, 새문사, 2002.

조태영, 「조선전기 문학관의 역동과 소설비평의 진전」, 『고전문학연구』 26, 2004.

조태영, 「한국고전소설 비평에서의 소견론의 전개」, 『한중인문학연구』 13, 2004.

古籍

『중종실록』, 『조선왕조실록』 14, 국사편찬위원회 편, 1980.

『어면순』, 『한국문헌설화전집』 7, 민족문화사, 1981.

『속어면순』, 『한국문헌설화전집』 7, 민족문화사, 1981.

『사가집』 문집 권4, 『한국문집총간』 11, 민족문화추진회, 1989.

『삼탄집』 문집 권10, 『한국문집총간』 11, 민족문화추진회, 1989.

「매월당집」 권4, 『한국문집총간』 13, 민족문화추진회, 1989.

류탁일 편, 『한국고소설비평자료집성』, 아세아문화사, 1994.

무악고소설자료연구회 편, 『한국고소설관련자료집 I』, 태학사, 2001.

第十三章　韩国古典小说的现代意义

一　传统与现代

时间会带走人们对于过去的记忆和感觉。此时此刻，最为贴近自我的这一瞬间被注意到并反复提及也是由于时间的巨大威力。很多人都认为，拥抱那一缕尚未被吞噬的"阳光"，这正是我们的梦想、我们选择的道路，也是我们回顾过去的一面镜子。时间流逝，那些被遗忘在黑暗中的一切是否再无任何意义？

开化期之后所提出的"现代"概念和现在的"我"是一脉相承的，这种观点并不陌生。将"阳光"与"黑暗"严格区分开来并赋予不同含义的观点无论是开化时期还是解放之后，抑或是现在，不断被人提起。这种将过去与现在隔绝的观点将现代以前的文化及这种文化的缔造者定性为"非现代"或是"反现代"，认为那些不同的人和文化与现在的"我"没有任何联系，主张两者之间存在联系的人只是沉浸在对过去的追忆之中，是对血缘的执着，是想让一切回归原点的妄想。而持相反观点的人则强调，现在的"阳光"也终有一天会归于"黑暗"，不应强求一缕"阳光"照亮无尽的"黑暗"，应该谦虚地承认现在的"阳光"与过去的"黑暗"相互连接，即便是当下最为光彩夺目的事物也终究会在将来变得衰老，沉睡于无边的"黑暗"之中。而这种"黑暗"，也就是个人的死亡是否意味着一切的终结？个人所经历过的事，曾经有过的感情是否会永远消失呢？

在过去的成百上千年间，在人类与时间相抗衡时，也有一些记忆一直停留在人类身边。被奉为圣贤的人们的言行给现代人带来深深的感动，于是人们读圣贤的教诲，游览遗迹，皈依他们一手建立起的宗教。那么这些与时间逆向行走的人是否全部都沉浸于幻想、执念和虚无缥缈的想象中？为什么他们要脱离现在的自己，活在几百年甚至是几千年之前，将已经不复存在的人的教诲融入自己的血肉中？

其实时间经常被剪断和修饰。每个人都想抹去那些痛苦而伤痕累累的日子，忘掉那些噩梦般的瞬间。需要注意的是，这里所说的时间断裂和抹除都是相对的。现代和非现代的划分也可以采取多种不同的方式。只有秉持这种态度，才有可能理解那些已经被遗忘的事物和自身之外的事物。现在的"我"该怎样阅读和感知那些创作于现代之前的小说？这个问题同样以这种理解为前提。

二　何谓"古典"

即使时间流逝，"古典"也不会失去价值，依然可以打动读者。从这个简单的定义可知，古典也可以说是在与时间的遗忘威力斗争中赢得了最后胜利的作品。现在被公认为经典的古典作品在面世之初可能并不受重视，问世当时极受追捧的作品也可能现在无人问津。在时间的长河中，有些作品会跻身经典之列，也有些作品会渐渐被人们遗忘。

随着时间的流逝，经典的价值自然也会不断改变，而对于究竟哪些作品才是经典一直争议不断，最后甚至重新定义。翻开前不久出版的《世界文学全集》，我们更能直观地感受到这些争议的痕迹。欧美文学占了目录的半壁江山，而亚非文学只有一两篇，以保证作品种类齐全。这种目录构成方式与近代黎明时期随着西方势力的膨胀开始的帝国主义殖民统治有着极深的渊源。西方列强在以武力征服弱小国家之后企图重新定义文化价值，当时被统治民族的文化纷纷被彻底剔除或遭到打压，西方国家的文化则被强制灌输为最高级、最正确、最美好的。

现代以前积累下来的文化成就都由于"反现代化""反封建""非理性"等理由遭到否定，西方的文化遗产被灌输为普世文明。百年后的今天，我们很难回答"究竟何谓经典"这一问题。"经典"并非格调高雅的韩国古代文献，而是被西方名著取而代之。

1998 年第 71 届奥斯卡获奖影片叫作《恋爱中的莎士比亚》，主要讲述了莎士比亚以自身的恋爱经历为基础创作出戏剧《罗密欧与朱丽叶》。为了品读这部电影，必须先了解《罗密欧与朱丽叶》的内容。无论是英美等英语国家还是非英语国家，《罗密欧与朱丽叶》几乎无人不知无人不晓。我们惊叹于 17 世纪英国大文豪的佳作，却并不知道 17 世纪韩国有哪些大文豪和广为人知的作品。为什么我们觉得莎士比亚笔下的爱情如此熟悉，金万重笔下的爱情却很别扭？为什么莎士比亚生活的时代与我们当下的时代能如此自然地联系起来？这是因为莎士比亚的作品在成为经典的过程中，作者和作品都被赋予了现代意义并被广泛接受。而反观金万重和朴趾源的作品，我们并没有像对待莎士比亚的作品一样探索其现代意义，也未能引起大家的普遍共鸣。

三　古典小说的两大特点

现在我们所说的"古典小说"的定义兼具两种截然不同的含义：一个是与现代小说相对应的概念，泛指现代以前创作的作品；另一个是前面也提到过的，指足以被称为"经典"的具有较高价值的杰出作品。如果把"古典"与"古色古香"联系在一起，那么古典小说就很难跳出"年代久远"和"陈旧"的桎梏。文学作品若想超越"近代以前创作的古代小说"成为"经典小说"，就必须同时阐明这些作品的文学成就。

在古典小说乃至古代文学的现代化过程中，运用大众传媒或与之相结合的情况并不罕见，这是为了使现代人更易理解，经各种大众传媒加工润色再加以呈现，而这时就必须使古典小说与大众媒体工作者结合起来。但是截至目前，诸如此类的结合案例失败远远多于成功。站在古典小说研究者的立场上来看，往往是从力求使读者更易理解的角度出发运用大众传媒；而大众媒体工作者则往往只把古典小说视为一种娱乐素材，更加注重观众的反响和商业利益，而不是作品的文学价值。

迄今为止，这些失败案例是由于人们把古典小说的现代化简单等同于将有趣的老故事进行整理和包装，打造成文化商品。笔者并不否定这种把古典小说视为文化商品的观点，但绝不能将其视为目标。笔者认为对于现代人来说，在考虑如何卖得更好之前，首先应该关注如何更好地弘扬作品的价值。说到这里，我们就必须考虑以下几个问题：近代以前所创作的小说中，是否有作品经得起时间的考验一直流传至今？如果有，这些作品得以超越时间的价值在何处？我们要如何继承这些作品的价值并发扬光大？

四 《西游记》与《三国演义》的现代传承

以《百变孙悟空》为例，这部电视动画制作于 1992 年，一经播出便人气火爆。该片在中国小说《西游记》的基础上进行了加工，将东方思想与现代人物形象相结合，因而备受关注，许英万创作的漫画与金秀哲作曲的主题曲都深受观众喜爱。《西游记》讲述了三藏法师带领孙悟空、猪八戒和沙悟净三名弟子去西天取经路上的经历，长途跋涉寻宝母题常常用于小说的定义。

被看作现代小说开山鼻祖的《唐吉诃德》同样也是讲述主人公为了解救公主而踏上冒险之旅的故事。故事的重点不在于是否得到了宝物这一冒险结果，而在于冒险的过程，通过旅途获得了哪些感悟。《西游记》中的唐僧师徒一行与人类无法想象的穷凶极恶的妖怪相抗争，书中的这些妖怪形象并非作者凭空捏造的，而是依据佛教和道教中常说的困扰人们的各种烦恼和痛苦创作出来的。唐僧师徒一行在与妖怪的斗争中取胜，越来越靠近他们极度渴望的"道"。其实他们渴求的"道"并不在西天，而是在于长途跋涉前往西天的过程中。

在动画片《百变孙悟空》中，阻挠师徒四人前行的妖怪变成了由于科技文明的发展而创造出的机器人或尖端武器。孙悟空踩着超级滑板，唐僧开车，猪八戒使用手持火箭筒，这些都反映了近代之后科技文明的进步。虽然西天取经的故事框架不变，但是旅程中的感悟大为不同。欺凌人类的已不再是想象中的妖怪，人类受制于自己亲手创造的文明，甚至会丢掉性命。对于人类而言，只有非人的文明彻底消失，才有可能重获和平。唐僧师徒一行的西行之路正是告诫人们文明对人类社会的巨大破坏力。观众为孙悟空和猪八戒的神通广大而喝彩，同时也懂得了真正的幸福并非来自物质文明。

《百变孙悟空》的成功之处在于对古典小说的现代传承问题给出了振聋发聩的解答。对于被遗忘的事物，复原和缅怀固然重要，但更应该重视关于当下生活的问题，创造出新的个性和事件。

另一部中国古典小说《三国演义》也广为人知，同样经过各种媒体加工重新与大众见面。罗贯中的《三国演义》在壬辰倭乱之后传入朝鲜半岛并广为流传，即便是在小说备受排斥的年代也涌现了《赤壁歌》等大量衍生作品。

解放之后，《三国演义》经由韩国作家之手不断出版发行，朴钟和、郑飞石、李文烈、赵星基、黄皙暎、蒋正一等作家将《三国演义》改造成符合各个年龄层的新文体。这些作家笔下的《三国演义》虽有"评译"和"正译"之分，但都致力于对罗贯中《三国演义》的翻译，因此无论是故事的展开还是人物形象的塑造都与罗贯中的原版本并无太大出入。对于今后想要出版《三国演义》的作家来说，不应该拘泥于评译或是正译，而应在重新"解读历史"的基础上进行创作。

除了小说，其他体裁或媒体形式的《三国演义》再创作工作也一直没有间断。尤其是在日本，不断尝试对《三国演义》进行全面多样的分析和运用，堪称"三国演义学"。

下面就以 1985 年日本发行的游戏《三国志》为例来加以说明。

光荣公司制作的游戏《三国志》极受赞誉，被评为"开创模拟历史的新篇章"。游戏《三国志》忠于《三国演义》的历史背景和书中人物制作而成，游戏玩家可以在魏、蜀、吴三国中任选一个，并将自己所选的国家建设得更加富强。为此玩家需要将不同的人物角色分散到各地不断征战，以取得经济和政治利益。从黄巾起义起，一直到三国统一，逼真的历史场景不断上演，使得玩家可以连续几天一直埋头于游戏当中。游戏玩家将自己想象成刘备、曹操或孙权，直到取得完全胜利才能停止游戏。

但是也有人对将小说改编成游戏持否定观点。游戏《三国志》并不具备小说《三国演义》的悲剧色彩，罗贯中将陈寿的《三国志》改编成《三国演义》，其中最耗费心血的部分就是蜀国的悲剧性。罗贯中从汉朝的皇亲刘备与关羽和张飞桃园结义开始写起，一直到后来请诸葛亮出山建立了蜀国，梦想实现三国统一大业，这是小说的基本轴线。然而，他费尽心思塑造出来的人物最终都没能实现自己所想，抱憾而终，最后的胜利者却是建立了魏国的曹操。而游戏虽然遵循了这些内容，但是对于痴迷于书中人物波澜壮阔的一生的广大读者而言，将这些人物生平用数字形式加以改良，无疑是极其陌生的。虽然书中人物在游戏中也有所呈现，但他们的苦恼和悲伤完全消失了。因此，也有人批评游戏只把三国历史当作增添游戏趣味的手段，并不懂得那段历史的真正含义。但是对于小说所具有的这些优点在游戏中是否有必要加以强调这一问题，可能会有不同见解。最近被改编成游戏的《壬辰录》也和《三国演义》一样，对其褒贬不一。

另外，随着有线电视开始走进千家万户，根据《三国演义》改编的台湾连续剧也开始在白天时段播出，动画电影也陆续制作上映。迄今为止《三国演义》的所有改编作品中，最受人瞩目的就是高羽荣的《漫画三国志》。

高羽荣在认真读完罗贯中的《三国演义》之后，试图根据自己对人物的独特分析和历史解读将《三国演义》改编成漫画。比如，把刘备看作"呆子"、让关羽和诸葛亮比试兵法、冷血而老谋深算的曹操、为了把诸葛亮比下去而使出浑身解数的周瑜，这些在高羽荣的《漫画三国志》里才能看到。高羽荣为了生动地体现人物特点，大胆地删去了枯燥的史实；将刘备的一生与自己的生活相对照，通过刺激自我意识不断提问"如何才能不枉此生"；将后汉时期的事件与现在的事件放在一起加以说明，这些都十分引人注目。另外，读小说时经常混淆的人物在漫画中也被明确区分开来。

高羽荣还通过诸葛亮来表现蜀国的悲剧色彩。从刘备三顾茅庐开始，诸葛亮就已经意识到中原不可避免要走向三足鼎立的局面，但直到刘备去世，诸葛亮也没有放弃一统三国的梦想。明知自己会失败，甚至会因此丧命，他还是毅然奔赴最后一战，由此也可看出高羽荣对于《三国演义》的核心内容了然于心。当时正值独裁政权统治之下，《漫画三国志》发行之前接受事先审查并被迫删减，但在后来得以恢复原貌再次出版，这也十分值得玩味。

五 《春香传》与民俗游艺

前文中我们了解了《西游记》《三国演义》等中国古典小说在现代获得新生的过程。在韩国的古典小说中，通过各种媒体和多种方式被改编的作品当属《春香传》。

根据《春香传》改编的盘瑟俚作品《春香歌》深受大众欢迎，李海朝改编的《狱中花》在解放后也以唱剧的形式被搬上舞台。此外，《春香传》还数次被加工成电影和话剧，其中 1999 年由林权泽导演执导的电影《春香传》更是享誉国内外，好评如潮。

除了《春香传》等个别作品外，大部分的古典小说依然没有受到足够的关注。在这种情况下，对古典小说的全新解读每年都在进行，引人注目，"民俗游艺"演出就是其中之一，每年都带着新作品与观众见面，目前为止大部分耳熟能详的古典小说作品都已经被搬上"民俗游艺"的舞台。其中《沈清传》《李春风传》《兴夫传》等作品每次演出都要经历长时间的地方巡演，票房也频频告捷。

"民俗游艺"的成功之处在于与大众之间的默契配合。古典小说的人物和事件并没有被设定为几百年以前，而被改编成当今时代背景之下所发生的事，并且载歌载舞，用欢笑和泪水将过去与现在连接在一起，通过每场演出呈现出来。将《沈清传》中沈清被商人用三百石贡米买去的情节与现在的拐卖人口联系起来，将《兴夫传》中瞧不起贫穷的兴夫的玩夫这一人物形象理解为富人和穷人之间的矛盾和隔阂，这种重新解读也值得赞赏。

六　历史电视剧与古典小说

最近电视剧中人气最高的当数历史电视剧，观众几乎每天都要收看一部或几部历史电视剧。对历史人物和事件重新解读改编成故事的小说称为"演义小说"。壬辰倭乱之后，《三国演义》等中国演义小说开始传入朝鲜并受到追捧。除了中国的演义小说，《林庆业传》《朴氏夫人传》《壬辰传》等以朝鲜的历史为背景创作的演义小说也大量涌现。观众希望通过观看史剧既能了解历史又能获得观看电视剧的乐趣。同样道理，古典小说读者也通过阅读"演义小说"既了解了历史，又获得了读小说的乐趣。

演义小说与历史电视剧的相似之处远非如此。与演义小说一样，历史电视剧叙述了重要历史人物波澜壮阔的一生，而这些人物的传记不仅在神话和传说中，在古典小说中同样也是重要的故事框架，也就是"英雄传记"。

（1）拥有高贵血统的人物。

（2）孕育或出生方式异于常人。

（3）拥有不同寻常的超能力。

（4）从小被遗弃，面临生死关头。

第十三章　韩国古典小说的现代意义

（5）被救出或养大，摆脱死亡危机。

（6）长大后再次遭遇危机。

（7）通过斗争摆脱危险，获得胜利。

下面让我们一起看一下《野人时代》，这是继《龙之泪》和《太祖王建》之后又一部大型历史电视剧，主要讲述了金斗汉的生平。

故事的开始交代主角是金佐镇将军（号白冶）的儿子，我们就可以猜到主角必然非池中之物。金斗汉从小与乞丐为伍，混迹于水标桥附近，可以说生活得十分悲惨。后来一个叫双刀的人看中了金斗汉的为人，将他从水深火热的生活和乞丐窝中解救出来。自此以后金斗汉不断打败"以拳头论英雄"世界中的各个头目，一步一步成为朝鲜第一铁拳。

《野人时代》完全遵循了观众所熟知的英雄传记结构，因此观众在观看时会全神贯注，丝毫没有排斥心理。另外两部侧重塑造女性英雄角色的电视剧《女人天下》和《张禧嫔》中，这种结构则更为明显。

这两部电视剧中对郑兰贞和张玉贞的刻画都颠覆了以往的理解，对这两个人物的生平做了改动，导致家破人亡的恶毒小妾和导致亡国的后宫妖妇摇身一变成了开拓自我人生的人物，而其中起到重要作用的正是英雄传记结构。

郑兰贞和张玉贞的童年都极其悲惨，她们所处环境并不允许她们成为宫中的内命妇。但是她们凭着自身的聪明才智打破了这道藩篱，加之危难时刻有人相助，最终她们都如愿以偿地爬上了各自梦想的最高位置。到此为止，与上述的男性英雄相同，都是典型的英雄传记结构，但她们的一生最终未能以幸福收场。郑兰贞和张玉贞都丧失了权力的宝座并被赐毒酒，一生以惨淡收场。而观众跟随英雄传记的结构指引，见证这些女性英雄辉煌的一生，最后在结尾感受到一种淡淡的悲伤。

217

七 古典小说的未来

通过上述粗略分析，我们了解到古典小说是如何打动生活在现代的我们的。我们通过古典小说收获的感动不及古典小说能够给予我们的十分之一，这都是由读者并不熟悉古典小说、缺乏对古典小说系统而广泛的教育以及致力于古典小说现代化的学界和文化界尚未联手等造成的。这种情况单凭古典小说一己之力根本无法改变，只有国家和全社会都对"古典"加以关注，韩国的古典小说才能与世界经典文学作品同分天下。

古典小说还有许多未被发掘的世界，下面只列举两点。

首先，古典小说中包含对穿梭于天上和人间的人类生命的深度洞察，不能单纯地将其定位为"虚构"、"反现实主义"或"未开化"。很久以前，陀思妥耶夫斯基就曾说过"一切不质疑神的文学都不是真正的文学"，而现代小说中最为薄弱的部分正是缺乏对神的深刻而执着的质疑。对渺小而美好、现实而艰辛的事物的温情关怀和细致描写固然重要，但通过小说发出对人类存在和文明的掷地有声而悠远的疑问也不可或缺。《明珠宝月聘》和《玩月会盟宴》等大河小说中也含有对宇宙和人类的洞察，希望这些洞察能够借由韩国现代小说和其他艺术媒体得以继续延伸。

其次，希望现代小说可以借鉴古典小说中对丰富多彩的生活的描写。目前韩国的现代小说并没有涵盖广泛的现代社会，而只是囿于"爱"和"琐碎"等几个关键词。作为韩国社会中流砥柱的30～50岁职场人士不读小说而转向阅读历史和其他人文类教养书籍，正是由于小说中难以表现出变幻莫测的现实。《虎叱》尖锐的讽刺、《崔陟传》悲剧性的战争经历、《刘忠烈传》的豪爽、《九云梦》的自由，这些古典小说的世界反映了当时社会的现实和欲望，因此我们需要付出努力使韩国的现代小说能够反映这个时代时刻变化的现代社会。

如今，古典小说已不再是只出现在中学国语课本中的古老故事，也不再是满篇晦涩词语如同暗语般的小说，更不是脱离现代社会发生在遥远过去的稀奇古怪的故事。古典小说是跨越时间的洪流，将过去和现代连接在一起的对话平台，也是开启新未来的希望之钥。希望大家在奔波于快节奏的现代生活之余能够偶尔回顾过去，在古典小说中细细品味宇宙与人的命运。古典并不遥远，它就在你的指端，打开书，开始对话之旅吧。

（金琸桓）

参考文献

문현선, 「PC게임, 동아시아적 서사의 또다른 변용」, 『영상문화』 4, 한국영상문화학회, 2001.

정진희, 「사이버 판타지, 그 현상과 심층」, 『한국인의 삶과 구비문학』, 집문당, 2002.

고욱·이정엽, 『디지털 스토리텔링』, 황금가지, 2003.

김종군, 「드라마의 구비문학적 위상」, 『구비문학연구』 16, 한국구비문학회, 2003.

최혜실, 「디지털 문화환경과 서사의 새로운 양상」, 『구비문학연구』 16, 한국구비문학회, 2003.

김탁환, 「고소설과 이야기문학의 미래」, 『고소설연구』 17, 한국고소설학회, 2004.

신선희, 「고전 서사문학과 게임 시나리오」, 『고소설연구』 17, 한국고소설학회, 2004.

作品索引

220

作品索引

223

主要术语索引

226

译后记

在给韩国语言文学专业研究生上课的过程中，最困扰我的事情就是在国内很难找到合适的教材。其实韩国相关领域的专业理论研究书数不胜数，但是很少有被介绍到国内的，已经翻译成中文的更是寥寥可数，这对韩国语言文学专业的学生乃至不懂韩国语的相关领域研究人员来说，都不能不说是一个遗憾。对于韩语非母语的学生来说，一本翻译精准的专业书籍对专业学习的引路作用是不言而喻的。

小说在韩国古典文学中占据极其重要的地位，而且韩国古典小说与中国古典小说有着千丝万缕的联系。在寻找韩国古典小说教材的过程中，我把目光转向了这本《韩国古典小说世界》，该书为韩国古典文学专业必读书籍和专用教材，融合了多位专家的学术观点，从全新的视角全面系统地考察了韩国古典小说的各种相关问题。

书中详细地解读了关于古典小说研究的诸多疑问与问题，总结了学界最新研究成果。探讨了韩国古典小说的概念、形成、子体裁与类型、作者与读者、主题与母题、作品构成原理、世界观、标记形式与流通方式、与相邻体裁的关联、批评情况以及现代意义，从各个角度对古典小说进行了全方位的研究与总结，堪称韩国古典小说研究的集大成之作。

该书虽然是研究韩国古典小说的专业书籍，但用浅显易懂的语

译后记

言对相关研究成果进行了全面深入的总结，书中涵盖了古典小说研究的方方面面，不仅适合用作古典文学专业的教材，同时也有助于普通读者深入了解韩国古典小说。

该书总共由十三章构成，每章的作者都不同，总论部分由韩国古典小说研究大家李相泽先生执笔。在首尔大学攻读博士期间，我曾经有幸听过李相泽先生的课，先生深厚的学术功力和高屋建瓴的学术视野给我留下了深刻的印象。第一章的作者朴熙秉老师也是以严谨治学的态度和细致深入的研究风格著称，尤其在韩国古典小说研究方面成果颇丰。其余十一位作者均为韩国各大学国语国文系教授，也是韩国古典小说领域的中坚学者，专业的研究方法和娓娓道来的写作方式使得本书内容更加立体生动，颇具可读性。

但书中毕竟专业内容居多，因此在翻译的过程中也遇到了不少困难，尤其是一些韩国固有的文化词，可以说是最大的障碍因素。首先是涉及"盘瑟俚"及"巫歌"的内容，其中出现的大量人名、地名，还有些作品名称只有韩文，汉字无从查询，只能采用音译的办法。其次是作者引用的汉文原典，在中国查找起来十分有难度，不得不借助所有可以动用的手段，包括韩国国立中央图书馆的古籍浏览、韩国古典翻译院数据库、查找相关研究的论文等。最后就是如何摆脱句型和思维的束缚，使带有鲜明韩国色彩的内容变成原汁原味的中文。尽管我尽了最大努力对译文多次进行修改和润色，但还是难免有不足之处，也恳请读者指正，以便在今后再版时修改。

在翻译本书的过程中，朴熙秉老师提供了极大的帮助，使得我能顺利地联系到韩方出版社和各位作者。为了让这本书早日与中国读者见面，所有作者均同意无偿提供版权，谨向他们表示由衷的感谢！

也向为本书的出版付出辛勤劳动的社会科学文献出版社各位有关人员表示衷心的感谢，希望本书的出版能为中韩古典文学学术交流架起一座桥梁，并且能够抛砖引玉，使更多优秀的学术书籍被介绍给中韩两国读者。

图书在版编目（CIP）数据

韩国古典小说世界／（韩）李相泽等著；李丽秋译.
-- 北京：社会科学文献出版社，2018.9
（亚非译丛）
ISBN 978-7-5201-1185-0

Ⅰ.韩… Ⅱ.①李… ②李… Ⅲ.①古典小说-小
说研究-朝鲜 Ⅳ.①I312.074

中国版本图书馆 CIP 数据核字（2018）第 032007 号

亚非译丛

韩国古典小说世界

著　　者／〔韩〕李相泽 等
译　　者／李丽秋

出 版 人／谢寿光
项目统筹／高明秀
责任编辑／王晓卿　郭红婷

出　　版／社会科学文献出版社·当代世界出版分社（010）59367004
　　　　　　地址：北京市北三环中路甲 29 号院华龙大厦　邮编：100029
　　　　　　网址：www.ssap.com.cn
发　　行／市场营销中心（010）59367081　59367018
印　　装／三河市尚艺印装有限公司

规　　格／开 本：787mm × 1092mm　1/16
　　　　　　印 张：15.5　字 数：222 千字
版　　次／2018 年 9 月第 1 版　2018 年 9 月第 1 次印刷
书　　号／ISBN 978-7-5201-1185-0
著作权合同
登 记 号／图字 01-2017-5430 号
定　　价／59.00 元

本书如有印装质量问题，请与读者服务中心（010-59367028）联系